백주의 악마

Evil Under the Sun

Copyright ⓒ 1975 Agatha Christie Ltd.

Korean translation edition is published by arrangement with Agatha Christie Ltd., a Chorion group company.

이 책은 Agatha Christie Ltd., a Chorion group company와 적법한 계약을 통해 출간되었습니다. 저작권법에 의해 한국 내에서 보호를 받는 저작물이므로 무단 전재와 무단 복제를 금합니다.

애거서 크리스티 추리 문학 14
백주의 악마
유명우 옮김

해문

■ 옮긴이 **유명우**

호남대학 영문과 교수, 한국추리작가 협회 총무 이사

《오리엔트 특급살인》, 《죽음과의 약속》, 《ABC 살인사건》,
《애크로이드 살인사건》외 다수

백주의 악마

초판 발행일	1985년 12월 05일
중판 발행일	2009년 02월 27일
지은이	애거서 크리스티
옮긴이	유 명 우
펴낸이	이 경 선
펴낸곳	해문출판사
주 소	서울시 마포구 합정동 392-2 써니힐 202호
TEL/FAX	325-4721~2 / 325-4725
홈페이지	http://www.agathachristie.co.kr
출판등록	1978년 1월 28일 (제3-82호)
가격	6,000원
ISBN	978-89-382-0214-7 04800
	978-89-382-0200-0(세트)

※ 잘못된 책은 바꾸어 드립니다.

차 례

제1장 ● 7
제2장 ● 23
제3장 ● 39
제4장 ● 55
제5장 ● 69
제6장 ● 92
제7장 ● 116
제8장 ● 135
제9장 ● 159
제10장 ● 171
제11장 ● 193
제12장 ● 207
제13장 ● 223
작품 해설 ● 240

• 등 장 인 물 •

가드너 부인— 수다쟁이 미국인 여행객. 늘 뜨개질만 하며 남편을 부려 먹는다.
오델 가드너— 아내의 말이라면 무슨 일이든지 들어주는 미국인 남편.
에밀리 브루스터— 과격한 성격에 운동선수 출신의 미혼 여성.
로저먼드 단리— 런던의 유명한 디자이너. 뛰어난 미인은 아니지만 많은 사람에게서 호감을 받는 여성.
크리스틴 레드펀— 갓 결혼한 신부. 참하게 생긴 얼굴에 작고 예쁜 손발을 가진 것이 특징이다.
패트릭 레드펀— 크리스틴의 남편. 넓은 어깨와 가는 다리, 마른 체격에 금발인 호탕한 남자.
아레나 마셜— 서른 살가량의 숨 막힐 정도의 미인. 자기감정을 노골적으로 나타내는 성격이다.
케네스 마셜— 아레나의 남편이며 퇴역 대위. 마흔 살가량에 엄숙하고도 쾌활한 남자.
린다 마셜— 케네스 마셜이 첫 결혼에서 낳은 딸. 열여섯 살로 조숙함과 순진함이 섞여 있는 소녀.
호레이스 블래트— 고생을 많이 했지만, 낭만적인 기질을 지닌 남자.
스테픈 레인— 키가 크고 혈색이 좋은 쉰 살 정도의 목사.
바리 소령— 나이 많은 독신의 퇴역 군인.
웨스튼 대령— 경찰서장.

제1장

 1782년에 로저 앙메링 대위가 리더콤 만 근처에 있는 섬에다 집을 지었을 때 사람들은 매우 이상하게 생각했다. 그 사람처럼 좋은 가문 출신이라면 옆에는 시냇물이 흐르고 멋진 목장이 있는 넓은 초원에 세워진 훌륭한 저택에 사는 것이 당연하다고 생각되었기 때문이다. 그러나 로저 앙메링 대위에게는 바다가 유일한 사랑이었다. 그래서 그는 그곳에다 자기 집을 지은 것이다(바람이 조금씩 불고 갈매기가 날아다니는 섬의 튼튼한 집). 높은 파도가 밀려오고 육지와는 떨어진 곳이다.

 그는 결혼하지 않았다. 바다만이 그의 처음이자 마지막 부인이었다. 그가 죽었을 때 그의 집과 섬은 먼 사촌에게 돌아갔다. 그러나 사촌과 그의 자손들은 그 유산을 대수롭지 않게 생각했다. 그 후로 그들의 토지는 점점 줄어들었으며 상속인들은 점점 빈곤해졌다.

 1922년대 휴일을 바닷가에서 보내는 것이 유행처럼 널리 퍼졌을 때, 여름에는 너무 덥다고 피해 오던 데븐과 콘월 해안은 더 이상 그렇지가 않았다. 아서 앙메링은 불편한 구식 집은 팔리지 않을 거라고 생각했었는데, 운 좋게도 로저 대위가 사들였던 그 섬이 비싼 값으로 팔리게 되었다. 튼튼한 그 집은 여러 가지로 멋지게 장식되고 개조되었다. 육지와 연결되는 제방도 놓이고 섬의 구석구석까지 개발되었다. 테니스 코트도 두 개나 생기고, 조그만 배와 다이빙대가 설치된 아담한 만(灣)에는 일광욕하는 곳까지 만들어 놓았다. 그리고 '졸리 로저' 호텔이 들어섰다. 6월부터 9월까지(부활절에는 짧은 기간이지만) 졸리 로저 호텔은 성황을 이루었다. 1934년에는 호텔에 칵테일바와 커다란 식당, 그리고 여러 개의 목욕탕이 더 설치되었다. 값은 계속 올라갔다.

 사람들은 이렇게 말하곤 했다.

"리더콤 만에 가보셨습니까? 그 섬에 있는 호텔은 굉장하더군요. 매우 아늑하고 음식도 훌륭하답니다. 당신도 한번 가보세요."

많은 사람이 호텔을 찾아왔다.

지금 졸리 로저 호텔에는 매우 중요한 인물이(적어도 자기 자신은 그렇게 생각하고 있었다) 머물고 있었다. 눈 아래까지 모자를 푹 눌러쓰고 흰옷을 입은 채로 콧수염을 무성하게 기른 에르큘 포와로는 최신 유행의 의자에 등을 기대고 앉아 해안을 바라보고 있었다. 여러 개의 테라스가 호텔에서 해안까지 이어져 있었다. 바다 위에는 고무보트, 공, 장난감 등이 떠 있었다.

수영하는 사람, 일광욕을 즐기는 사람, 몸에 기름을 바르는 사람, 테라스에 앉아서 날씨나 앞에 펼쳐진 풍경, 조간신문에 실린 기사, 또는 자신들의 관심거리에 대해 이야기하는 사람들도 있었다.

포와로의 왼쪽에 가드너 부인이 뜨개질을 하면서 쉴 새 없이 이야기하고 있었다. 그녀 옆에는 남편인 오델 가드너가 모자를 코 밑까지 눌러쓰고 접는 의자 위에 누워 필요할 때마다 간단히 대답하고 있었다.

포와로의 오른쪽에는 회색 머리에 알맞게 그은 얼굴의 운동선수 같은 브루스터 양이 간간이 퉁명스럽게 말을 내뱉곤 했다. 마치 양치기 개가 가끔 크게 짖어서, 끊임없이 짖어대는 포메라니안 종의 개를 훼방 놓는 것 같았다.

가드너 부인이 말했다.

"그래서 나는 남편에게 관광이 매우 좋다고 말했어요. 나는 한 곳에서 계속 쉬고 싶답니다. 그래서 결국 영국으로 오는 것이 좋겠다고 생각했지요. 바닷가 근처의 조용한 곳에서 마음 편히 쉬는 게 제일이라고 남편에게 말했답니다. 그렇죠, 오델? 이젠 좀 쉬고 싶다고 말이에요. 나는 쉬어야 한다고 했어요. 그렇죠, 오델?"

얼굴 위에 모자를 푹 눌러쓴 채 가드너는 중얼거리듯 말했다.

"그래요, 여보."

가드너 부인은 계속했다.

"그리고 내가 쿡스에 있는 켈소 씨에게 그 말을 했을 때, 그 사람이 우리에게 여행 계획을 세워주었어요. 그리고 모든 면에서 아주 큰 도움이 되어 주었답니다. 그분이 없었다면 우리는 어떻게 해야 할지도 몰랐을 거예요. 그런데, 참, 내가 어디까지 말했더라, 내가 그분에게 말했더니 켈소 씨는 이곳에 가는 것이 좋겠다고 했답니다. 그는 여기가 세상에서 가장 아름다운 곳이고, 아주 안락하고, 모든 면에서 훌륭한 곳이라는 거예요. 물론 우리 집 양반도 끼어들어 위생시설은 어떠냐고 물었지요. 왜냐하면, 포와로 씨, 남편의 여동생이 한 번은 훌륭하다고 소문난 어떤 여관에 머문 적이 있었는데 믿으실지 모르겠지만, 그곳은 맨땅 위에 있는 변소처럼 형편없는 곳이었어요. 그러니, 남편이 세상에서 가장 아름답다고 한 말을 의심한 것도 당연하지 않겠어요, 안 그래요, 오델?"

"그래요, 여보." 가드너가 말했다.

"그러나 켈소 씨는 틀림없다고 장담하더군요. 위생시설도 최신식이고 요리도 훌륭하다고 했어요. 내 생각에도 그 말엔 동감이에요. 사실 무엇보다도 내 맘에 든 것은 내 말을 이해하실지 모르겠지만, 시간을 잘 맞추어 주는 것이에요. 게다가 이렇게 아담한 게 우리가 모두 가깝게 어울리며 지낼 수 있잖아요? 영국인에게 결점이 하나 있다면, 그것은 오랫동안 아는 사이가 아니면 대개 쌀쌀하다는 거예요. 그것만 아니면 매우 멋있는 사람들인데. 켈소 씨는 이곳에는 재미있는 사람들이 많이 온다고 하더군요. 그의 말이 맞는 것 같아요. 여기 포와로 씨나 단리 양 같은 분이 있잖아요. 오, 정말이지 나는 당신이 누구인지 알고는 기뻐서 죽을 뻔했어요. 그렇죠, 오델?"

"그래요, 여보."

"허!" 브루스터 양이 갑자기 말했다.

"정말 스릴 있나요, 포와로 씨?"

에르퀼 포와로는 그렇지 않다며 손을 올렸다. 물론 아주 예의를 갖춰서.

가드너 부인은 천천히 입을 열었다.

"포와로 씨, 나는 코닐리아 롭슨에게 당신에 대한 많은 이야기를 들었답니다. 남편과 나는 지난 5월에 바덴호프에 갔었거든요. 거기서 코닐리아가 우리에게 리넷 리지웨이가 이집트에서 살해된 사건에 대해 말해줬답니다. 그녀는 당신이 정말 훌륭했다고 말했어요. 그래서 나는 항상 당신은 만나보고 싶었답니다. 그렇죠, 오델?"

"그래요, 여보."

"그리고 단리 양도 마찬가지예요. 나는 로즈 몬드 상점에서 많은 것을 샀어요. 단리 양이 바로 그곳 주인이더군요. 그렇죠? 그녀가 만든 옷들은 매우 훌륭한 작품이라고 생각해요. 그런 아름다운 선은 처음이에요. 어젯밤에 내가 입은 옷도 그녀가 만든 것이었어요. 그녀는 모든 면에서 훌륭한 여성이라고 생각해요."

브루스터 양옆에 앉아서 수영하는 사람들을 튀어나온 눈으로 바라보던 바리 소령이 불만스러운 듯이 말했다.

"흥, 정말 매력적인 여성이군!"

가드너 부인은 바늘을 짤가닥 소리를 내며 움직이고 있었다.

"포와로 씨, 한 가지 말할 게 있어요. 이곳은 나에게 당신을 만나볼 기회를 주었답니다. 당신을 만나서 두려움을 느끼지 않는 것은 아니에요. 남편도 그것을 알 거예요. 남편도 알겠지만, 나는 매우 민감한 편이거든요. 그리고 나는 범죄에 휩쓸리는 것을 참을 수가 없어요. 당신도 아시겠지만……."

가드너는 목청을 가다듬고 나서 말했다.

"포와로 씨, 당신도 아시겠지만 내 아내는 매우 예민하답니다."

에르큘 포와로는 손을 번쩍 들어 올렸다.

"여러분에게 약속하지만, 나도 여러분처럼 단지 즐기려고 이곳에 온 겁니다. 휴가를 보내려고 말입니다. 지금 나는 범죄는 생각도 하고 있지 않습니다."

브루스터 양이 다시 거친 목소리로 말했다.

"이 스머글러스 섬(밀수업자들의 섬이라는 뜻)에는 시체들이 없겠군요."

"오! 하지만 엄밀하게 말해서 그렇지는 않습니다."

에르큘 포와로는 아래쪽을 가리키며 말했다.

"저기 줄지어 누워 있는 사람들을 보십시오. 저 사람들은 무엇인가요? 저들은 남자와 여자가 아닙니다. 저들에게는 사람다운 점이 없습니다. 저들이 바로 시체입니다!"

바리 소령은 감상하듯이 말했다.

"저들 중에서 일부는 젊고 멋있는 아가씨들이지, 허리도 가늘고."
포와로가 외치듯이 말했다.
"그럴지도 모르죠. 하지만, 그게 무슨 매력이 있습니까? 신비하다고요? 나는 구식 노인입니다. 내가 젊었을 때는 겨우 발목밖에는 보지 못했습니다. 거품이 이는 듯한 스커트, 그 얼마나 매력적이었는지 압니까! 부드럽게 움직이는 종아리, 무릎, 리본으로 장식한 양말 대님……."
바리 소령이 거칠게 말했다.
"버릇없어, 정말 버릇없지!"
브루스터 양이 말했다.
"우리가 요즘 입은 옷이 훨씬 더 현명하다고 생각해요."
"맞아요, 포와로 씨." 가드너 부인이 말했다.
"요즘 젊은 애들은 훨씬 더 자연스럽고 건강한 생활을 하고 있어요. 그들은 함께 몰려다니고, 또……, 음, 그들은……."
그녀는 부끄러운 생각을 했는지 얼굴이 약간 붉어졌다.
"당신도 내가 말하는 뜻을 아시겠지만 그들은 그런 일에 대해서는 아무렇지도 않게 생각해요."
"알고 있습니다." 에르큘 포와로가 말했다.
"그것이 바로 안타까운 일입니다!"
"안타깝다고요?" 가드너 부인이 외쳤다.
"모든 낭만과 신비는 사라졌지요! 오늘날 모든 것은 규격화되고 말았잖습니까!"
그는 누워 있는 사람들을 가리키며 말했다.
"저 모습은 파리에 있는 시체실을 생각나게 해줍니다."
"포와로 씨!" 가드너 부인이 깜짝 놀라며 소리쳤다.
"마치 푸줏간의 고기처럼 널판에 늘어서 있는 시체들!"
"포와로 씨, 너무 지나치지 않으세요?"
에르큘 포와로는 안다는 듯이 말했다.
"좀 그런 것 같군요."

가드너 부인은 힘 있게 뜨개질을 하며 말했다.

"하지만, 나도 한 가지 점에선 당신과 동감이에요. 햇빛 아래에 저렇게 누워 있는 처녀들의 팔다리에는 털이 많아질 거예요. 나는 그래서 아이린에게 말했어요—그 애는 내 딸이에요. 나는 그 애에게 말했지요. 네가 햇빛 아래에 저 사람들처럼 누워 있으면 팔다리와 가슴 위는 온통 털투성이가 될 텐데, 그렇게 되면 네 모습은 어떻게 되겠느냐고 말이에요. 나는 그 애에게 그렇게 말했어요, 그렇죠, 오델?"

"그래요, 여보." 가드너가 말했다.

모든 사람이 조용했다. 아마도 그들은 그런 일이 일어난다면 아이린의 모습이 어떨까 하고 머릿속으로 그려보는 것 같았다.

가드너 부인은 뜨개질을 멈추고 말했다.

"나는 지금……."

"왜, 여보!" 가드너가 얼른 물었다.

그는 해먹(기둥이나 나무 사이에 매달아 침상으로 쓰는 그물 모양의 물건)에서 몸을 일으켜 가드너 부인의 뜨개질감과 그녀의 책을 집으면서 물었다.

"우리와 함께 한잔하시겠습니까, 브루스터 양?"

"고맙지만 지금은 안 되겠어요."

가드너 부부는 호텔 안으로 들어갔다.

"미국인 남편들은 정말 멋있어요!"

브루스터 양이 말했다.

가드너 부인의 자리는 스테픈 레인이 와서 메웠다. 레인은 쉰 살가량의 키가 크고 혈색 좋은 목사였다. 얼굴은 햇볕에 잘 그을렸고, 짙은 회색빛 바지는 야회복이었으나 보기에는 그리 좋지 않았다.

그는 감탄조로 말했다.

"정말 훌륭한 곳이오! 나는 리더콤 만에서 하포드까지 가보았소. 그리고 그 절벽 위로 다시 돌아왔죠."

"오늘은 산책하기에 참 좋은 날씨 같소."

산책해본 적도 없는 바비 소령이 말했다.

"산책은 좋은 운동이에요." 브루스터 양이 말을 받았다.

"나는 아직 배를 타보지 못했어요. 당신 배(腹)에는 보트 타기보다 좋은 것이 없을 것 같아요."

에르큘 포와로의 눈은 비참한 듯 툭 튀어나온 자기 배를 내려다보았다.

그 모습을 보고 브루스터 양이 부드럽게 말했다.

"매일 보트를 타면 튀어나온 배도 곧 들어갈 거예요."

"하지만, 나는 보트는 질색이오!"

"작은 보트 말인가요?"

"모든 배가 다 마찬가집니다!"

그는 눈을 감고 온몸을 떨었다.

"그 바다의 출렁거림, 그건 정말 질색이오."

"하지만, 오늘은 바다가 온순한 조랑말처럼 잔잔한데요."

포와로는 단호하게 말했다.

"바다는 잔잔한 때가 없어요. 언제나 출렁거린단 말이오."

"하지만, 뱃멀미는 대부분 신경 탓입니다." 바리 소령이 말했다.

"아, 여기 좋은 선장님이 계셨군. 그렇죠, 소령님?"

미소를 지으며 목사가 말했다.

"딱 한 번 뱃멀미를 한 적이 있는데, 운하를 건널 때였습니다. 그때 생각은 하고 싶지도 않소. 그것이 내 신조랍니다."

"뱃멀미는 정말 아주 미묘한 것이에요."

브루스터 양이 말했다.

"왜 어떤 사람은 뱃멀미를 하고, 어떤 사람은 하지 않을까요? 정말 불공평한 것 같아요. 그리고 건강하고는 관계가 없는 것 같더군요. 노련한 선원들도 종종 뱃멀미를 하거든요. 어떤 사람은 등뼈와 관계가 있다고 해요. 그리고 높은 곳에 서 있지 못하는 이치와 같다고 하는 사람도 있어요. 나도 그런 경향이 조금 있지만 레드펀 부인은 더 심한 것 같더군요. 지난번에는 하포드까지 가는 낭떠러지 길 위에서 현기증이 난다면서 나를 꽉 잡았어요. 또 한 번은 밀라노 성당 위에 있는 밖으로 튀어나온 계단 중간에서 움직이지도 못했다고 하더군요. 그녀는 내려가기는 쉬울 거라고 생각하고 그냥 올라갔다는 거예요."

"그렇다면 그녀는 픽시 코브(요정의 후미)로 가는 사다리는 내려가지 않는 것이 좋겠군."

레인이 말했다.

브루스터 양은 얼굴을 찡그렸다.

"나도 무서움을 타는 편이에요. 하지만, 젊은 사람들에게는 아무것도 아닌가 봐요. 코원 씨와 마스터먼 씨 아이들은 사다리 위아래를 뛰어다니면서 오히려 아주 재미있어하더군요."

레인이 말했다.

"저기 레드펀 부인이 수영을 마치고 오는군요."

브루스터 양이 말했다.

"포와로 씨도 저 여자는 받아들이셔야 할 거예요. 그녀는 일광욕을 좋아하지 않거든요."

젊은 레드펀 부인은 고무로 된 모자를 벗고는 머리카락을 털었다. 머리카락은 잿빛이 도는 금발이었다. 피부는 머리 색깔과 잘 어울리는 흰색이었다. 다리와 팔이 특히 희었다.

바리 소령이 거친 기침 소리를 내며 말했다.

"저 여자는 다른 사람들보다는 덜 탔군요."

몸에 긴 타월을 감은 크리스틴 레드펀은 바닷가로 나와서 그들 쪽으로 계단을 올라왔다. 그녀는 뛰어난 미인은 아니었지만 참하게 생긴 얼굴에 작고 예쁜 손과 발을 가지고 있었다. 그녀는 미소를 지으며 그들 옆에 앉았다. 그녀는 몸을 감싼 타월을 걷어 올렸다.

브루스터 양이 말했다.

"포와로 씨가 당신을 칭찬했어요. 그분은 햇볕에 그을린 사람들은 질색이라더군요. 그런 사람들은 마치 푸줏간 고기 같다고 했답니다."

크리스틴 레드펀은 애처롭게 미소를 지으며 말했다.

"나도 일광욕을 하고 싶지만 그럴 수가 없어요. 온몸에 물집이 생기고 팔 주위에는 이상한 반점이 생기거든요."

브루스터 양이 말했다.

"가드너 부인의 따님인 아이린처럼 온몸에 온통 털이 생기는 것보다는 나은데요."

크리스틴이 의아해하는 눈으로 쳐다보자 그녀는 말을 이었다.

"가드너 부인은 오늘 아침에 거만한 태도로 수다만 떨다 갔답니다. 아무도 말릴 수가 없을 정도였어요. '그렇죠, 오델?', '그래요, 여보.'"

그녀는 잠시 말을 멈추었다가 다시 계속했다.

"나는, 포와로 씨, 당신이 그녀를 약간 겁주기를 바랐어요. 당신은 이곳에 무시무시한 살인자를 잡으러 왔는데, 그자가 이 호텔 손님 중에 틀림없이 있을 거라고 하지 그랬어요?"

에르퀼 포와로는 한숨을 쉬고 나서 말했다.

"그 부인이 내 말을 곧이곧대로 믿어 버릴까 봐 걱정되었죠."

바리 소령이 기침하며 말했다.

"그녀는 틀림없이 믿었을 겁니다."

에밀리 브루스터가 말했다.

"아니요. 나는 가드너 부인이 이곳에서 범죄가 발생했다는 말을 믿을 거라고는 생각하지 않아요. 이곳은 시체가 발견될 만한 곳이 아니잖아요!"

에르퀼 포와로는 의자에서 약간 몸을 움직이고 나서 말했다.

"이 스머글러스 섬에서 시체가 발견되지 말라는 법이라도 있습니까?"

에밀리 브루스터가 대답했다.

"잘은 모르지만 여기는 다른 곳보다는 그럴 가능성이 작다는 말이에요. 여기는 그런 데 같지는 않거든요……."

그녀는 말을 멈췄다. 자신의 생각을 설명하기가 어려운 모양이었다.

"이곳은 물론 낭만적인 곳입니다."

에르퀼 포와로도 동감을 표시했다.

"이곳은 평화롭고, 태양은 환하게 비추고, 바다는 푸릅니다. 하지만, 브루스터 양, 태양 아래 있는 모든 곳에 범죄의 가능성이 도사리고 있다는 것을 잊지 마십시오."

목사도 자기 의자에서 몸을 약간 움직여 앞으로 몸을 기댔다. 그의 강렬한 푸른 눈이 빛났다.

브루스터 양은 어깨를 으쓱거렸다.

"오! 물론 나도 그것은 알고 있지만 이곳은……."

"이곳은 당신 생각엔 범죄가 일어날 것 같지 않다는 말이겠죠? 하지만, 당신은 잊은 것이 있습니다."

"인간의 본성을 말하는 건가요?"

"그것도 물론 그렇지만, 내가 말하려는 건 그게 아닙니다. 나는 이곳에 있는 모든 사람이 휴가를 보내고 있다는 사실을 말하려는 겁니다."

에밀리 브루스터는 어리둥절한 표정으로 쳐다보았다.

"이해할 수가 없는데요."

에르큘 포와로는 친절하게 설명해주었다. 그는 손가락 하나를 펴서 허공에다 두드리는 시늉을 했다.

"당신이 적을 한 명 가지고 있다고 합시다. 당신이 그를 주택가나 사무실, 거리 등으로 찾아다닌다면 당신은 이유를 대야 합니다(적당한 이유를 둘러대야 한단 말입니다). 그러나 바닷가인 이곳에서는 아무도 이유를 설명할 필요가 없지요. 당신은 지금 리더콤 만에 있습니다. 왜죠? 지금은 8월입니다(사람들은 8월이면 바닷가에 갑니다). 사람들은 대개 휴가 중이지요. 당신이 이곳에 있는 것도, 레인 씨가 이곳에 있는 것도, 바리 소령, 레드펀 부부가 이곳에 있는 것도 모두 자연스러운 일입니다. 영국에서는 8월에 바닷가로 오는 것이 관습이기 때문이지요."

"그렇군요." 브루스터 양이 대답했다.

"그것은 정말 기발한 생각이군요. 하지만, 가드너 부부는 어떻게 된 거죠? 그들은 미국인이잖아요?"

포와로는 웃었다.

"그 부인이 우리에게 말한 대로 쉬고 싶어서겠지요. 그녀도 지금 영국에 있는 셈이니까 바닷가에서 2주일 정도는 보낼 겁니다. 별다른 일이 없다면 마음씨 좋은 여행객으로서 말이죠. 그녀는 사람들을 바라보는 것을 좋아하지요."

레드펀 부인이 중얼거리듯이 말했다.

"당신도 사람들을 바라보는 것을 좋아한다고 생각하는데요?"

"부인, 솔직히 말해서 나도 그렇습니다."

그녀는 깊은 생각에 잠긴 듯한 눈빛으로 말했다.

"당신은 많은 것을 알고 있군요."

잠시 침묵이 흘렀다.

스테픈 레인이 목청을 가다듬고 의식적으로 말을 꺼냈다.

"당신이 한 말에 흥미가 가는데요. 태양 아래 모든 곳에 범죄가 있다고 했지요? 그 말은 구약성서의 전도서에서 인용한 말 같군요."

그는 잠시 말을 멈추었다가 성경 구절을 인용해서 말을 이었다.

"또한 인간의 아들의 마음에는 악이 가득 찼고, 그들의 마음속에는 그들이 살아 있는 동안 광기로 가득 찼도다."

그의 얼굴에 광적인 빛이 감돌았다.

"당신이 그 말을 하는 걸 듣고 상당히 기뻤습니다. 요즈음은 아무도 악을 믿지 않아요. 기껏해야 단순히 선의 반대 정도로만 생각하지요. 사람들은 좋은 것을 알지 못하는 사람, 어딘가 모자라는 사람, 욕을 먹기보다는 오히려 동정받아야 마땅한 그런 사람들에 의해 범죄가 저질러진다고 생각합니다. 하지만, 포와로 씨, 악은 존재합니다. 그것은 사실입니다! 나는 선을 믿는 것처럼 악도 믿습니다. 악은 틀림없이 존재합니다! 게다가 힘도 세지요! 그것은 지상에서 떠돌고 있습니다!"

그는 말을 멈췄다. 그의 숨은 가빠지고 있었다. 그는 손수건으로 이마를 닦고는 갑자기 미묘한 표정을 지었다.

"죄송합니다. 내가 쓸데없는 말을 늘어놓았군요."

포와로가 조용하게 말했다.

"당신의 말을 이해합니다. 나도 한 가지 점에서는 당신과 동감입니다. 악은 지상에서 떠돌고 있기 때문에 그 사실만으로도 인정해야 한다는 겁니다."

바리 소령이 목청을 가다듬고 말했다.

"그런 이야기보다는 인도에 있는 수도승들은……."

모든 사람들이 이미 그 긴 인도 이야기를 막는 데 익숙해 있었다. 브루스터 양과 레드펀 부인이 다른 이야기를 꺼내기 시작했다.

"저기서 수영하는 분이 당신 남편이 아닌가요, 레드펀 부인? 수영 솜씨가 정말 훌륭하군요. 매우 멋지게 수영을 하잖아요."

동시에 레드펀 부인이 말했다.

"저기 빨간 돛대가 있는 작은 배는 정말 멋있군요. 블래트 씨의 배가 맞죠? 지금 만의 끝을 횡단하는 빨간 돛단배 말이에요."

바리 소령이 불평하듯이 말했다.

"환상적이군, 빨간 돛대라."

결국 그 수도승에 대한 이야기는 나오지 않았다.

에르퀼 포와로는 깊은 생각에 잠기며 바닷가까지 헤엄쳐 온 젊은이를 바라보았다. 패트릭 레드펀은 성격이 좋은 사람이었다. 넓은 어깨와 가는 허벅지를 가진 마르고 금발인 그에게는 남을 즐겁게 해주는 순진함이 있었다. 그의 순진하고 단순한 생각은 모든 사람들에게 호감을 받았다. 그는 물을 털면서 일어서고 있었다. 그는 부인에게 명랑한 표정으로 손을 들어 보였다.

그녀도 손을 흔들며 외쳤다.

"이쪽으로 와요, 패트."

"알았어."

그는 남기고 온 수건을 가져오려고 바닷가 쪽으로 걸어갔다.

그때 한 여인이 호텔에서 바닷가 쪽으로 그들을 지나쳤다. 그녀의 출현은 마치 무대 위에 등장하는 것과 같았다. 게다가 그녀는 그것을 아는 것처럼 걸었다. 하지만, 크게 의식하는 것 같지는 않았다. 그녀는 자기 모습이 불러일으킬 효과에 매우 익숙해져 있는 것 같았다.

키가 크고 날씬한 몸매에 등이 없는 흰 수영복을 걸치고 있었고, 노출된 몸은 마치 청동상처럼 아름답게 그을려 있었다. 그녀는 마치 석고상처럼 완벽한 모습이었다. 적갈색으로 웨이브가 진 머리가 목까지 풍성하게 내려와 있었다.

나이는 서른 살가량(그 나이에 맞는 엄숙한 표정이 얼굴에 흐르고 있었다. 하지만, 그녀의 전체 모습엔 젊음이 넘치고 있었다)으로 화려하고 당당한 생명력이 흐르고 있었다. 그녀의 얼굴에서는 중국인 같은 여유가 엿보였고 짙은 푸른색 눈은 위쪽으로 치켜세워져 있었다. 그녀는 초록색 마분지로 된 환상적인 중국 모자를 쓰고 있었다. 그녀의 등장으로 바닷가에 있는 모든 여자들은 하찮고 대수롭지 않아 보였다. 그리고 어쩔 수 없이 거기 있던 모든 남자들의 눈이 그녀에게로 쏠리게 되었다.

에르큘 포와로의 눈이 커지고 콧수염은 감상에 잠기듯이 떨렸다. 바리 소령의 튀어나온 눈은 더 튀어나온 것 같았다. 포와로 왼쪽에 있던 스테픈 레인은 표정이 굳어져서 신음 소리를 내며 거친 숨을 쉬었다.

바리 소령이 거칠게 속삭이듯이 말했다.

"아레나 스튜어트, 저 여자가 마셜과 결혼하기 전 이름이죠. 나는 저 여자가 무대를 떠나기 전에 '오셨다 가세요.'에 출연한 걸 본 적이 있어요. 정말 볼만한 작품이었지."

크리스틴 레드펀이 천천히 입을 열었다. 그녀의 목소리는 차가웠다.

"아름답군요, 그래요. 하지만 어쩐지 동물 같은 데가 있는 것 같아요."

에밀리 브루스터가 갑자기 말을 꺼냈다.

"포와로 씨, 당신이 방금 악에 대해 말씀하셨잖아요. 내 생각엔 저 여자가 바로 악의 화신인 것 같아요! 저 여자는 소문이 나빠요. 나는 저 여자에 대해 많은 것을 알고 있어요."

바리 소령이 자신의 과거 이야기를 꺼냈다.

"나는 시믈라(인도 북부에 있는 도시)에 있던 한 여인을 기억하고 있습니다. 그녀도 역시 빨간 머리였습니다. 중위의 부인이었죠. 소문이 그녀를 그렇게 만들었을까요? 아니, 내 생각에도 역시 그녀는 그런 여자였습니다. 남자들은 그녀에게 미쳐버렸지요! 다른 여자들은 그녀의 눈을 빼어 버리고 싶었을 겁니다! 그녀는 많은 가정을 파탄에 빠뜨렸거든요."

그는 기침하고 나서 다시 말을 이었다.

"그녀의 남편은 멋있고 조용한 사람이었습니다. 그녀가 밟았던 땅까지도 찬양할 정도였으니까. 나는 그런 여자는 처음 봤다니까요. 그 사람도 그랬을 겁니다."

스테픈 레인은 강렬한 감정이 섞인 낮은 목소리로 말했다.

"그러한 여자들은 일종의 위협입니다, 위협이고말고요."

아레나 스튜어트는 물가까지 걸어갔다.

소년티를 갓 벗은 듯한 두 젊은 남자가 자리에서 일어나 그녀 쪽으로 걸어왔다. 그녀는 그들에게 미소를 보내며 서 있었다. 그녀의 눈은 그들을 지나 바닷가를 따라 걸어오는 패트릭 레드펀에게로 향했다.

에르퀼 포와로는 마치 나침반의 바늘을 보는 것 같다는 생각이 들었다. 패트릭 레드펀은 주춤했다가 발길을 바꾸었다. 바늘은 자기 의지에 상관없이 자력의 법칙에 따라 북쪽으로 향하게 된다. 패트릭 레드펀은 아레나 스튜어트 쪽으로 다가갔다.

그녀는 그에게 미소를 보내면서 서 있었다. 그러고는 물결이 이는 바닷가 쪽으로 천천히 몸을 움직였다. 패트릭 레드펀은 그녀와 함께 걸어갔다. 그녀가 바위 옆에 몸을 뻗고 누웠다. 레드펀도 그녀 옆에 누웠다. 크리스틴 레드펀은 벌떡 일어나 호텔 쪽으로 성큼성큼 걸어갔다. 그녀가 자리를 뜨자 어색한 침묵이 흘렀다.

에밀리 브루스터가 먼저 입을 열었다.

"일이 우스워졌군. 저 부인은 착한 여자인데, 이제 결혼한 지 1, 2년밖에 안 되었대요."

바리 소령이 말했다.

"내가 아까 말했던 여자는……, 시믈라에 있던 그 여자는 행복한 가정을 많이 파탄시켰지요. 정말 유감스러운 일이었소."

브루스터 양이 말했다.

"그런 여자들도 있어요. 남의 가정을 파탄시키는 걸 좋아하는 여자들 말이에요."

그녀는 잠시 말을 멈추었다가 계속했다.

"패트릭 레드펀은 바보예요!"

에르퀼 포와로는 아무 말도 하지 않고 바닷가 쪽만 바라보고 있었다. 그러나 그는 패트릭 레드펀과 아레나 스튜어트를 보는 것이 아니었다.

브루스터 양이 말했다.

"나는 가서 내 보트나 타겠어요."

그녀는 자리를 떠났다.

바리 소령이 가벼운 호기심을 가지고 시선을 포와로에게 돌렸다.

"포와로 씨, 무슨 생각을 하고 있습니까? 통 말이 없으시군요. 저 요부에 대해서는 어떻게 생각하시오? 매우 뜨거운 여자 같지요?"

"그런 것 같군요." 포와로가 불어로 말했다.

"압니다. 나도 당신이 프랑스인이란 걸 알아요!"

포와로는 침착하게 말했다.

"나는 프랑스인이 아니오!"

"그럼, 저 아름다운 여인에게 관심이 없다는 것은 아니겠죠! 당신은 저 여인에 대해 어떻게 생각합니까?"

에르퀼 포와로가 말했다.

"저 여자는 젊지 않아요."

"그것이 무슨 상관입니까? 저 여자처럼만 늙는다면 좋겠습니다! 무척 아름다운 모습 아닙니까?"

에르퀼 포와로는 고개를 끄덕이면서 말했다.

"맞소. 그녀는 아름답습니다. 하지만, 모든 사람의 시선(한 사람만 제외하고), 을 그녀를 보기 위해 바닷가 쪽으로 돌리게 한 것은 아름다움이 아닙니다."

바리 소령이 말했다.

"그게 그거죠. 모두 다 같아요."

그러고는 갑작스럽게 호기심을 가지고 물었다.

"그렇다면, 당신은 무엇을 그렇게 뚫어지게 바라보고 있습니까?"

에르퀼 포와로가 대답했다.

"나는 예외인 사람을 보고 있었지요. 그녀가 지나갈 때 쳐다보지도 않은 사람 말입니다."

바리 소령의 시선은 마흔 살가량의 그을린 모습을 한 백발 남자를 보는 포와로의 시선을 따라갔다. 그는 엄숙하고도 쾌활한 얼굴에 바닷가에서 담배를 피우며 타임스지를 읽고 있었다.

"오, 저 사람이군요!" 바리 소령이 말했다.

"저 사람이 바로 그녀의 남편입니다. 이름은 마셜이지요."

에르큘 포와로가 말했다.

"나도 알고 있소."

바리 소령은 기침했다. 그는 독신 노인이었다. 그는 단지 세 가지 관점에서 남편이란 존재를 평가하고 있었다―방해자, 불편한 자, 호위병 정도로 말이다.

"멋있는 사람 같군요. 조용하고, 내 타임스지가 왔는지 궁금하군."

그는 일어나서 호텔로 돌아갔다.

포와로의 시선은 천천히 스테픈 레인의 얼굴로 옮겨갔다.

스테픈 레인은 아레나 마셜과 패트릭 레드펀을 보고 있었다. 그는 포와로에게로 시선을 돌렸다. 그의 눈에는 광채인 빛이 감돌았다.

"저 여자는 철두철미하게 사악할 거요. 당신은 어떻게 생각합니까?"

포와로가 천천히 말했다.

"그것은 장담하기 어려운 문제인데요."

스테픈 레인이 말했다.

"하지만, 살아 있는 인간들에게서 당신은 그것을 느끼지 않습니까? 당신 주위에서? 악의 존재를……"

에르큘 포와로는 천천히 고개를 끄덕였다.

제2장

 로저먼드 단리 양이 와서 자기 옆에 앉자 에르큘 포와로는 기쁨을 감추지 못했다. 그는 그녀를 처음 만난 순간부터 그가 지금까지 본 여자 중에서 가장 감탄할 만한 여자라고 생각했었다. 그는 그녀의 개성, 우아한 외모, 특히 머리카락을 보기 좋게 손질한 모습이 마음에 들었다.
 말쑥하고도 윤기나는 검은 머리카락과 그녀의 미묘한 미소가 좋았다. 그녀는 흰색이 섞인 짙은 감색의 옷을 입고 있었다. 흰색 선이 뚜렷하게 드러나지 않아서 어딘지 단순해 보이기도 했다. 로즈 몬드 상사(商事)로 알려진 로저먼드 단리는 런던에서 가장 유명한 디자이너에 속한다.
 그녀가 말했다.
 "이곳이 마음에 들지 않아요. 지금 이곳에 온 것을 후회하고 있어요!"
 "당신은 이곳에 와본 적이 없었습니까?"
 "2년 전 부활절에 와본 적이 있어요. 하지만, 그때는 사람들이 이렇게 많지가 않았어요."
 에르큘 포와로는 그녀를 바라보면서 부드럽게 말했다.
 "걱정이 될 만한 일이 일어난 것 같군요, 맞습니까?"
 그녀는 고개를 끄덕였다. 그러고는 발을 이리저리 흔들면서 그것을 내려다보며 말했다.
 "나는 유령을 보았어요. 그것이 문제예요."
 "유령?"
 "정말이에요."
 "무슨 유령입니까?"
 "오, 그것은 나 자신의 유령이에요."

포와로는 부드럽게 물었다.

"고통받는 유령이었습니까?"

"생각할 수 없을 정도로 고통스러웠어요. 그것이 나를 멀리 데려갔어요."

그녀는 생각에 잠기며 말을 멈추었다가 다시 이었다.

"내 어린 시절을 상상해보세요. 아니, 당신은 상상할 수 없을 거예요. 당신은 영국인이 아니니까요!"

포와로는 물었다.

"그것은 영국에서의 어린 시절이었습니까?"

"오, 그랬어요! 그 시골의 크고 초라한 집, 말과 개들, 빗속을 걸어다녔죠. 장작불, 과수원의 사과들, 가난했었죠. 낡은 트위드 옷, 오랫동안 입었던 이브닝드레스, 손질이 안 된 정원, 가을의 상징인 미가엘제(9월 29일. 영국에선 사계절 지불일 중 하나)의 데이지 꽃이 피고……."

포와로는 부드럽게 물었다.

"당신은 그런 추억을 회상하고 싶습니까?"

로저먼드 단리는 머리를 흔들었다.

"사람은 과거로 돌아갈 수 없잖아요? 절대로. 하지만, 나는 계속되기를 바랐을 거예요—다른 방법으로."

"무슨 말인지 잘 모르겠는데요."

로저먼드 단리는 웃었다.

"나는 정말로 그렇게 하고 싶답니다!"

"내가 젊었을 때(그것은 아주 오래전 일이지만), '당신이 아니라면 당신은 누구였을까?'라는 게임이 있었습니다. 한 사람이 젊은 아가씨들의 앨범에다 그 대답을 썼습니다. 그 앨범은 금으로 테두리가 되어 있었고 푸른색 가죽으로 표지가 되어 있었습니다. 그 대답을 찾기는 쉽지가 않습니다."

로저먼드가 말했다.

"맞아요. 나도 그렇게 생각해요. 그것은 큰 모험일 거예요. 사람들은 무솔리니나 엘리자베스 공주가 되는 것을 좋아하지 않을 거예요. 친구들에 대해 사람들은 너무 많이 아는 것 같아요. 나는 어떤 매력적인 부부를 만난 적이 있어요. 그들은 서로 무척 아껴주더군요. 샘이 날 정도로 금실이 좋은 부부였습니다. 그 부인과 위치를 바꾸고 싶을 정도였으니까요. 그런데 어떤 사람이 나중에 그들은 11년 동안이나 이야기를 나눈 적이 없다고 말해주더군요!"

그녀는 웃었다.

"그것은 당신이 전혀 모른다는 것을 보여주는 게 아닌가요?"

잠시 뒤에 포와로가 입을 열었다.

"많은 사람이 당신을 부러워하고 있을 겁니다."

로저먼드 단리가 냉담하게 말했다.

"오, 예, 당연하겠죠."

그녀는 잠시 그 말을 음미해보았다. 그녀의 입술은 미묘한 웃음을 띠며 곡선을 이루었다.

"그래요, 나는 크게 성공한 여자니까요! 나는 성공한 예술가로서의 예술적 만족도 즐기고(나는 진정으로 옷을 디자인하는 것을 좋아해요), 성공적인 사업가로서의 경제적인 만족도 즐기고 있죠. 나는 부유하고 외모도 괜찮지요. 인상도 좋고, 성격도 고약하지 않고 말이에요."

그녀는 말을 멈추었다. 그녀의 미소가 입가에 번졌다.

"그러나……, 나는 남편이 없어요! 그 면에서는 실패한 거겠죠, 포와로 씨?"

포와로는 대담하게 말했다.

"당신이 결혼하지 않은 것은 남자가 충분하게 당신을 설득하지 못했기 때문입니다. 당신이 지금까지 혼자인 것은 필요에 의해서가 아니라 선택에 의해서이겠지요."

로저먼드 단리가 말했다.

"다른 남자들처럼 당신도 여자는 결혼해서 아이를 갖지 않으면 만족하지 못한다고 생각하시는군요."

포와로는 어깨를 으쓱하며 말했다.

"결혼해서 아이를 갖는 것은 여자들의 일반적인 운명입니다. 단지 백 명 중의 한 명, 아니 천 명의 한 명 정도가 당신처럼 자기 자신을 위해서 명성과 지위를 얻고자 할 겁니다."

로저먼드는 그에게 미소를 보냈다.

"그렇다면, 나는 천한 늙은 하인이나 다름없군요! 요즘은 자꾸 그런 생각이 들어요. 돈도 별로 잘 벌지 못하는 크고 말이 없는 무정한 남편과 나를 쫓아다니면서 괴롭히는 아이들과 함께 있는 게 더 행복할 거예요, 그렇죠?"

포와로는 또 어깨를 으쓱했다.

"당신이 그렇게 생각한다면 그렇겠죠"

로저먼드가 웃었다. 그녀는 평온을 다시 찾은 것 같았다.

그녀는 담배를 꺼내서 불을 붙이고서 말을 꺼냈다.

"당신은 확실히 여자를 다룰 줄 아는 것 같아요. 나는 지금 반대 생각을 하고 여자의 직업에 대해 당신과 이야기하고 싶군요. 물론 나는 지금 부유하죠. 나도 그것은 알아요!"

"그렇다면 정원에 있는 모든 것은(우리 바다 옆에서 이야기할까요?)……, 아름답죠, 단리 양?"

"그래요."

이번에는 포와로가 담배를 꺼내서 작은 것을 집어들고 불을 붙였다. 하지만, 사실 담배 피우는 것은 일종의 연기였다.

그는 의문스런 눈으로 몽롱함을 느끼며 말했다.

"마셜 씨, 아니 마셜 대위는 당신의 오랜 친구죠?"

로저먼드는 약간 높은 곳으로 고쳐 앉으며 말했다.

"그걸 어떻게 아셨죠? 오, 켄트가 이야기했겠군요"

포와로는 고개를 저었다.

"아무도 그런 이야기를 해주지 않았습니다. 나는 탐정이랍니다. 그것은 뻔한 일이죠"

로저먼드 단리가 말했다.

"잘 모르겠는데요."

"잘 생각해보세요!"

그 작은 남자는 설득력이 있었다.

"당신은 1주일 동안 이곳에 있었습니다. 그리고 지금까지 걱정 없이 쾌활하고 명랑했습니다. 그런데 오늘 갑자기 옛 시절의 유령에 대해서 말을 꺼냈지요. 무슨 일이 있었을까요? 어젯밤에 마셜 대위와 그의 부인, 그리고 딸이 도착했을 때까지 며칠 동안 새로운 방문객은 없었습니다. 오늘 당신에게 변화가 일어난 것이지요. 그게 확실합니까?"

로저먼드 단리가 말했다.

"맞아요, 사실이에요. 케네스 마셜과 나는 어린 시절을 함께 보냈어요. 마셜 가족은 우리 옆집에 살았지요. 켄(케네스)은 항상 나에게 잘해 주었어요. 물론 그는 나보다 네 살이 위였기 때문에 늘 그 점을 강조했지만 말이에요. 그 뒤로는 오랫동안 그를 만나보지 못했어요. 적어도 15년은 된 것 같아요."

포와로는 생각에 잠기며 말했다.

"오랜 기간이군요."

로저먼드는 고개를 끄덕였다.

잠깐 침묵이 흘렀다.

에르퀼 포와로가 입을 열었다.

"그는 인정이 많은 것 같은데, 맞습니까?"

로저먼드는 부드럽게 말했다.

"켄은 무척 친절해요. 아주 멋진 사람에 속해요. 매우 조용하고 내성적이죠. 그의 유일한 결점은 불행한 결혼을 하는 경향이 있다는 것뿐이에요."

포와로는 이해한다는 투로 말했다.

"오……!"

로저먼드 단리는 계속했다.

"케네스는 바보예요. 여자에 대해서는 정말 바보예요! 마틴데일 사건을 기억하시나요?"

포와로는 얼굴을 찡그렸다.

"마틴데일? 마틴데일이라……, 아, 그 비소 사건?"

"예, 맞아요, 17~18년 전 일이지요. 그 여자는 남편을 살해한 혐의로 체포되었어요."

"그렇지만 남편이 비소를 습관적으로 먹었다는 것이 밝혀져 석방되었죠?"

"맞아요. 그런데 그녀가 석방되고 나서 켄이 그녀와 결혼했어요. 그가 하는 행동은 그렇게 어리석다니까요."

포와로는 중얼거렸다.

"하지만, 그녀가 결백했다면?"

로저먼드 단리는 참을 수 없다는 듯이 말했다.

"물론 그녀는 결백했겠죠. 진실은 아무도 모르지만! 그러나 세상에는 살인죄로 법정에 섰던 여자 말고도 결혼할 여자는 얼마든지 많아요."

포와로는 아무 말도 하지 않았다. 자기가 입을 다물고 있으면 로저먼드 단리가 계속 이야기할 거라는 사실을 알고 있었기 때문이다.

그녀는 계속했다.

"그는 그때 매우 젊었어요. 겨우 스물한 살이었으니까. 그는 그녀에게 미쳐 버렸던 거예요. 그녀는 린다가 태어났을 때 죽었지요. 그들이 결혼한 지 1년 만이었어요. 켄은 아내의 죽음으로 매우 큰 상처를 받고 방탕한 생활에 빠졌지요. 잊으려고 그랬을 거예요."

그녀는 말을 멈추었다.

"바로 그때 아레나 스튜어트 사건이 일어난 거예요. 그녀는 그때 레뷰에서 살고 있었는데, 그곳에서 코드링턴 부부의 이혼 사건이 있었죠. 코드링턴 부인은 아레나 스튜어트 때문에 남편과 이혼했답니다. 코드링턴 경은 그녀에게 푹 빠져 있었거든요. 그들은 이혼 문제가 해결되면 결혼하기로 했었나 봐요. 그런데 막상 그렇게 되자 그는 아레나와 결혼하지 않았지요. 그녀는 화가 나서 약속 불이행으로 그를 고소했어요. 어쨌든 그때 그 사건은 굉장했었지요. 그러자 켄이 그녀와 결혼을 한 거예요. 그는 바보예요, 철저한 바보예요!"

에르큘 포와로가 중얼거리듯이 말했다.

"그는 바보가 아닐 수도 있습니다. 그녀는 아름답거든요."

"예, 그것은 사실이지요. 3년 전에는 이런 스캔들이 있었어요. 로저 어스킨이 자신의 모든 돈을 저 여자에게 물려주었다고 하더군요. 그것은 틀림없이 켄을 놀라게 했을 거예요."

"그 뒤는 어떻게 됐습니까?"

로저먼드 단리는 어깨를 으쓱하며 말했다.

"여러 해 동안 그의 소식을 못 들었다고 했잖아요. 사람들 말로는 그가 그 사실을 덤덤하게 받아들였다고 하더군요. 나는 왜 그랬는지 알고 싶어요. 그는 맹목적으로 그녀를 믿은 건 아닐까요?"

"거기에는 다른 이유가 있을 수도 있겠지요."

"예, 자존심이에요! 입술을 굳게 다물고서! 나는 그가 그녀에게 무엇을 느끼는지 모르겠어요. 아무도 모를 거예요."

"그러면 그녀는? 그녀는 그에게 무엇을 느낄까요?"

로저먼드는 그를 멍청히 바라보면서 말했다.

"그녀요? 그녀는 세계 최초로 황금을 파는 여자예요. 남자를 잡아먹는 여자! 그녀의 100야드 이내에 바지를 입은 사람이 오면 그것은 아레나의 사냥감이지요! 그녀는 그런 여자예요."

포와로는 동감을 표시하며 천천히 고개를 끄덕였다.

"맞습니다. 당신이 한 말은 사실입니다……. 그녀의 눈은 오로지 하나만 찾고 있습니다. 남자들이죠."

로저먼드는 말했다.

"그녀는 지금 패트릭 레드펀에게 향했어요. 그는 잘생기고, 단순하고, 당신도 알다시피 그는 자기 부인을 사랑하고, 난봉꾼도 아니에요. 그것이 아레나에게는 먹이가 되는 거예요. 나는 그 작은 레드펀 부인을 좋아합니다(그녀는 늘 깨끗한 금발을 지닌 아름다운 여자예요). 하지만 그녀도 사람을 잡아먹는 호랑이와 다름없는 아레나에게는 어쩔 수 없을 거예요."

포와로가 말했다.

"그것은 당신 말이 맞는 것 같군요."

그는 곤경에 처한 모습이었다.

로저먼드가 말했다.

"크리스틴 레드펀은 학교 교사래요. 그녀는 마음이 물질보다 중요하다고 생각하는 여자예요."

포와로는 머리를 혼란스럽다는 듯이 흔들었다.

로저먼드가 일어서서 말했다.

"정말 부끄러운 일이에요." 그녀는 막연하게 덧붙였다.

"누군가가 무슨 조치라도 취해야 해요."

린다 마셜은 침실 거울 앞에서 실망스럽게 자기 얼굴을 뜯어보고 있었다. 그녀는 자신의 얼굴이 마음에 들지 않았다.

그녀에게는 온통 뼈와 주근깨투성이로 보였다. 그녀는 불만스럽게 자기의 숱이 많은 홍갈색 머리(그녀는 그것을 마음속으로는 쥐색이라고 생각하고 있었다), 푸르고 회색빛이 나는 눈, 튀어나온 광대뼈, 그리고 길고 공격적인 턱의 윤곽을 보고 있었다. 그녀의 입과 치아는 그렇게 보기 싫지 않았다.

이건 또 뭐지? 코 옆에 나 있는 이것은 여드름인가? 그녀는 그것을 여드름이 아니라고 스스로 위로하기로 했다.

그녀는 속으로 생각했다.

'열여섯 살이 되기가 두려워, 정말로 두려워.'

그 나이 때는 자신이 어떤 부류에 속하는지 알기가 어렵다. 린다는 어린 망아지처럼 서툴고 고슴도치처럼 날카로웠다. 그녀는 자신이 볼품없다는 것과 이도 저도 아니라는 사실을 의식하고 있었다. 그녀가 학교에 있을 때는 그렇게 나쁘지는 않았다. 그러나 지금은 학교를 떠났다.

아무도 그녀가 다음에 무엇을 할지 몰랐다. 아버지는 다음 겨울에 그녀를 파리로 보내겠다고 막연하게만 이야기했다. 린다는 파리에 가고 싶지 않았다—그렇다고 집에 있는 것도 싫었다.

그녀는 자신이 아레나를 얼마나 미워하는지도 깨닫지 못했다.

린다의 어린 얼굴이 긴장되었고, 그녀의 푸른 눈이 굳어졌다.

아레나……. 그녀는 속으로 생각했다.

'짐승 같은 여자……, 짐승.'

계모! 계모라는 존재는 불쾌하다고 모든 사람들이 말한다. 맞는 말이다!

아레나가 자기에게 못되게 구는 것도 아니었다. 그녀는 소녀를 거의 의식하지 않았다. 그러나 소녀를 바라볼 때는 그녀의 시선과 말에는 경멸적인 것이 섞여 있었다. 아레나의 그 야릇한 친절과 태도는 린다의 사춘기적인 어설픔을 더욱 크게 느끼게 해주었다.

아레나에게서는 미성숙하고 잔인한 태도가 풍겼다. 그것뿐이 아니었다. 절대로 그것뿐만이 아니었다. 린다는 머뭇거리며 생각을 정리했다.

하지만, 좀처럼 자신의 감정을 진정시킬 수가 없었다. 아레나가 사람들에게 하는 행동에는 야릇한 면이 있었다—집에서까지도.

'나쁜 여자!' 린다는 생각했다.

'정말 나쁜 여자야.'

하지만, 그쯤에서 적당히 해둘 수는 없겠어? 도덕적 우월감을 느끼고 거만해져서 그녀를 무시해버릴 수는 없잖아. 그녀는 모든 이들에게 다 그렇게 하는걸. 하지만 아버지, 아버지는 매우 달라······.

그녀는 혼란스러웠다. 그녀를 학교에 데려가려고 내려왔던 아버지. 딱 한 번 아버지는 그녀와 함께 선박 여행을 했다. 그러고는 계속해서 집에 있었다—아레나와 함께.

'모든 것이 뒤죽박죽이야. 아니, 집이 아니었나?'

린다는 생각했다.

'이렇게 계속 지낼 수는 없어. 날이면 날마다, 이젠 참을 수가 없어.'

인생이 그녀 앞에 펼쳐져 있었다(끝없이). 아레나의 존재로 어둡고 오염된 날들이. 그녀는 아직 너무 어려서 감정을 조화시킬 수가 없었다. 린다에게는 1년은 마치 영원과도 같았다. 아레나에 대한 증오의 크고 어두운 불꽃이 그녀의 마음을 억누르고 있었다.

'그녀를 죽이고 싶어.' 그녀는 생각했다.

'오! 그녀가 죽었으면······.'

그녀는 거울 너머로 바다 아래 쪽을 내려다보았다.

여기는 정말 재미있는 곳이다. 재미있게 지낼 만한 곳이었다.

저 바닷가와 협곡, 그리고 기묘하게 생긴 오솔길. 가볼 만한 곳이 많았다. 혼자서 산책할 수 있는 곳도 많았다. 동굴도 있다고 코윈 씨네 애들이 말해주었다.

린다는 생각했다.

'아레나만 없다면 재미있게 지낼 수 있을 텐데.'

그녀는 자기들이 이곳에 온 오후를 생각해보았다. 그때는 육지에서 떠난다는 가벼운 흥분을 맛보았었지. 조수는 제방 위로 넘쳤다.

마셜 가족은 같은 배에 타고 왔다. 호텔은 멋있고 특이해 보였다.

그때 테라스 위에서 키가 크고 검은 여자가 뛰어오며 말했다.

"케네슥 케네스, 아니에요!"

그녀의 아버지도 놀라서 외쳤다.

"로저먼드!"

린다는 소녀답게 로저먼드 단리에 대해 엄밀하고도 신중하게 생각해보았다.

로저먼드가 좋은 여자라고 생각했다. 그녀 생각에 로저먼드는 분별 있는 여자였다. 그리고 머리카락도 무척 아름다웠다. 그녀에게 잘 어울리는 것이었다. 대부분 사람들은 머리카락이 잘 어울리지가 않았는데. 그녀의 옷도 훌륭했다. 또한 호감 가는 얼굴을 가지고 있었다. 그것은 아마도 그녀 자신에게 즐거움을 주는 것 같았다.

로저먼드는 린다에게 친절하게 대해 주었다. 그녀는 잡다한 말을 늘어놓지 않았다(린다는 '잡다한 말'이란 단어를 아주 싫어했다). 또한 로저먼드는 그녀를 무시하지도 않았다. 린다를 진정한 인격체로 상대해주었던 것이다.

린다는 다른 사람들이 자기를 대하는 태도에서 자기가 크게 만족해할 정도로 진정한 인격체로 대우받은 적은 없었다. 아버지도 역시 단리 양을 보고는 기뻐하는 것 같았다.

기묘하게도 아버지가 갑자기 다르게 보였다. 아버지는 좀(어쩐지)…….

린다는 좀처럼 적절한 말을 찾아내지 못했다.

좀, 젊어 보였나. 맞아!

아버지는 웃었다, 어린애처럼.

린다는 생각해보았다.

그녀는 좀처럼 아버지가 웃는 것을 본 적이 없었다.

그녀는 혼란스러웠다. 마치 다른 사람을 보는 것 같았기 때문이었다.

"아버지는 마치 내 나이쯤 된 것 같았어……."

그것은 대단히 어려운 문제였다. 그녀는 그에 대한 생각을 그만두었다. 금방 다른 생각이 떠올랐다. 아버지만 여기 와서 단리 양을 만났다면 얼마나 재미있었을까.

잠시 이것저것 상상해보았다.

소년같이 웃는 아버지, 그리고 단리 양, 매우 신나는 일이 이 섬에서 일어날 수 있었을 텐데. 수영, 동굴들…….

그러나 다시 어둠이 이러한 생각을 닫아버렸다.

아레나, 그녀가 있으면 재미있게 지낼 수가 없었다. 왜 그럴까? 린다에게는 그럴 수가 없었다. 누구든지 자기가 미워하는 사람과 함께 있을 때는 즐겁지 못할 것이다.

그렇다. 그것은 미움이었다. 그녀는 아레나를 미워했다.

매우 천천히 미움의 검은 불꽃이 다시 일기 시작했다. 린다의 얼굴은 새하얘졌다. 입술은 약간 벌어졌다. 눈동자가 수축하였다. 그리고 손가락이 굳어졌고 마침내 주먹이 쥐어졌다…….

케네스 마셜이 부인의 문을 두드렸다. 부인이 대답하자 문을 열고 들어갔다.

아레나는 화장실에서 막 나오는 중이었다. 그녀는 투명한 푸른색 옷을 입고 있어서 마치 인어처럼 보였다. 그녀는 거울 앞에 서서 눈 주위에 마스카라를 칠하고 있었다.

"오, 당신이었군요, 켄."

"그래, 준비는 다 되었소?"

"잠깐만요."

케네스 마셜은 창문으로 가서 바다를 내려다보았다. 그의 얼굴에는 보통 때처럼 어떤 감정도 나타나 있지 않았다. 그저 평범한 표정이었다.

그는 돌아서며 말했다.

"아레나?"

"예?"

"당신은 전에 레드펀을 만난 적이 있었지?"
아레나는 쉽게 말했다.
"오, 예, 여보. 언젠가 칵테일파티에서요. 멋있는 남자라고 생각해요."
"그랬지. 당신은 그 사람 부부가 함께 이곳에 온 걸 알고 있소?"
아레나의 눈이 갑자기 동그래졌다.
"오, 아뇨. 놀라운 일이군요!"
케네스 마셜은 조용히 말했다.
"내 생각엔 그 사실이 당신을 이곳으로 오게 한 것 같은데. 당신은 이곳에 꼭 와야 한다고 고집을 부렸잖아."
아레나는 마스카라를 내려놓고 돌아섰다.
그녀는 웃었다, 부드럽고 매력적으로. 그러고는 말했다.
"누군가가 이곳이 좋다고 내게 말하더군요. 아마 릴랜즈였을 거예요. 이곳이 혼잡하지도 않고 매우 멋지다고 하더군요! 당신은 여기가 마음에 들지 않으세요?"
케네스 마셜이 말했다.
"나는 잘 모르겠소."
"오, 여보, 당신은 수영이나 하며 느긋하게 소일하는 걸 좋아하시잖아요. 당신도 이곳이 마음에 들 거예요."
"당신 자신이 즐길 수 있는 곳이라는 것을 말하는 거겠지."
그녀의 눈이 더 동그래지며 그를 명청하게 바라보았다.
케네스 마셜이 말했다.
"레드펀에게 당신이 이곳에 오겠다고 말한 것 같은데?"
아레나가 말했다.
"여보, 당신 불쾌해하는 것은 아니겠죠?"
케네스 마셜이 말했다.
"이것 봐, 아레나. 나는 당신이 어떻다는 것을 알고 있어. 그 사람들은 젊고 참한 부부야. 그 사람은 자기 부인을 깊이 사랑하고 있어. 당신은 그런 아름다운 모습을 파탄시켜야겠다는 거야?"

아레나가 말했다.

"나를 욕하지 마세요. 나는 아무런 행동도 하지 않았어요, 아무것도. 만일 그렇다면 나로서도 어쩔 수 없는 일이에요."

그는 부인을 다그쳤다.

"어떻다면?"

그녀의 눈꺼풀이 깜박거렸다.

"저, 물론 나는 사람들이 나에게 미친다는 것을 알아요. 그러나 그건 내 책임이 아니에요. 그 사람들이 원해서 그렇게 된 것뿐이에요."

"그렇다면 젊은 레드펀이 당신에게 미쳐 있다는 것도 알고 있소?"

아레나는 중얼거리듯이 말했다.

"그는 어리석은 사람이에요."

그녀는 남편에게 한 걸음 다가섰다.

"하지만, 나는 당신밖에는 아무도 진정으로 좋아하지 않는다는 것을 알고 있잖아요?"

그녀는 검은 속눈썹을 통해 남편을 올려다보았다.

참으로 매력적이었다—남자로서는 도저히 저항할 수 없는 그 모습.

케네스 마셜은 조용히 그녀를 내려다보았다.

그의 얼굴은 평온을 되찾고 있었다. 케네스는 조용한 목소리로 말했다.

"나는 당신을 잘 알고 있어. 아레나……."

호텔의 남쪽으로 나오면 테라스와 바다가 바로 한눈에 들어온다. 그 섬의 남서쪽에는 절벽으로 통하는 좁은 길이 하나 있었다. 그 길을 따라가면 벼랑이 움푹 들어간 곳으로 갈 수 있다. 그곳은 그 섬의 호텔 지도에 서니 레지 Sunny Ledge로 표시되어 있었고, 절벽이 깎여 있는 곳에 여러 개의 의자가 마련되어 있었다.

저녁식사 뒤에 패트릭 레드펀 부부가 이곳으로 왔다. 밝은 달이 비치는 아름답고 맑은 밤이었다. 레드펀 부부는 의자에 앉았다.

잠깐 동안 그들 사이에 침묵이 흘렀다.

패트릭 레드펀이 먼저 입을 열었다.

"정말 아름다운 밤이군, 응, 크리스틴?"

"그렇군요."

그녀의 목소리에는 그를 불안하게 만드는 요소가 들어 있었다. 그는 아내를 보지 않고 앉아 있었다.

크리스틴 레드펀이 조용하게 물었다.

"당신은 그 여자가 이곳에 올 것이라는 걸 알고 있었나요?"

그는 얼른 돌아서서 말했다.

"무슨 말인지 모르겠어."

"그렇지 않을 텐데요."

"이것 봐, 크리스틴. 나는 당신이 무슨 생각을 하고 있는지 모르겠어……."

그녀는 남편의 말을 중단시켰다. 그녀의 목소리에는 감정이 섞여 있었고 떨리는 듯했다.

"내가요? 그것은 당신이 하는 생각이에요!"

"나에게는 아무 생각도 없어!"

"오, 패트릭! 틀림없이 있어요! 당신이 먼저 이곳에 오자고 했으니까. 당신은 매우 적극적이었어요. 나는 우리가 신혼여행을 갔었던 틴타겔에 다시 가자고 했죠. 하지만, 당신은 기어코 이곳에 오자고 했어요."

"아니, 왜 그래? 이곳은 아름답잖아?"

"물론 그래요. 하지만, 당신이 이곳에 오자고 한 것은 그녀 때문일 거예요."

"그녀라니? 그녀가 누군데?"

"마셜 부인 말이에요. 당신은……, 당신은 그녀에게 빠져 있더군요."

"제발, 크리스틴, 그렇게 조롱하지 마. 질투는 당신에게 어울리지 않아."

그의 고함에는 좀 이상한 데가 있었다. 그는 말을 더듬거렸다.

그녀가 말했다.

"우리는 행복했어요!"

"행복? 물론 우리는 행복했지! 그리고 지금도 행복해. 그러나 내가 당신 허락 없이는 다른 여자와 말도 할 수 없다면 우리는 행복해질 수 없을 거야."

"그것하고는 달라요."

"하나도 다를 게 없어. 결혼한 사람도 다른 사람들과 친하게 지내야 해. 그렇게 의심하는 건 옳지 않아. 내, 내가 예쁜 여자에게 말만 걸어도 그녀와 사랑에 빠졌다는 오해를 받아야 하는 건가?"

그는 말을 멈추고 어깨를 으쓱했다.

크리스틴 레드펀은 말했다.

"당신은 그녀와 사랑에 빠졌어요."

"오, 어리석은 소리 말아요, 크리스틴! 나……, 나는 단지 그녀와 이야기만 했을 뿐이야."

"그렇지 않아요."

"제발, 우리가 만나는 모든 예쁜 여자를 질투하는 버릇을 버려요."

크리스틴 레드펀이 말했다.

"그녀는 단순히 예쁜 여자가 아니에요! 그 여자는……, 그 여자는 좀 달라요! 나쁜 여자란 말이에요! 그래요, 그녀는 당신에게 피해를 줄 거예요. 패트릭, 제발 그만둬요. 우리 얼른 이곳을 떠나요."

패트릭 레드펀은 말없이 턱을 괴고 있었다. 그러다가 마치 반항이라도 하듯이 입을 열었을 때의 모습은 마치 소년 같아 보였다.

"어리석은 소리 말아요, 크리스틴. 그 문제에 대해서는 싸우지 맙시다."

"나도 싸우고 싶지는 않아요."

"그렇다면 이성적인 인간답게 행동합시다. 빨리 호텔로 돌아갑시다."

그는 일어섰다.

잠시 침묵이 흐르고 나서 크리스틴 레드펀도 일어섰다. 그러고는 말했다.

"좋아요."

그곳에 있던 에르큘 포와로는 자리에 앉아서 슬프게 머리를 흔들었다. 대개 사람들은 남의 개인적인 대화에는 관심을 기울이지 않을 것이다. 하지만, 에르큘 포와로는 그렇지 않았다. 그는 그런 종류의 것에는 망설이지 않았다.

"게다가……"

그는 나중에 그의 친구인 헤이스팅스에게 이렇게 말했다.

"그것은 살인에 관한 문제였어."
헤이스팅스는 그를 바라보며 말했다.
"그러나 그때는 살인이 일어나지 않았잖습니까?"
에르큘 포와로는 한숨을 쉬며 말했다.
"하지만, 그것이 그 징조였지."
"그렇다면 왜 그것을 막지 못했습니까?"

그러자 에르큘 포와로는 자기가 그전에 이집트에서 말했을 때처럼 한숨을 쉬며, 어떤 사람이 살인을 저지르기로 마음먹는다면 그것을 막기가 쉽지 않다는 것을 말해주었다.

그는 어떤 사건이 일어나더라도 자신을 탓하지 않는다. 그의 말에 따르면, 그건 어쩔 수 없는 일이라는 것이다.

 로저먼드 단리와 케네스 마셜은 작은 후미인 걸 코브가 내려다보이는 절벽의 짧은 잔디에 앉아 있었다. 이곳은 섬의 동쪽이었다. 사람들이 조용히 쉬고 싶을 때는 아침에 이곳에 와서 수영하곤 했다.
 로저먼드가 말했다.
 "이곳은 사람들과 떨어져 쉬기에 아주 알맞은 장소예요."
 마셜은 거의 들리지 않을 정도로 중얼거렸다.
 "그런 것 같소."
 그는 짧은 잔디의 냄새를 맡아 보려고 몸을 앞으로 숙였다.
 "냄새가 좋은데. 쉬플리에 있는 평원을 기억하오?"
 "그럼요."
 "그때는 매우 좋았었는데."
 "그랬지요."
 "당신은 별로 변한 것이 없군, 로저먼드."
 "아니요. 많이 변했을걸요."
 "크게 성공했고 부자가 되었다지만 옛날 그대로인 것 같소."
 로저먼드가 말했다.
 "나도 그랬으면 좋겠어요."
 "무슨 뜻이지?"
 "아무것도 아니에요. 우리가 아름다운 심성과 젊었을 때 가졌던 그 높은 이상을 계속해서 가지지 못한 것이 안타까워요."
 "나는 당신의 마음이 남달리 아름다웠는지는 잘 모르겠는걸. 당신은 툭하면 화를 내고는 했으니까. 한번은 화를 잔뜩 내며 나에게 달려들어서 내가 숨 막혀 죽을 뻔한 적이 있었는데."

로저먼드는 웃으며 말했다.

"우리가 물쥐를 잡으러 토비를 데리고 간 걸 기억하세요?"

그들은 얼마 동안 어린 시절의 일들을 회상하며 시간을 보냈다.

그런 뒤 약간의 침묵이 흘렀다. 로저먼드의 손가락이 가방 고리를 만지작거렸다. 그러다가 그녀가 입을 열었다.

"케네스?"

"응."

그의 대답은 분명하지가 않았다. 그는 아직 잔디 위에 얼굴을 대고 누워 있었다.

"내가 만일 당신에게 화를 낼 만한 이야기를 한다면 다시는 나에게 말을 하지 않을 건가요?"

그는 몸을 일으켜 앉았다.

"그렇지 않을걸." 그가 진지하게 말했다.

"나는 당신이 무슨 말을 한다고 해도 화를 내지 않을 거요. 당신도 알겠지만, 당신은 항상 특별하니까."

그녀는 그의 마지막 말의 의미를 알아듣고는 고개를 끄덕였다. 그녀는 그 말이 자기에게 준 기쁨을 감추었다.

"케네스, 왜 부인과 이혼하지 않지요?"

그의 표정이 갑자기 바뀌었다. 그것은 굳은 표정이었다—행복해하던 표정은 사라졌다. 그는 주머니에서 파이프를 꺼내어 담배를 피우기 시작했다.

로저먼드가 말했다.

"당신을 모욕했다면 용서하세요."

그는 조용하게 말했다.

"아니, 그렇지는 않아."

"그렇다면, 왜?"

"당신은 이해할 수 없을 거요."

"그녀를 그 정도로 사랑하고 있나요?"

"그런 문제가 아니오. 당신도 알다시피 나는 그녀와 결혼한 몸이오."
"알아요. 하지만 그녀는……, 정말 나쁜 여자예요."
그는 조심스럽게 담배를 채우면서 잠깐 생각에 잠겼다.
"그녀가……? 그래, 나도 알고 있어."
"당신은 그녀와 이혼할 수 있어요, 켄."
"그런 식으로 말하지는 말아요. 단지 남자들이 그녀에게 좀 미친다고 해서 그녀도 그렇게 된다고는 말할 수 없잖소."
로저먼드는 약간 이상한 말을 했다.
"당신은 그녀가 당신과 이혼하게 할 수도 있어요, 당신만 원한다면."
"나도 그럴 수는 있소."
"아니요, 꼭 그렇게 해야 해요. 진정으로 하는 말이에요. 당신에게는 아이도 있잖아요."
"린다 말이오?"
"예, 린다."
"그 일이 린다하고 무슨 상관이 있지?"
"아레나는 린다에게 잘하지 못할걸요. 내 생각에는 린다는 감수성이 매우 예민한 것 같아요."
케네스 마셜은 파이프에다 성냥불을 대었다. 그러고는 한 모금 빨고 말했다.
"맞아……, 그런 문제가 있지. 아레나와 린다는 서로 사이가 안 좋은 것 같더구먼. 그 애한테 좋은 영향을 줄 리야 없겠지. 사실 그것이 걱정스럽소."
로저먼드가 말했다.
"나는 린다가 마음에 들어요. 그 애에게 어울리는 게 있을 것 같아요."
케네스가 말했다.
"그 애는 제 엄마를 똑 닮았지. 그녀는 루스처럼 모든 일을 심각하게 생각하는 습관이 있었소."
로저먼드가 말했다.
"당신은, 정말 아레나와 헤어질 생각이 없단 말인가요?"
"이혼 말이오?"

"그래요. 대부분의 사람들이 그렇게 하고 있어요."

케네스 마셜이 갑자기 화를 내며 말했다.

"알고 있소. 바로 그것이 내가 가장 싫어하는 것이오."

"싫어한다고요?" 그녀는 놀랐다.

"그렇소. 요즘엔 그런 것이 생활의 일부가 되었더군. 일단 한번 선택한 뒤에 그것이 싫어지면 가능한 한 빨리 버리려고 하지! 하지만 굳은 신념이 있어야 해. 한 여자와 결혼해서 그녀를 돌보기로 했으면 그에 대한 책임을 질 줄 알아야 해. 그것이 이미 자기가 행한 일이고, 또 선택한 일이오. 나는 쉽게 결혼하고 쉽게 헤어지는 것을 혐오하고 있소. 아레나는 내 아내요. 그것이 전부요."

로저먼드는 앞으로 몸을 숙이고 낮은 목소리로 말했다.

"'죽음이 우리를 갈라놓을 때까지'라는 말처럼 말인가요?"

케네스 마셜은 고개를 끄덕이고는 말했다.

"그렇소."

로저먼드가 말했다.

"알았어요."

호레이스 블래트는 좁고 구부러진 길을 따라 리더콤 만으로 들어오다가 한쪽 귀퉁이에 서 있던 레드펀 부인과 부딪칠 뻔했다. 그녀가 간신히 울타리 쪽으로 피하자 블래트가 브레이크를 밟으며 차를 세웠다.

"이야 호—!"

블래트가 쾌활하게 소리쳤다. 그는 붉은 얼굴과 벗겨진 머리 주위에 붉은 머리카락이 조금 돋아난 몸집이 큰 사람이었다. 그는 자기가 있는 장소에 생명력과 활기를 불어넣는 것을 자신의 임무라고 생각하고 있었다.

그는 졸리 로저 호텔이 좀 시끌벅적하고 활기가 있어야 한다고 생각하고 있었다. 그는 자기가 등장하는 곳에서 사람들이 흐물흐물해졌다가는 이내 사라지는 것 같은 기분이 들어서 늘 당황하고 있었다.

블래트가 말했다.

"당신을 딸기잼으로 만들 뻔했군요."

크리스틴 레드펀이 말했다.

"정말이에요."

"타시죠."

"아니에요, 고맙지만, 걸어가겠어요."

"아닙니다." 블래트가 말했다.

"그러면 차가 있을 필요가 있겠습니까?"

그 말이 맞다고 생각하면서 크리스틴 레드펀은 차에 올랐다.

블래트는 급브레이크를 밟았었던 차를 다시 출발시켰다.

"혼자서 걸으면서 무슨 생각을 하고 있었습니까? 당신 같은 미인에게는 어울리지 않습니다."

크리스틴은 급하게 말했다.

"오! 혼자 있고 싶었어요."

블래트는 팔꿈치로 그녀를 세게 찔렀다. 그래서 차가 하마터면 울타리를 들이받을 뻔했다.

"여자들은 늘 그렇게 말하지요. 하지만, 내 말은 그런 뜻이 아닙니다. 당신도 알다시피 이곳 졸리 로저는 어쩐지 생동감이 부족한 것 같아요. 신나는 일이라곤 하나도 없단 말입니다. 이곳에는 생명력이 없어요. 물론 관광객은 많지요. 어린애들도 많고 늙은 구닥다리들도 많아요. 늙은 앵글로, 인디언 계통의 사람, 운동선수 같은 목사, 말이 많은 미국인, 그리고 콧수염을 기른 외국인, 그의 콧수염은 웃음이 나올 정도죠. 그는 아마 이발사인 것 같더군요."

크리스틴이 고개를 저었다.

"오, 아니에요. 그는 탐정이에요."

블래트는 또다시 차를 울타리 쪽으로 아슬아슬하게 몰았다.

"탐정? 그럼, 그가 변장하고 있단 말인가요?"

크리스틴은 가볍게 웃고는 말했다.

"오, 아니에요. 그는 그 모습 그대로예요. 그 사람이 바로 에르퀼 포와로예요. 당신도 들어 본 적이 있을 거예요."

블래트가 말했다.

"글쎄, 그 이름은 잘 모르겠지만, 오, 맞아요. 들어 본 적이 있는 것 같소 하지만, 이미 죽은 줄 알았는데. 죽었을 거라고 말이오. 그런데 그 사람은 누구를 잡으러 이곳에 왔나요?"

"아무도 잡으러 오지 않았어요. 그냥 휴가를 보내는 중이래요."

"음, 그럴지도 모르겠군." 블래트는 그 말을 의심하는 것 같았다.

"그 사람, 좀 건방져 보이지 않습니까?"

"글쎄요."

크리스틴은 말하고 주저하다가 이렇게 덧붙였다.

"어딘지 좀 특별해 보이기는 해요."

블래트가 말했다.

"내가 말하는 뜻은, 런던경시청이 어디 잘못되기라도 한 모양이죠? 영국이 매번 그를 필요로 하니 말입니다."

차는 언덕 아래에 도착했다. 그러고는 승리한 것처럼 경적 소리를 울리며 호텔 반대편에 있는 졸리 로저의 주차장에 가서 차를 세웠다.

린다 마셜은 리더콤 만에 오는 사람들의 요구로 세워진 작은 상점 안에 있었다. 상점의 한쪽에는 2펜스에 한 권을 빌릴 수 있는 책들이 놓여 있는 선반이 있었다. 그 책 중에서 가장 최근 것은 10년 전 것이었다. 20년 전 책도 있었고, 그것보다 더 오래된 것도 있었다. 린다는 이것저것 선반에서 집어보고 있었다. 그녀는 갈색 표지를 한 조그만 책을 집어들었다.

시간이 흘렀다······. 갑자기 크리스틴 레드펀의 목소리가 들리자 린다는 깜짝 놀라며 그 책을 선반에다 다시 놓았다.

"무엇을 읽고 있니, 린다?"

린다는 급하게 말했다.

"아무것도 아니에요. 책을 한 권 찾고 있었어요."

그녀는 《윌리엄 애쉬의 결혼》이라는 책을 무심코 뽑았다. 그리고 당황해하며 2펜스를 내려고 카운터로 걸어갔다.

크리스틴이 말했다.

"블래트 씨가 나를 이곳까지 데려다 주었어. 그러고 나서 나에게 치근거리 길래 그 사람하고 걷고 싶지 않아서 물건 살 게 있다고 하며 와버렸지."

린다가 말했다.

"그 사람 좀 불쾌하죠? 항상 자기가 부자라고 뻐기며 이상한 농담이나 하고 말이에요."

크리스틴이 말했다.

"불쌍한 사람이야. 나는 그에게 동정을 느낀단다."

린다는 그 말에 동의하지 않았다. 그녀는 블래트에게는 동정할 만한 구석이 없다고 생각했다. 린다는 어리고 버릇이 없었다. 그녀는 상점을 나와 제방길 쪽으로 크리스틴 레드펀과 함께 걸으며 자신의 생각으로 꽉 차 있었다.

린다는 크리스틴 레드펀을 좋아했다. 린다는 이 여자와 로저먼드 단리만이 이 섬에 있는 사람 중에서 유일하게 호감이 가는 사람이라고 생각했다. 그들은 린다에게 잔소리를 늘어놓지 않았다. 지금 함께 걸어가면서도 크리스틴은 아무 말도 하지 않았다. 린다는 그것이 좋았다. 사람들은 할 말도 없으면서 왜 늘 재잘거리며 걷는 것일까? 그녀는 그 생각으로 괜히 머릿속이 복잡했다.

그러다가 갑자기 말을 꺼냈다.

"레드펀 부인, 당신은 모든 것이 너무 두려워서(너무 끔찍해서), 저, 터뜨려 버려야 한다고 생각하진 않나요……?"

그 말은 거의 웃음이 나올 정도로 어설프게 들렸다. 그러나 린다의 얼굴은 심각하고 진지했다. 이해할 수 없다는 눈빛으로 멍청히 그녀를 바라보던 크리스틴 레드펀은 그녀에게서 웃을 만한 점을 발견하지 못했다.

그녀는 숨을 멈추고는 말했다.

"맞아, 그래. 그렇게 생각해……."

블래트가 말했다.

"당신이 그 유명한 탐정인가요?"

그들은 블래트가 자주 가는 칵테일바에 앉아 있었다.

에르퀼 포와로는 평상시대로 무뚝뚝하게 그 말을 인정했다.

블래트는 계속했다.

"그러면 당신은 이곳에 왜 오셨습니까, 사건 때문입니까?"

"아니오, 나는 쉬러 왔소. 휴식 중이라오."

블래트는 눈을 찡긋했다.

"당신은 항상 그런 식으로 말하는 게 아닌가요?"

"아니오."

호레이스 블래트가 말했다.

"오! 나에 대해서는 신경 쓰실 필요 없습니다. 나는, 내가 들은 것은 아무에게도 말하지 않으니까요! 나는 오랫동안 입을 다무는 법을 배웠답니다. 내가 그것을 안 배웠다면 지금까지 살아 있지도 못했을 겁니다. 하지만 대부분의 사람들은 그렇지 않은 것 같더군요. 그들이 무엇을 들었든 간에 말이죠! 아마 당신은 직업상 그것을 말하지 못할 거요! 그래서 이곳에 단지 휴가를 보내기 위해 왔다고 말하는 것이겠지요!"

포와로가 물었다.

"그렇다면, 그 반대는 왜 생각하지 않소?"

블래트는 한쪽 눈을 찡긋하며 말했다.

"나야 그저 평범한 이 세상 사람 아닙니까? 나는 사람들의 몸차림을 알고 있지요. 당신 같은 사람은 듀빌이나 투케, 또는 후안 르팽에나 있어야 어울리지요. 그곳은……, 뭐랄까? 정신적인 안식처지요."

포와로는 한숨을 쉬며 창밖을 내다보았다. 비가 떨어지며 안개가 섬을 에워싸고 있었다.

"당신 말이 맞을 수도 있겠지요! 적어도 비 오는 날에는 혼란이 있는 법이니까."

"좋고 오래된 도박장!" 블래트가 말했다.

"나는 내 생애 대부분을 열심히 일했지요. 나는 휴가나 맛있는 음식을 위한 시간을 따로 내본 적이 없죠. 그저 착하게만 살았지요. 하지만, 이제는 나도 하고 싶은 것을 할 수 있게 되었답니다. 재산도 어떤 사람 못지않게 많아요. 나는 불과 몇 년 전부터 산다는 것이 무엇인지 알게 되었소."

포와로는 중얼거리듯이 말했다.

"오, 그렇습니까?"

블래트가 계속해서 말했다.

"당신은 내가 이곳에 온 이유를 모를 겁니다."

"궁금한데요."

"무슨 이유 같소?"

포와로는 손을 흔들었다.

"아니, 나도 관찰력이 없는 것은 아니오. 내가 생각하기에는 당신도 듀빌이나 비어리츠에 가는 것이 더 나을 거요."

"그곳 대신에 우리는 이곳에 왔다는 말이군요, 그렇습니까?"

블래트는 거칠게 기침을 하며 말했다.

"하지만, 당신은 내가 이곳에 온 이유를 정말 모를 겁니다."

그는 의기양양하게 말을 이었다.

"졸리 로저 호텔, 스머글러스 섬이란 이름은 어딘지 모르게 낭만적으로 들리는 것 같지 않소. 이 말이 당신에게 호기심을 주었을 거요. 그리고 당신의 어렸을 때를 생각나게 했을 거요. 마치 밀항하는 해적선 같지 않습니까?"

그는 의식적으로 웃었다.

"나는 어렸을 때 배를 타고 나가곤 했지요. 이쪽으로는 아니지만 동쪽으로 많이 갔습니다. 그런 취미가 아직도 남아 있다면 좀 우습지 않겠습니까? 나는 최고급 요트를 살 수도 있지요. 하지만, 그런 걸 원하진 않아요. 그보다는 내 작은 보트를 타는 것이 좋습니다. 레드펀도 역시 배 타는 것을 좋아하는 것 같습디다. 그 사람은 나와 함께 한두 번 밖으로 나갔지요. 하지만, 지금은 만날 수가 없어요. 항상 마셜의 빨간 머리 부인과 함께 돌아다니니까 말이오."

그는 말을 끊었다가 다시 목소리를 낮추어 계속했다.

"이 호텔에는 대부분 말라버린 막대기들밖에는 없지요! 마셜 부인만이 유일하게 살아 있는 사람이오! 마셜은 그녀를 싸고도는 데 온 힘을 다 쏟았을 거요. 하지만 그녀가 무대에 섰을 때 많은 소문이 떠돌았지요, 물론 지금까지도 그렇지만! 남자들은 그녀에게 미쳤소. 당신도 이곳에서 불행한 일이 일어나리라는 걸 알게 될 거요."

"무슨 불행 말인가요?"

"마셜을 주시하면 알게 될 겁니다. 그는 기묘한 성격을 가진 사람이더군요. 나는 그를 잘 알고 있소. 그리고 그에 대해서는 들은 바도 있고 나는 그 친구처럼 조용한 사람을 만난 적이 있었지요. 그런 사람은 종잡을 수가 없더군요. 레드펀이 조심해야 할 거요……."

그는 자기가 말한 사람이 칵테일바에 들어오자 이야기를 중단했다. 그는 크고 의식적으로 말했다.

"그리고 이 해안 주위를 배로 돌아보는 것도 매우 재미있답니다. 오, 레드펀, 함께 한잔하겠소? 무엇으로? 마티니? 좋아, 당신은 어떻소, 포와로 씨?"

포와로는 고개를 저었다.

패트릭 레드펀이 앉으면서 말했다.

"배요? 그것은 세상에서 가장 재미있는 것이죠. 나는 더 많은 시간을 거기다 쏟고 싶습니다. 어렸을 때는 이 해안을 돌아보는데 대부분의 시간을 보냈거든요."

포와로가 말했다.

"그렇다면 당신은 이곳 지리를 잘 알겠군요?"

"그럼요! 나는 호텔이 세워지기 전부터 이곳에 대해 알고 있었어요. 그때는 리더콤 만에 두세 채의 어부들 오두막집밖에는 없었지요. 이 섬에는 안 쓰는 낡고 오래된 집밖에는 없었고요."

"이곳에 집이 있었나요?"

"오, 예. 하지만, 오랫동안 사람이 살지 않았지요. 거의 다 무너진 집이었습니다. 그때는 그 집에서 '요정의 동굴'까지 비밀 통로가 있다는 소문이 있었지요. 우리는 그 비밀 통로를 찾으려고 돌아다녔답니다."

호레이스 블래트가 술을 마시고 나서 얼굴을 찡그리며 물었다.

"'요정의 동굴'이라니?"

패트릭이 말했다.

"오, 그것을 모르셨나요? 그 동굴은 픽시 코브(요정의 후미)에 있어요. 아마 그 입구를 쉽게 찾을 수는 없을 겁니다. 잔뜩 쌓여 있는 돌무더기 사이에 있거든요. 아주 길고 작은 틈이 나 있지요. 그곳으로 비집고 들어가야 합니다. 그 안으로 들어가면 큰 동굴이 나온답니다. 그것이 어린애들에게는 얼마나 신기했겠습니까? 어떤 늙은 어부가 그곳을 가르쳐주더군요. 요즈음은 어부들도 그 동굴에 대해서는 모르더군요. 나는 언젠가 한번 그곳을 왜 픽시 코브라고 부르게 되었는지 물어본 적이 있었는데, 그 사람도 모르겠다고 하더군요."

에르큘 포와로가 말했다.

"나는 아직도 이해가 안 가는군요. 픽시가 무슨 뜻입니까?"

패트릭 레드펀이 말했다.

"오! 그것은 데븐셔를 말하는 겁니다. 쉽스토 지방의 황무지에 요정의 동굴이 있지요. 여러분도 아시겠지만 요정(픽시)에게는 핀 하나를 선물로 남겨 주기로 되어 있습니다. 요정은 일종의 '황무지의 유령'이지요."

에르큘 포와로가 말했다.

"오! 그것참, 재미있군요."

패트릭 레드펀은 계속해서 말했다.

"아직 다트무어 지방에는 많은 요정의 전설이 있습니다. 그리고 요정이 살고 있다는 토스라는 바위산도 있지요. 농부들이 캄캄한 밤에 집으로 돌아올 때는 요정이 길을 안내해준다고 하지요."

호레이스 블래트가 말했다.

"그들이 여럿이 되었을 때를 뜻하는 것인가요?"

패트릭 레드펀은 웃으면서 말했다.

"그거야 상식적인 거 아니겠습니까?"

블래트는 시계를 보면서 말했다.

"나는 저녁이나 먹으러 가야겠소. 아 참, 레드펀, 내가 좋아하는 것은 그런 작은 요정들이 아니라 해적들이오."

패트릭 레드펀은 블래트가 나가자 웃으면서 말했다.

"나는 저 사람이 요정에게 끌려가는 것을 봤으면 좋겠습니다."

포와로는 생각에 잠기며 말했다.

"블래트 씨는 고생을 무척 많이 한 사람인데도 낭만적인 생각을 가진 것 같더군요."

패트릭 레드펀이 말했다.

"제대로 교육을 받지 못한 것 같던데요. 우리 집사람이 그러는데, 그 사람이 읽은 책은 공포물이나 거친 서부 이야기밖에는 없다고 하더군요."

포와로가 말했다.

"아직도 소년 정도의 정신 연령을 가지고 있다는 말인가요?"

"그렇습니다. 당신은 그렇게 생각하지 않습니까?"

"나요? 나는 그에 대해서는 아는 것이 별로 없소."

"나도 그렇습니다. 하지만, 그 사람과 함께 한두 번 배를 타 보았지요. 그런데 다른 사람과 함께 있는 걸 별로 좋아하지 않는 것 같아요. 그는 혼자 있는 것을 좋아하는 모양이에요."

에르큘 포와로가 말했다.

"그것참 이상하군요. 육지에 있을 때와는 아주 다른 것 같군요."

레드펀은 웃었다.

"그런 것 같아요. 육지에서는 우리가 그를 피하고자 애를 쓰는데 말입니다. 그는 머게이트와 르 토케 중간 정도로 이곳이 변했으면 하는 것 같더군요."

포와로는 잠깐 아무 말도 하지 않았다. 그는 웃는 그를 매우 신중하게 뜯어보고 있다가 갑자기 말을 꺼냈다.

"레드펀 씨, 내 생각에 당신은 인생을 즐기는 것 같습니다."

패트릭은 놀라면서 그를 바라보았다.

"그렇습니다. 그것이 뭐 잘못인가요?"

"아닙니다. 사실 그것은 내 신조이기도 하지요."

포와로가 동감을 표시했다.

패트릭 레드펀은 웃으면서 말했다.

"고맙습니다."

"내가 좀더 나이를 먹은 입장에서 당신에게 충고 하나 하겠습니다."

"예?"

"런던경시청에 근무하는 한 현명한 친구가 나에게 얼마 전에 이렇게 말한 적이 있습니다. '에르큘, 평온을 원한다면 여자를 멀리 하십시오.'"

패트릭 레드펀이 말했다.

"그 말은 나에게는 어울리지 않는 것 같습니다. 당신도 알다시피 나는 결혼했으니까요."

"알고 있습니다. 당신의 부인은 매우 매력적이고 현명한 분이더군요. 내 생각에는 부인이 당신을 매우 사랑하는 것 같습니다."

패트릭 레드펀이 날카롭게 말했다.

"나도 아내를 매우 사랑합니다."

에르큘 포와로가 말했다.

"오, 그 말을 들으니 매우 기쁘군요."

패트릭의 이마에 갑자기 벼락이 치기 시작했다.

"이것 봐요, 포와로 씨. 도대체 무슨 말을 하려는 거죠?"

"여자들……."

포와로는 불어로 말하면서 눈을 감았다.

"나는 그들의 한 가지 면은 알고 있소. 그들은 참을 수 없을 정도로 생활을 복잡하게 만들 수도 있지요. 영국 여자들은 끔찍할 정도로 자신의 일을 처리하곤 합니다. 당신이 이곳에 꼭 와야 했다면 도대체 부인은 왜 데리고 왔습니까?"

패트릭 레드펀은 화를 내며 말했다.

"나는 당신이 무슨 말을 하는지 모르겠군요!"

에르큘 포와로는 조용하게 말했다.

"당신은 알고 있을 거요. 나는 여자에 빠진 남자와 논쟁을 할 정도로 바보는 아니오. 나는 단지 조심하라는 말을 하는 거요."

"당신도 그 빌어먹을 소문을 들으신 모양이군요. 온종일 수다 떠는 일밖엔 할 일이 없는 가드너 부인! 단지 예쁘다는 이유 때문에, 사람들은 석탄처럼 그녀를 바라보고 있어요."

에르큘 포와로는 일어섰다.

"당신은 그렇게도 어수룩합니까?"

그러고는 고개를 저으면서 칵테일바를 떠났다. 패트릭 레드펀은 그의 뒷모습을 화가 나서 바라보고 있었다.

에르퀼 포와로는 식당에서 나와 홀에서 멈춰 섰다. 문이 열려 있었다. 부드러운 밤 공기가 콧속으로 배어들었다. 비는 그쳤고 안개는 사라졌다. 아름다운 밤이었다.

에르퀼 포와로는 절벽 가장자리의 의자에 앉아 있는 레드펀 부인을 발견했다. 그는 그녀 옆으로 가서 말했다.

"이곳은 습기가 많습니다. 여기 앉아 계시면 안 됩니다. 감기 걸리기 쉽지요."

"아니에요, 괜찮아요. 그리고 그것이 무슨 상관이에요."

"오, 당신은 어린애가 아닙니다! 교육받은 사람입니다. 모든 일을 분별 있게 처리해야 합니다."

그녀는 냉담하게 말했다.

"나는 감기에 걸리지 않을 거예요."

포와로가 말했다.

"조금 전만 해도 쌀쌀한 날씨였습니다. 바람이 불고 비가 내리고 안개가 사람들이 멀리 볼 수 없을 정도로 모든 곳에 끼었습니다. 하지만, 지금은 어떻습니까? 안개는 사라졌고, 하늘은 맑고 별들은 빛나고 있습니다. 이것이 바로 삶이라는 거죠."

크리스틴은 낮고 날카로운 목소리로 말했다.

"당신은 내가 가장 싫어하는 게 뭔지 아세요?"

"무엇이죠, 부인?"

"동정이에요."

그녀가 채찍 소리처럼 그 단어를 말했다.

"당신은 내가 모른다고 생각하세요? 내가 모를 것 같아요? 항상 사람들은 말합니다. '불쌍한 레드펀 부인, 가엾은 작은 부인.' 하지만, 나는 작지 않고 사실은 키가 커요. 그들은 나를 동정하기 때문에 작다고 말하죠. 나는 그것을 참을 수가 없어요!"

에르큘 포와로는 조심스럽게 자리에다 손수건을 깔고는 앉았다.

그는 생각에 잠기며 말했다.

"거기에는 중요한 의미가 담겨 있습니다."

"그 여자는……."

그녀는 말을 하려다 멈추었다.

포와로가 엄숙하게 말했다.

"내가 당신에게 어떤 말을 해도 괜찮겠습니까, 부인? 우리 위에서 빛나는 별처럼 진실한 이야기 말입니다. 아레나 스튜어트(아레나 마셜)는 이 세상에서 별로 중요하지 않습니다."

"말도 안 돼요."

"나는 그것이 진실이라는 것을 당신에게 확신할 수 있습니다. 그들의 왕국은 순간적입니다. 중요한 점은, 진정으로 중요한 점은, 여자는 착한 마음이나 높은 지혜를 가지고 있어야 한다는 겁니다."

포와로는 엄숙하게 말했다.

"그것은 근본적인 사실입니다."

크리스틴은 부드럽게 웃었다.

"나는 당신 말에 찬성할 수 없어요."

"남편은 당신을 사랑합니다, 부인. 나는 그것을 확신할 수 있습니다."

"당신은 알 수가 없어요."

"아닙니다. 나는 알 수 있어요. 나는 남편이 당신을 바라보는 모습을 본 적이 있습니다."

그녀는 말을 하지 못했다. 그러더니 갑자기 울음을 터뜨리면서 포와로의 어깨에 기댔다.

"나는 정말이지 참을 수가 없어요……, 참을 수가 없어요."

포와로는 그녀의 팔을 두드리며 위로해주었다.

"인내가 필요합니다. 오로지 인내뿐입니다."

그녀는 바로 앉아 손수건으로 눈물을 닦더니 또렷한 목소리로 말했다.

"이젠 괜찮아요. 지금은 많이 좋아졌어요. 그만 가보세요. 나……, 나는 혼자 있고 싶어요."

포와로는 그녀를 남겨두고 호텔로 이어지는 구부러진 길을 따라 걸어갔다. 그는 걷다가 어떤 목소리를 듣고서 옆쪽을 돌아다보았다. 그는 숲 사이로 아레나 마셜과 패트릭 레드펀을 볼 수 있었다.

그는 감정에 차 있는 남자의 목소리를 들었다.

"나는 당신에게 빠졌소, 미칠 정도로. 당신은 나를 미치게 하고 있어요……. 당신도 알고 있겠지. 당신도 알고 있소?"

그는 아레나 마셜의 얼굴을 보았다. 그 표정은 부드럽고 행복한 고양이였다—사람이 아니라 동물이었다.

그녀는 부드럽게 말했다.

"물론이에요, 패트릭. 당신을 사랑해요. 당신도 아시죠……?"

에르퀼 포와로는 시선을 돌려 버렸다. 그는 길을 따라 호텔로 갔다. 어떤 사람이 갑자기 그의 옆으로 다가왔다.

마셜 대위였다.

"정말 아름다운 밤이죠? 뭐라고 할까, 궂은 날씨 뒤의 아름다운 밤이라고나 할까요."

그는 하늘을 올려다보았다.

"내일은 날씨가 맑을 것 같군요."

제4장

8월 25일의 아침이 밝았다. 구름 한 점 없는 맑은 날씨였다. 그날은 늦잠꾸러기도 일찍 일어나게 할 만한 아침이었다. 많은 사람이 졸리 로저에서의 그날 아침엔 일찍 일어났다.

작고 두꺼운 표지의 책을 엎어놓은 채 의자에 앉아 있던 린다가 책을 제대로 놓고 거울에다 얼굴을 비추어 보았을 때는 8시였다. 그녀의 입술은 굳게 다물어져 있고 눈동자는 수축해 있었다.

그녀는 숨죽인 목소리로 말했다.

"나는 꼭 하고 말 거야……."

그녀는 입고 있던 잠옷을 벗고 수영복으로 갈아입었다. 수영복을 입은 뒤에는 발에다 장식을 달았다. 그녀는 방을 나가서 통로를 걸어갔다. 복도 끝에는 호텔 아래 바위까지 직접 이어지는 비상계단으로 통하는 발코니와 문이 있었다. 바다로 떨어지는 바위에는 작은 쇠사다리가 설치되어 있었다. 그곳은 식사 전에 해수욕장에 가는 걸 주저하는 사람들에게 인기를 끌고 있었다.

린다가 막 발코니에서 내려서자 아버지를 만났다.

"일찍 일어났구나. 수영하러 가니?"

린다는 고개를 끄덕이고는 서로 지나쳐 갔다. 그러나 린다는 바위 아래쪽으로 가지 않고 호텔을 왼쪽으로 돌아서 육지와 호텔을 연결해주는 둑길로 이어지는 좁은 길로 걸어갔다. 파도가 높아서 둑길은 물에 잠겨 있었다. 그리고 호텔의 손님들을 날라다 주는 보트가 둑에 매여 있었다. 그것을 관리하는 사람이 마침 없었다.

린다는 보트 하나를 풀어서 노를 저으며 건너갔다. 그녀는 보트를 한곳에다 묶어 놓고는 호텔의 주차장을 지나서 언덕을 걸어 올라갔다. 그녀는 마침내 상점에 도착했다.

주인 여자는 막 셔터를 올리고 청소를 하고 있었다. 그녀는 린다를 보고는 기분 좋은 듯이 말했다.

"일찍 일어났구나."

린다는 수영복 주머니에 손을 넣어 돈을 꺼냈다. 그녀는 자기 계획대로 일을 계속해 나갔다.

크리스틴 레드펀은 그 소녀가 돌아왔을 때 린다의 방에 서 있었다.

"오, 이제 오니?" 크리스틴이 외치듯이 말했다.

"나는 네가 아직도 안 일어난 줄 알았어."

"아니에요. 수영하러 나갔다 왔어요."

그녀의 손에 들려 있는 꾸러미를 보고 크리스틴이 놀라며 말했다.

"우편물이 오늘은 일찍 도착했구나."

린다의 얼굴이 붉어졌다. 그녀는 엉겁결에 꾸러미를 손에서 떨어뜨렸다. 약한 것들은 깨지고 내용물 중 일부가 바닥에 쏟아졌다.

크리스틴이 소리쳤다.

"초는 왜 샀니?"

다행스럽게도 그녀는 린다의 대답을 기다리지 않고 계속해서 말을 이으며 바닥에 떨어진 물건들을 줍는 것을 도와주었다.

"네가 오늘 아침에 나와 함께 걸 코브에 갈 건지 물어보러 왔단다. 나는 거기서 스케치를 할 생각이거든."

린다가 얼른 그 말을 받아들였다. 지난 며칠 동안 그녀는 스케치 나들이에 여러 번 크리스틴 레드펀과 함께 갔다. 크리스틴은 예술에는 별로 관심이 없는 여자였으나 남편이 지금 대부분의 시간을 아레나 마셜과 함께 보내고 있기 때문에 그녀의 자존심을 위한 대책으로 그림을 그리려고 했던 것이다.

린다 마셜은 점점 더 침울해져 갔고, 성격도 안 좋은 방향으로 되어갔다. 그녀는 말도 없이 일에 열중해 있는 크리스틴과 함께 있는 것을 좋아했다. 린다에게는 그것이 혼자 있는 것처럼 맘에 들었다. 그리고 이상하게도 그녀는 그런 친구를 원했던 것이다. 그녀와 린다 사이에는 미묘한 공감대가 형성되어 있었다. 그것은 서로 같은 사람을 미워하고 있다는 사실이었다.

크리스틴이 말했다.

"12시에 테니스를 칠 생각이야. 그러니 좀 일찍 떠나는 것이 좋겠어. 10시 30분쯤이 어떻겠니?"

"좋아요. 준비하고 있을게요. 그럼, 조금 있다가 홀에서 만나요."

로저먼드 단리는 매우 늦게 아침을 들고 식당에서 나오다가 계단을 내려오는 린다와 부딪칠 뻔했다.

"오, 죄송해요, 단리 아주머니."

로저먼드가 말했다.

"멋있는 아침이지? 어제 날씨에 비교하면 믿을 수 없을 정도야."

"그런 것 같아요. 나는 레드펀 부인과 함께 걸 코브에 가기로 했어요. 10시 30분에 만나기로 했는데 좀 늦은 것 같아요."

"아니야, 지금은 25분밖에 안 됐는데."

"오! 안심이에요."

그녀는 약간 숨을 헐떡거리고 있었다.

로저먼드는 그녀를 호기심 어린 눈으로 바라보았다.

"열이 있는 것 같은데, 린다?"

소녀의 눈은 매우 밝게 빛났고, 뺨은 붉은빛을 띠었다.

"오! 아니에요. 열은 없어요."

로저먼드는 웃으면서 말했다.

"내가 아침식사를 하러 일어날 정도로 아름다운 날이야. 나는 대개 침대에서 식사했거든. 그러나 오늘은 직접 내려와서 남자처럼 계란과 베이컨을 먹었단다."

"정말 어제와는 달리 멋진 날이에요. 걸 코브도 오늘 아침에는 아름다울 거예요. 몸에 오일을 많이 발라야겠어요. 그러면 갈색으로 잘 탈 거예요."

로저먼드가 말했다.

"그래, 걸 코브는 오늘 아침엔 아름다울 거다. 그곳은 이쪽 바닷가보다도 더 평화스러울 거야."

린다가 약간 수줍은 듯이 말했다.

"함께 가요."

로저먼드는 고개를 저으며 말했다.

"오늘 아침에는 안 돼. 할 일이 있거든."

그때 크리스틴 레드펀이 계단을 내려왔다. 그녀는 긴 소매와 통이 넓은 헐렁한 해변용 파자마를 입고 있었다. 노란색이 섞인 푸른색 천으로 된 옷이다.

로저먼드는 노란색과 푸른색은 그녀의 흰 살결, 약간 핏기가 없는 살결에는 가장 어울리지 않는 색이라고 말하고 싶었다. 사람들이 옷에 대한 안목이 없을 때 로저먼드는 불쾌한 생각이 들곤 했다.

그녀는 생각했다.

'내가 이 부인에게 옷을 골라 준다면 그녀의 남편이 마음을 돌릴지도 몰라. 하지만, 바보 같은 아레나는 옷 입는 법을 잘 알고 있단 말이야. 이 가엾은 부인은 마치 시든 양배추 같아.'

그녀는 큰소리로 말했다.

"즐겁게 보내세요. 나는 책을 가지고 서니 레지에 갈 거예요."

에르큘 포와로는 평상시처럼 자기 방에서 커피와 빵으로 아침식사를 했다. 그러나 아침의 상쾌한 날씨 때문에 평상시보다 더 일찍 호텔을 떠났다. 그의 평상시 외출보다 적어도 30분은 빠른 10시였다. 그는 해수욕장이 있는 바닷가로 내려갔다. 바닷가에는 한 사람만 있을 뿐 텅 비어 있었다.

그 사람은 아레나 마셜이었다. 그녀는 흰 수영복에 초록색 중국 모자를 쓰고 흰 나무 보트를 물 위에 띄우려 애쓰고 있었다. 포와로는 용기를 내어 신발을 적셔 가며 그것을 도와주었다. 그녀는 옆으로 눈길을 보내며 그에게 감사하다는 표시를 했다.

그녀는 보트를 타려고 하다가 그를 불렀다.

"포와로 씨?"

포와로는 물가에까지 갔다.

"왜 그러시죠, 부인?"
아레나 마셜이 말했다.
"나를 좀 도와주시겠어요?"
"그러죠."
그녀는 그에게 미소를 보냈다.
"내가 이곳에 있다는 것을 아무에게도 말하지 마세요."
그녀의 눈빛은 호소하는 듯했다.
"내가 있는 곳을 알면 모든 사람이 쫓아올 거예요. 나는 지금 혼자 있고 싶어요."
그녀는 힘차게 나아갔다.
포와로는 바닷가를 따라 걸었다. 그는 마음속으로 불어로 중얼거렸다.
'그럴 리가 없어! 절대로 나는 믿을 수가 없어.'
무대에서 이름을 떨쳤던 아레나 스튜어트가 혼자 있고 싶을 때가 있다니! 세상에 이름이 잘 알려진 에르큘 포와로는 그것을 누구보다도 더 잘 알고 있었다. 아레나 마셜은 틀림없이 누군가와 만날 약속이 있을 거야.
포와로는 그게 누구일까 하고 생각했다. 그러나 그는 자신의 생각이 잘못되었다는 것을 곧 알았다. 보트가 만을 돌아서 보이지 않게 되었을 때 케네스 마셜과 그의 뒤에서 패트릭 레드펀이 호텔에서 바닷가 쪽으로 걸어왔다.
마셜은 포와로를 보고 인사를 했다.
"안녕하세요, 포와로 씨. 혹시 우리 집사람을 보지 못했습니까?"
포와로는 무뚝뚝하게 대답했다.
"부인이 그렇게 일찍 일어나셨나요?"
마셜이 말했다.
"아내가 방에 없더군요."
그는 하늘을 올려다보았다.
"기가 막히게 멋진 날씨야. 수영이나 해야겠습니다. 오늘 아침엔 타자칠 것이 많긴 하지만."
패트릭 레드펀은 하늘을 올려다보고는 바닷가 쪽을 바라보았다. 그는 포와로 옆에 앉아서 자신의 여인을 기다리는 것 같았다.

포와로가 말했다.

"레드펀 부인도 일찍 일어나셨나요?"

"크리스틴? 오, 그녀는 스케치하러 나갔습니다. 요즘 그림에 빠져 있어요."

패트릭 레드펀이 참을 수 없다는 듯이 말했다.

그의 마음은 분명히 다른 곳에 가 있었다. 시간이 흐를수록 그는 아레나가 오기를 애타도록 기다리는 것 같았다. 발걸음 소리가 들릴 때마다 호텔에서 나오는 사람이 누구인지 보려고 자주 고개를 돌렸다. 그럴 때마다 그는 계속해서 실망했다. 처음엔 뜨개질감과 책을 든 가드너 부인과 가드너가 왔다. 잠시 뒤에는 브루스터 양이 도착했다.

부지런한 가드너 부인은 의자에 앉자마자 열심히 뜨개질을 시작했다. 그러고는 입을 열었다.

"그런데 포와로 씨, 오늘 아침에는 바닷가가 한적하군요. 모두 어디 갔죠?"

마스터먼 씨네와 코원 씨네 가족은 젊은 사람들이 있기 때문에 함께 온종일 항해 여행을 나갔다고 했다.

"그들이 없으니까 확실히 차이가 나는군요. 수영하는 사람은 마셜 대위뿐이지요."

마셜은 수영을 끝내고 수건을 흔들면서 바닷가로 나왔다.

"오늘 아침에는 바닷물이 아주 좋군요."

그가 말했다.

"불행하게도 나는 오늘 할 일이 많아요. 가서 일해야겠습니다."

"그 일이 그렇게 급한 것이 아니라면 좋겠어요, 마셜 대위님. 이처럼 아름다운 날씨인데 말이에요. 어제는 정말 너무 나쁜 날씨였어요. 나는 남편에게 그런 날씨가 이어지면 우리는 떠나야 한다고 말했지요. 어제는 섬을 둘러싼 안개 때문에 아주 울적해지던데요. 이상한 기분이 드는 거예요. 나는 어렸을 때부터 날씨에 매우 민감했답니다. 가끔 소리까지 지르곤 했지요. 그것은 물론 부모님에게 하는 것이었죠. 하지만, 우리 어머니는 참으로 좋은 분이었어요. 어머니는 아버지에게 이렇게 말하곤 했답니다. '싱클레어, 저 애가 하고 싶은 대로 그냥 내버려둬요. 소리 지르는 것도 저 애가 자신을 나타내는 방법이니까요.' 물론 우리 아버지도 그러라고 하셨죠. 아버지는 어머니에게 아주 다정한 분이었어요. 어머니가 한 말은 무엇이나 다 들어주었으니까요. 기가 막히게 잘 어울리는 부부였답니다. 우리 남편도 알 거예요. 우리 부모님은 정말 훌륭한 부부였어요, 그렇죠, 오델?"

"그래요, 여보." 가드너가 말했다.

"당신의 딸은 어디에 있습니까, 마셜 대위?"

"린다 말입니까? 나도 모르겠는데요. 섬 어딘가로 산책하러 나갔겠죠."

"당신도 뭐 아시겠지만, 그 애가 매우 우울해 보이더군요. 그 애에게는 따뜻한 사랑이 필요한 것 같아요."

케네스 마셜이 무뚝뚝하게 말했다.

"린다는 괜찮소."

그는 호텔로 갔다. 패트릭 레드펀은 물에 들어가지 않았다. 그는 앉아서 호텔 쪽을 바라보고 있었다. 그는 점점 기운이 빠져 보였다. 브루스터 양이 명랑하고 쾌활한 모습으로 다가왔다. 어제 아침처럼 대화가 많이 오고 갔다. 가드너 부인의 부드러운 억양과 브루스터 양의 짧은 스타카토 억양.

그녀가 마침내 말했다.

"바닷가가 텅 빈 것 같군요. 모두 여행하러 나갔나요?"

가드너 부인이 말했다.

"나는 오늘 아침에 남편에게 다트무어로 여행을 가자고 했어요. 그곳은 가깝고 낭만적인 곳이에요. 나는 교도소를 보고 싶어요. 프린스타운이라고 했던가? 짐을 싸서 내일 거기에 갑시다, 오델."

가드너가 말했다.

"그래요, 여보."

에르퀼 포와로가 브루스터 양에게 말했다.

"수영을 하시겠습니까?"

"오, 나는 아침식사 전에 잠깐 했어요. 그런데 그때 하마터면 병에 머리를 맞을 뻔했답니다. 호텔 창문에서 떨어졌거든요."

"매우 위험했었군요." 가드너 부인이 말했다.

"내 친구 한 명은 거리를 지나가다가 치약 껍질에 맞고 충격을 받은 적이 있었어요. 그것이 35층 창문에서 떨어졌거든요. 그것은 정말 위험해요. 그녀는 매우 큰 상처를 입었어요."

그녀는 실타래를 뒤적이기 시작했다.

"어머, 오델, 빨간색 실타래를 가지고 오지 않았나 봐요. 침실 화장대 두 번째 서랍이나 세 번째 서랍에 있을 텐데."

"알았소, 여보."

가드너는 자리에서 일어나 호텔로 찾으러 갔다.

가드너 부인은 계속해서 말했다.

"여러분도 그러시겠지만, 나는 요즘 세상이 너무 상식에서 벗어나는 것 같다고 생각해요. 아무리 위대한 발견을 하고 수많은 전파(電波)가 흘러다녀도 그것이 도대체 무슨 소용이 있나요? 나는 그것이 오히려 정신적인 불안을 가져온다고 생각해요. 나는 이제 인간성 회복을 위한 시대가 오는 것을 느끼고 있어요. 포와로 씨, 나는 당신이 피라미드의 예언에 관심이 있는지 궁금하군요?"

"관심이 없습니다." 포와로가 말했다.

"나는 그것이 너무너무 재미있는 거라고 확신해요. 피라미드의 북쪽으로 정확하게 1,000마일(1,609㎞)에 모스크바가 있지요. 그것이 뭐더라? 니네베인가요? 어쨌든 당신이 한번 돌아보면 놀라운 게 많다는 걸 알게 될 거예요. 그곳에는 특별 안내인도 있어요. 고대 이집트인들도 자기들이 이룩한 모든 것을 다 알 수는 없었을 거예요. 당신이 그 유적들의 수를 세어보고 직접 가서 본다면 틀림없이 그것이 정말 사실인가 하고 의심하게 될 거예요."

가드너 부인은 신이 나서 말을 멈추었다. 그러나 포와로나 에밀리 양은 그 문제를 더 이상 듣고 싶지가 않았다.

포와로는 애처롭게 자신의 흰 신발을 내려다보았다.

에밀리 브루스터가 말했다.

"물속에 빠졌었나 보군요, 포와로 씨?"

포와로는 중얼거리듯이 말했다.

"그래요! 갑자기 빠졌지요."

에밀리 브루스터가 목소리를 낮추어서 말했다.

"오늘 아침에는 요부가 어디 있지? 늦은 것 같은데."

가드너 부인은 눈을 뜨개질하는 데서 떼어 패트릭 레드펀을 바라보면서 말했다.

"저 사람은 마치 번개 구름처럼 보이는군요. 오! 나는 그 일이 마음에 걸려요. 마셜 대위가 무슨 생각을 하고 있을까? 그는 멋있고 조용한 사람이에요. 매우 영국적이고 겸손하죠. 당신도 그가 무슨 생각을 하는지 모르실 거예요."

패트릭 레드펀은 자리에서 일어나서 바닷가 쪽으로 걸어갔다.

가드너 부인이 중얼거렸다.

"마치 호랑이 같아."

모든 사람의 눈이 그의 발걸음을 지켜보았다.

그들의 시선이 패트릭 레드펀을 불안하게 만드는 것 같았다. 그는 지금 우울해 보이는 정도가 아니라 몹시 화가 난 듯이 보였다. 조용한 적막을 깨고 육지에서 종소리가 어렴풋이 들려왔다.

에밀리 브루스터가 중얼거리듯이 말했다.

"다시 동쪽에서 바람이 부는군요. 교회의 시계 종소리를 듣는 것은 좋은 징조예요."

가드너가 빨간색 실타래를 가지고 돌아왔을 때까지 아무도 말을 꺼내지 않았다.

"오델, 왜 이렇게 늦었어요?"

"미안해, 여보. 하지만, 이것은 화장대 서랍에 없었어. 옷장 선반에서 찾았는걸."

"참, 이상한데? 나는 분명히 화장대 서랍에다 두었는데. 하지만, 이것이 법정에서의 증언이 아니라서 다행이에요. 나는 법정에서는 아무것도 제대로 기억하지 못할까 봐 늘 걱정이에요."

가드너가 말했다.

"당신은 매우 양심적이야."

약 5분 뒤에 패트릭 레드펀이 말했다.
"오늘 아침에도 보트를 탈 겁니까, 브루스터 양? 내가 함께 가도 될까요?"
브루스터 양이 따뜻하게 말했다.
"좋아요."
"그럼, 저 섬을 돌아서 오른쪽으로 갑시다." 레드펀이 제안했다.
브루스터 양은 시계를 바라보았다.
"시간이 있을까요? 오, 아직 11시 30분도 안 되었군요. 그럼, 어서 가요."
그들은 함께 바닷가로 내려갔다. 패트릭 레드펀이 노를 잡았다. 그는 힘 있게 노를 저었다. 보트는 빠르게 나아갔다.
에밀리 브루스터가 만족해하며 말했다.
"좋군요. 하지만, 당신이 계속 그렇게 노를 저을지가 의문인데요."
그는 그녀의 눈을 바라보며 웃었다. 그의 기분은 상쾌해졌다.
"아마 나는 돌아올 때는 물집이 많이 생길 겁니다."
그는 자기의 검은 머리를 가지런히 하려고 머리를 흔들었다.
"정말 좋은 날씨군요! 이런 여름 날씨를 영국에서 맞는다면 불평할 것이 없을 겁니다."
에밀리 브루스터가 말했다.
"나로서는 영국을 불평할 수 없어요. 세상에서 가장 살기 좋은 곳이니까요."
"나도 동감입니다."
그들은 만을 서쪽으로 돌아서 벼랑 아래까지 노를 저어 갔다.
패트릭 레드펀이 위를 올려다보았다.
"오늘 아침에는 서니 레지에 사람이 있군요. 양산도 있는데요. 저 사람이 누구죠?"
에밀리 브루스터가 말했다.
"단리 양이에요. 그녀는 일제 양산을 가지고 있어요."
그들은 해안을 따라 노를 저었다. 왼쪽으로는 바다가 열려 있었다.

에밀리 브루스터가 말했다.

"다른 길로 가야 하는 거 아니에요? 물결이 우리가 가는 방향의 반대로 흐르고 있어요."

"물결이 그리 세지는 않습니다. 나는 이곳에서 수영한 적이 있는데 전혀 의식하지 못할 정도였습니다. 어쨌든 우리는 다른 길로 갈 수 없습니다. 둑길이 물로 덮여 있지 않으니까요."

"조수에 따라야 해요. 픽시 코브에서 너무 멀리 헤엄쳐 나가는 것은 위험해요."

패트릭은 아직도 힘 있게 노를 젓고 있었다. 그는 절벽을 주의 깊게 조사하고 있었다.

에밀리 브루스터는 갑자기 생각이 났다.

'이 사람은 마셜 부인을 찾는 거야. 그래서 나와 함께 온 거지. 그녀는 오늘 아침부터 모습이 보이지 않았거든. 이 사람은 그녀가 무엇을 하는지 궁금한 거야. 아마 그녀는 일부러 모습을 감추었을걸. 게임을 하는 거지. 남자를 더 안달 나게 하려고.'

그들은 바위를 돌아서 픽시 코브라고 하는 작은 후미의 남쪽까지 갔다. 그곳은 작은 골짜기로서, 바닷가 주변에 환상적으로 바위가 배열되어 있었다. 후미의 입구는 북서쪽을 향해 있었고, 절벽이 여기저기에 널려 있었다.

산책 나오기에는 아주 좋은 곳이었다. 하지만, 아침에 태양이 비치지 않을 때는 인기가 별로 없어서 아무도 찾지 않는 곳이다. 그러나 지금은 바닷가에 누군가가 있었다. 패트릭 레드펀은 노를 멈추었다.

그는 평상시의 목소리로 물었다.

"저 사람이 누구죠?"

브루스터 양은 차갑게 대답했다.

"마셜 부인 같은데요."

패트릭 레드펀이 놀라면서 말했다.

"그런 것 같군요."

그는 진로를 바꾸어서 바다 안쪽으로 노를 저었다.

에밀리 브루스터가 말했다.

"왜 이곳에 배를 대지 않지요?"

패트릭 레드펀은 빨리 말했다.

"오, 시간은 많이 있어요."

그의 눈이 그녀를 보았다. 그 눈 속에는 졸라대는 개와 같은 순진한 모습이 들어 있었다. 그것이 에밀리 브루스터 양을 아무 소리도 못 하게 했다.

그녀는 마음속으로 생각했다.

'불쌍한 사람, 철저하게 빠져 버렸군. 어쩔 수 없어. 때가 되면 괜찮아지겠지.'

그 배는 해안으로 빠르게 다가갔다. 아레나 마셜은 팔을 위로 뻗은 채 얼굴을 아래로 대고 조약돌이 깔린 해변에 누워 있었다.

그녀 옆에는 흰 보트가 올라와 있었다. 에밀리 브루스터는 어쩐지 이상한 느낌이 들었다. 아레나는 무엇인가를 자세히 들여다보는 것 같은 자세였다.

잠시 뒤에 브루스터 양은 그게 아닌 것 같다는 생각이 들었다.

아레나 마셜의 모습은 일광욕하는 자세였다. 그녀는 호텔 옆의 바닷가에서도 그런 자세로 여러 번 누워 있곤 했었다. 그녀는 머리와 목을 가리기 위해 초록색 마분지 모자를 쓰고 황동색의 몸을 내뻗치곤 했었다.

그러나 픽시 해안에는 태양이 비치지 않았다. 이곳에서 그렇게 오랫동안 누워 있을 사람은 아무도 없을 것이다. 높은 벼랑이 아침에는 태양을 막고 있기 때문이다.

에밀리 브루스터는 은근히 걱정이 되었다. 보트가 해변에 도착했다.

패트릭 레드펀이 불렀다.

"아레나!"

에밀리 브루스터는 예감이 안 좋았다.

누워 있는 사람은 움직이지도 않고 대답도 없었다. 에밀리는 패트릭 레드펀의 얼굴이 변하는 것을 보았다. 그는 보트에서 뛰어내렸다. 그녀도 그를 따라갔다. 그들은 보트를 해변으로 끌어올려서 벼랑의 끝에 평온하게 누워 있는 흰 보트 옆에다 놓았다. 패트릭 레드펀이 먼저 그곳으로 갔다.

에밀리 브루스터가 그의 뒤를 바짝 쫓았다. 그녀는 마치 꿈을 꾸듯이 황동색의 팔, 희고 등이 없는 수영복을 보았다. 초록색 모자에서 빠져나온 붉고 웨이브 진 머리카락, 그리고 다른 것도 보았다―이상하게 부자연스럽게 뻗쳐진 팔을. 그 몸은 누워 있는 것이 아니라 넘어져 있는 것 같았다.

그녀는 패트릭의 목소리를 들었다―겁에 질린 목소리.

그는 조용한 몸 옆에 무릎을 꿇고 앉았다.

그는 손을 만져 보았다―그 팔······.

그는 떨리는 목소리로 낮게 속삭이듯이 말했다.

"세상에, 죽었어······."

그러고는 모자를 약간 들추고 그녀의 목을 보았다.

"오, 이런! 목이 졸려서 죽었어."

시간이 멈추어 버린 것 같은 순간이었다.

에밀리 브루스터는 이상한 감정에 휩싸여서 말했다.

"우리는 어떤 것도 만져서는 안 돼요······, 경찰이 올 때까지는"

레드펀이 기계적으로 대답했다.

"그렇군요, 그래요. 물론 안 되고말고."

그러고는 매우 괴로운 듯이 말했다.

"누굴까? 누가? 누가 아레나에게 이런 짓을 했을까? 그녀가 살해되다니. 믿을 수가 없어!"

에밀리 브루스터는 머리를 흔들었다. 그녀는 무슨 대답을 해야 할지 몰랐다.

그녀는 레드펀이 숨을 몰아쉬는 것을 들었다. 그의 목소리에는 분노가 서려 있었다.

"이런 짓을 한 사악한 악마를 잡기만 해봐라!"

에밀리 브루스터는 몸을 떨었다. 그녀는 바위 뒤에 숨어 있는 살인자를 상상해보았다.

"누가 그랬는지는 모르지만 범인은 이 근처에서 어슬렁거리지는 않을 거예요. 빨리 경찰에다 알려야 해요. 아마(그녀는 머뭇거렸) 우리들 중 한 사람이 이곳에 머물러 있어야 할 거예요, 시체와 함께."

패트릭 레드펀이 말했다.

"내가 머물러 있겠소"

에밀리 브루스터는 안도의 한숨을 쉬었다. 그녀는 이런 것에 두려움을 느낄 여자는 아니었다. 그러나 이 근처에 살인광이 있을지도 모르기 때문에 이런 곳에 혼자 남아 있고 싶지는 않았다.

"좋아요. 될 수 있는 대로 빨리 올게요. 보트를 타고 가겠어요. 리더콤 만에 경찰이 있어요."

패트릭 레드펀이 기계적으로 중얼거렸다.

"그래요, 당신 좋은 대로 하세요"

그녀는 바닷가에서 힘차게 노를 저으며 나아갔다. 에밀리 브루스터는 패트릭이 죽은 여자 옆에 앉아서 자기 머리를 손으로 감싸는 것을 보았다. 그의 행동에는 그녀가 동정을 느낄 정도로 절망적인 분위기가 어려 있었다. 그는 죽은 주인을 지키는 개의 모습처럼 보였다.

그런데도 상식적인 생각이 그녀에게 강하게 떠올랐다.

"저 사람 부부에게는 잘된 일이야—마셜과 그 아이에게도. 하지만, 저 사람이 그런 식으로 생각할지가 의문이군, 불쌍한 사람 같으니라고"

에밀리 브루스터는 위급한 일에는 잘 대처하는 여자였다.

제5장

 콜게이트 경위는 아레나의 시체를 조사하는 경찰의를 기다리며 절벽 옆에 서 있었다. 패트릭 레드펀과 에밀리 브루스터는 한쪽에 서 있었다.
 니스든 의사는 노련한 모습으로 벌떡 일어섰다.
 "목이 졸렸군요. 매우 힘센 손으로 졸렸습니다. 저항은 심하게 하지 않은 것 같군요. 갑자기 당한 것 같습니다. 이것 참, 정말 골치 아픈 사건이군요."
 에밀리 브루스터는 시체를 흘끔 쳐다보고는 얼굴 눈길을 다른 곳으로 돌렸다. 그 핏발이 선 끔찍한 모습…….
 콜게이트 경위가 물었다.
 "죽은 시간은 몇 시입니까?"
 니스든은 신경질적으로 말했다.
 "더 조사해봐야 알겠습니다. 아직 조사해볼 게 많거든요. 가만있자, 지금이 1시 15분 전이로군요. 당신이 시체를 발견한 것이 몇 시였습니까?"
 패트릭 레드펀이 막연하게 말했다.
 "12시 조금 전이었을 겁니다. 정확하게는 모르겠습니다."
 에밀리 브루스터가 말했다.
 "우리가 그녀를 발견한 때는 정확히 11시 45분이었어요."
 "참, 당신들은 보트를 타고 이곳에 왔다고 했죠. 당신들이 저 여자가 이곳에 누워 있는 것을 보았을 때는 몇 시였습니까?"
 에밀리 브루스터는 잠시 생각을 해보았다.
 "우리는 보통 때보다는 5~6분 더 일찍 이곳으로 왔어요."
 그녀는 레드펀에게 얼굴을 돌렸다.
 "맞나요?"

그는 막연한 목소리로 말했다.

"예, 그, 그런 것 같습니다."

니스든은 경위에게 낮은 목소리로 말했다.

"저 사람이 남편인가요? 오, 실수했군요! 꼭 그렇게 생각되는데……. 저 사람, 이번 일로 꽤 상심해하는 것 같군요."

그는 목소리를 사무적으로 높였다.

"그럼, 11시 40분이라고 합시다. 그녀는 그 시간 바로 전에 죽었을 겁니다. 11시에서 그때 사이일 겁니다. 아무리 빠르다고 해도 10시 45분일 겁니다."

경위는 탁 소리를 내며 자기 노트를 닫았다.

"고맙습니다. 그 사실이 사망 추정 시간에 꽤 도움될 겁니다. 매우 근소한 시간으로 사망시간을 추정할 수 있으니 말입니다—한 시간 이내로."

그는 브루스터 양에게 돌아섰다.

"자, 이제까지는 잘되었습니다. 당신은 에밀리 브루스터 양이고, 이분은 패트릭 레드펀 씨죠? 두 분 다 졸리 로저 호텔에 묵고 계시고, 당신은 호텔 손님인 이 마셜 대위의 부인을 아십니까?"

에밀리 브루스터는 고개를 끄덕였다.

"그렇다면, 우리도 호텔에 묵어야겠군요."

콜게이트 경위가 말했다. 그는 경관 한 명을 불렀다.

"호코스, 자네는 이곳에서 아무도 접근하지 못하도록 경비를 서게. 내가 조금 뒤에 필립스를 보낼 테니까."

"이런!" 웨스튼 대령이 말했다.

"당신을 이곳에서 만나다니 놀랍군요!"

에르퀼 포와로는 반갑게 맞아주는 경찰서장에게 대답했다.

"오, 정말 세인트 루 사건 이래로 오랜만이군요."

"나도 그 사건을 잊지 않고 있소."

웨스튼이 말했다.

"내 생애에서 가장 큰 충격이었으니까요. 내가 아직도 이해하지 못하는 것은 이런 일에는 항상 당신이 내 주위에 있다는 겁니다. 그것도 이상하게 말이오. 정말 환상적인데요!"

"그렇지만, 서장님······." 포와로는 불어로 말했다.

"그것이 아주 멋지지 않습니까?"

"오, 그럴지도 모르죠. 하지만, 우리는 좀더 정상적인 방법으로 만났으면 합니다."

"그것도 가능하겠죠."

포와로는 무뚝뚝하게 말했다.

"그건 그렇고, 이곳에서 살인사건이 생겼다는데······."

경찰서장이 말했다.

"이번 사건에 대해선 어떻게 생각합니까?"

포와로는 천천히 말했다.

"아직은 확실한 게 하나도 없습니다. 하지만 재미있는 사건 같습니다."

"우리를 도와주시겠습니까?"

"당신이 허락한다면."

"나는 당신을 만난 것이 기쁩니다. 그런데 이번 사건이 런던경시청 관할 사건인지 아닌지를 잘 모르겠습니다. 이번 사건은 범인이 그 한계가 모호한 구역에서 교묘하게 범행을 저지른 것 같습니다. 그리고 여기 있는 사람들은 모두 여행객들입니다. 그들을 조사하려면 런던으로 가야 할 겁니다."

포와로가 말했다.

"그렇겠군요."

웨스튼이 말했다.

"먼저, 우리는 죽은 부인을 마지막으로 본 사람을 찾아내야 합니다. 담당 하녀는 9시에 아침식사를 날라다 주었다고 하더군요. 1층 안내데스크에 있던 아가씨들은 그녀가 10시쯤 로비를 통해 밖으로 나가는 것을 봤다고 합니다."

포와로가 말했다.

"서장님, 당신이 찾는 사람은 나인 것 같습니다."

"당신이 오늘 아침에 그녀를 보았습니까? 그것이 몇 시였죠?"

"10시 5분쯤 되었을 겁니다. 나는 그녀가 바다로 보트를 띄우는 것을 도와주었습니다."

웨스튼 서장이 물었다.

"그녀가 그것을 타고 나갔습니까?"

"그렇소."

"혼자?"

"그래요."

"그녀가 어느 방향으로 가는지 보았습니까?"

"오른쪽으로 돌아갔습니다."

"픽시 코브 방향입니까?"

"그렇소."

"그것이 몇 시……?"

"그녀는 10시 15분쯤 바닷가를 떠났습니다."

웨스튼은 생각에 잠기면서 말했다.

"아주 잘 들어맞는군요. 그녀가 후미까지 가는 데는 얼마나 걸릴 거라고 생각합니까?"

"오, 나는 전문가가 아닙니다. 나는 배나 보트로 가본 적이 없습니다. 글쎄, 아마 30분쯤?"

"나도 그렇게 생각하고 있습니다."

서장이 말했다.

"그녀는 서두르지 않았을 겁니다. 그녀가 그곳에 11시 15분쯤 도착했다면 잘 들어맞을 겁니다."

"의사가 그녀의 사망시간을 몇 시라고 했습니까?"

"흠, 니스든은 정확하게 이야기하지 않았습니다. 그는 매우 신중한 사람이거든요. 10시 45분이 그가 최대한으로 빠르게 잡은 시간입니다."

포와로는 고개를 끄덕이고는 말했다.

"한 가지 말할 게 있습니다. 그녀는 떠날 때 나에게 자기를 보았다는 이야기를 하지 말아 달라고 하더군요."

웨스튼은 그를 바라보며 말했다.

"호, 그것참 의미심장한데요."

포와로는 중얼거리듯 말했다.

"그래요. 나도 그렇게 생각하고 있습니다."

웨스튼이 자기 콧수염을 만지작거리며 말했다.

"이것 봐요, 포와로 씨, 당신은 세상을 잘 아는 사람 아닙니까? 마셜 부인은 어떤 여자라고 생각합니까?"

엷은 미소가 포와로의 입술에 떠올랐다.

"당신도 벌써 이야기를 들은 것 같은데요?"

경찰서장은 냉담하게 말했다.

"여자들이 그녀에 대해 이야기하는 것을 듣긴 했는데, 그것이 사실입니까? 그녀가 레드펀이란 사람과 연애 행각에 빠졌었습니까?"

"그렇습니다."

"그가 그녀를 따라 이곳으로 왔다고 하던데요?"

"그렇게 생각할 만한 이유가 있습니까?"

"그렇다면, 그녀의 남편은? 그는 그 일을 알고 있었나요? 그는 어떻게 생각하고 있습니까?"

포와로는 천천히 말했다.

"마셜 대위가 느끼고 생각하는 것을 알기는 쉽지가 않습니다. 그는 자기감정을 내보이는 사람이 아니더군요."

웨스튼이 날카롭게 말했다.

"하지만, 그 사람도 감정을 품을 게 아닙니까?"

포와로는 고개를 끄덕였다.

"오, 예. 물론 가지고 있겠죠."

경찰서장은 캐슬 부인을 점잖게 대했다. 캐슬 부인은 졸리 로저 호텔의 주인이었다. 그녀는 풍만한 가슴과 거친 빨간 머리, 세련되게 말을 하는 마흔 살 가량의 여인이었다.

"이런 일이 우리 호텔에서 일어나다니! 이곳은 언제나 조용하고 멋진 곳이었는데! 이곳에 오는 사람들은 점잖은 사람들뿐이에요. 여기엔 폭력도 없었어요. 세인트 루에 있는 큰 호텔하고는 달라요."

"그런 것 같군요, 캐슬 부인."

웨스튼 서장이 말했다.

"그러나 사건은 교육이 잘된 가정에서도 일어나는 법입니다."

"콜게이트 경위가 내 말을 증명해줄 거예요."

캐슬 부인이 말했다. 그녀는 매우 사무적인 태도로 앉아 있는 경위에게 호소하는 듯한 시선을 보내고 있었다.

"허가법에 의하면 우리 호텔은 특별합니다. 비정상적인 것은 하나도 없구요!"

"압니다, 알아요."

웨스튼이 말했다.

"당신을 탓하려는 게 아니오, 캐슬 부인."

"하지만, 이곳에도 어떤 기관이 있어야 할 거예요."

캐슬 부인이 큰 가슴을 흔들면서 말했다.

"나는 시끄럽고 난폭한 사람들을 볼 때마다 그런 생각이 들어요. 물론 이 섬에는 호텔 손님 이외에는 아무도 들어올 수 없지만요. 그러나 해안을 통해서 다른 사람들이 올 수는 있거든요."

그녀는 몸을 떨었다.

콜게이트는 적당히 이야기할 기회를 잡았다고 생각했다.

"바로 잘 지적해주었습니다. 이 섬으로 들어오는 방법 말입니다. 사람들이 불법으로 들어오지 못하도록 어떻게 막고 있습니까?"

"그 점에 대해서는 특별한 조치를 취하고 있어요."

"무슨 조치입니까? 어떻게 막고 있죠? 여름철에는 휴가 중인 사람들이 파리 떼처럼 모든 곳에서 수영할 텐데."

캐슬 부인은 다시 몸을 조금 떨었다.

"그것은 대형 관광버스 때문이에요. 나는 리더콤 만의 부두 옆에 한꺼번에

18대나 정차해 있는 것을 본 적이 있습니다. 18대나!"

"그렇다면 당신은 그들이 이곳으로 오는 것을 어떻게 막고 있습니까?"

"경비원이 있어요. 파도가 높을 때는 더욱 안전하고요."

"파도가 낮을 때는?"

캐슬 부인이 설명했다.

"이 섬에는 둑길 끝에 문이 하나 있어요. 거기에는 이렇게 쓰여 있답니다. '졸리 로저 호텔. 개인 호텔. 손님 이외에는 들어올 수 없음.' 바다에는 바위 절벽이 높이 솟아 있어서 아무도 올라올 수 없어요."

"하지만, 배를 타고 노를 저어 그 골짜기 중 한곳에 도착할 수도 있지 않습니까? 당신은 그것까지는 막을 수 없을 겁니다. 그리고 바다에도 허점이 많습니다. 파도가 높든 낮든 사람들을 막을 수는 없을 겁니다."

그러나 그런 일은 좀처럼 없었다. 물론 배는 리더콤 만의 항구에서 구할 수는 있었다. 그러나 거기에서 이 섬까지는 꽤 먼 거리였다. 더구나 리더콤 만의 항구 밖은 파도가 심했다. 그리고 걸 코브와 픽시 코브의 사다리 옆에는 경비원이 있었다.

캐슬 부인은 육지에서 가장 가깝고 수영하기 좋은 바닷가에는 조지와 윌리엄이라는 사람이 항상 감시하고 있다고 덧붙였다.

"조지와 윌리엄은 누구입니까?"

"조지는 사람들이 수영하는 바닷가를 감시하고 있어요. 그 사람은 옷과 보트를 맡고 있지요. 윌리엄은 정원사예요. 그는 길을 청소하고 테니스 코트 같은 곳을 관리하고 있어요."

웨스튼 서장은 참을 수 없다는 듯이 말했다.

"이제 분명해지는 것 같군요. 외부에 아무리 경고 표시가 있다 하더라도 위험을 무릅쓸 생각이라면 말입니다. 조지와 윌리엄을 좀 만나봐야겠소."

캐슬 부인이 말했다.

"나는 여행자들을 좋아하지 않아요. 시끄러운 사람들이거든요. 그 사람들은 둑길 위나 바위 옆에 오렌지 껍질과 담뱃갑을 마구 버린답니다. 그러나 그들 중 한 명이 살인자라고는 생각해본 적이 없어요. 오, 정말이에요! 말하기조차 끔찍해요. 마셜 부인 같은 분이 살해되다니, 그것도 끔찍하게, 목이 졸려서……."

캐슬 부인은 말도 제대로 하지 못했다. 그녀는 가까스로 입을 여는 것 같았다.

콜게이트 경위가 위로해주면서 말했다.

"예, 정말 끔찍한 일이지요."

"그리고 우리 호텔이 신문에 나지 않겠어요!"

콜게이트는 엷은 미소를 지으며 말했다.

"오, 어쩌면 선전 효과를 볼 수도 있습니다."

캐슬 부인은 마음이 가라앉는 것 같았다. 풍만한 가슴이 흔들리고 큰 뼈대가 소리를 내는 것 같았다.

그녀는 냉담하게 말했다.

"그것은 선전이 아니에요. 정말 걱정이 돼요, 콜게이트 씨."

웨스튼은 말을 중단시키고 말했다.

"캐슬 부인, 당신은 이곳에 머무는 손님들의 명단을 갖고 있겠죠?"

"예, 서장님."

웨스튼 서장은 호텔 숙박부를 자세히 살펴보았다. 그는 여주인의 사무실에 모인 네 번째 인물인 포와로를 바라보았다.

"당신은 이 일에서 우리를 도울 수 있을 겁니다."

그는 그 명단을 읽었다.

"하인들은 몇 명입니까?"

캐슬 부인이 두 번째 명단을 주었다.

"네 명의 가정부, 주임 웨이터, 그 밑에 세 명의 웨이터, 바에서 일하는 헨리. 윌리엄은 신발을 관리하고 있죠. 그리고 요리사가 있고, 그녀 밑에 두 명이 더 있어요."

"웨이터는 몇 명입니까?"

"플리머드의 빈센트에서 온 앨버트가 있어요. 그는 몇 년 동안 그곳에 있었대요. 그 밑에 세 명이 있는데, 그들은 3년째 이곳에 있었어요. 한 명은 4년째

구요. 모두 무척 좋은 사람들이에요. 헨리는 이 호텔이 세워진 이래로 계속 이곳에 있었지요. 그는 마치 하나의 기관 같아요."

웨스튼은 고개를 끄덕이고 나서 콜게이트에게 말했다.

"모두 괜찮아 보이는군, 자네가 모두를 조사해보게. 고맙습니다, 캐슬 부인."

"이제 당신이 필요한 것은 없나요?"

"지금은 됐습니다."

캐슬 부인이 소리를 내며 방에서 나가자 웨스튼이 말했다.

"먼저 해야 할 일은 마셜 대위와 이야기해보는 걸세."

케네스 마셜은 질문에 대답하며 조용하게 앉아 있었다. 그는 굳어진 표정과는 달리 매우 침착했다. 창문으로 들어오는 햇빛을 받은 그의 얼굴은 꽤 미남이었다. 똑바른 모습, 크고 푸른 눈, 굳은 입. 목소리는 낮고 상냥했다.

웨스튼 서장이 말했다.

"나도 당신이 얼마나 큰 충격을 받았는지는 알고 있습니다, 마셜 대위. 하지만, 우리는 될 수 있는 대로 빨리 정보를 얻어야 합니다."

마셜은 고개를 끄덕이면서 말했다.

"나도 알고 있습니다, 계속하시죠."

"마셜 부인은 당신의 두 번째 부인입니까?"

"그렇습니다."

"결혼한 지는 얼마나 됐습니까?"

"4년, 조금 넘었습니다."

"그녀의 결혼하기 전 이름은?"

"헬렌 스튜어트. 무대에서의 예명은 아레나 스튜어트입니다."

"부인은 배우였지요?"

"아내는 레뷰에서 활약했고, 음악 쇼에 출현했었습니다."

"부인은 결혼하고 나서 무대 생활을 그만두었습니까?"

"아닙니다, 계속했습니다. 아내가 그만둔 것은 1년 반밖에 안 됩니다."

"부인이 은퇴한 것에는 특별한 이유라도 있었습니까?"

케네스 마셜은 잠시 생각하는 듯했다.

"없습니다. 아내는 단지 싫증이 났다고만 했습니다."

"혹시 당신이 원했기 때문은 아니었습니까?"

마셜은 이마를 찌푸렸다.

"오, 아닙니다."

"당신은 부인이 결혼 뒤에도 계속 무대 활동을 한 것에 불만은 없었습니까?"

마셜은 가볍게 미소를 지었다.

"나로서는 아내가 그것을 포기했으면 더 좋았을 겁니다. 하지만, 그런 걸 가지고 구태여 소란을 피우고 싶진 않았습니다."

"그것이 당신들 사이에 싸움을 불러일으키지는 않았습니까?"

"그렇지는 않았습니다. 내 아내는 자기 자신을 즐기는데 자유로웠으니까요."

"그러면……, 결혼생활은 행복했습니까?"

케네스 마셜은 확고하게 말했다.

"그렇습니다."

웨스튼 서장이 잠시 말을 멈추었다가 말했다.

"마셜 대위, 당신은 혹시 부인을 죽이고 싶은 생각은 없었습니까?"

그에 대한 대답이 주저 없이 나왔다.

"절대로 그런 생각은 해보지도 않았습니다."

"부인은 원한 관계가 있습니까?"

"아마 있을 겁니다."

"오?"

그는 계속해서 말했다.

"그렇다고 오해는 하지 마십시오. 내 아내는 배우였습니다. 매우 아름다운 여인이었죠. 그 두 가지 면에서 아내는 많은 시기와 질투를 받았습니다. 다른 여자들과 사소한 소동이 많았습니다(그 여자들에게는 라이벌이었으니까요). 그리고 일반적으로 사기, 미움, 악의, 그런 것들이 많았습니다! 하지만, 의도적으로 그녀를 죽일 수 있는 사람을 말하는 것은 아닙니다."

에르퀼 포와로가 처음으로 입을 열었다.

"당신은 부인의 적이 전적으로 여자들이었다는 말인가요?"

케네스 마셜이 그를 바라보았다.

"예, 그렇습니다."

경찰서장이 말했다.

"당신은 부인에게 원한을 품은 사람을 모릅니까?"

"모릅니다."

"부인이 전에 이 호텔에 있는 사람과 친하게 지낸 적은 없습니까?"

"아내가 그전에 레드펀 씨를 만난 적이 있는 것 같습니다―칵테일파티에서. 그밖에는 모릅니다."

웨스튼은 입을 다물고 있었다. 그는 그 대목을 계속 물어야 할지를 신중하게 생각하는 것 같았다. 하지만, 그는 그 대목은 피하기로 했다.

"우리는 오늘 아침에 도착했습니다. 당신이 부인을 마지막으로 본 것은 언제입니까?"

마셜은 잠시 침묵을 지키다가 말했다.

"아침식사를 하러 내려가다가 들렀습니다……."

"실례지만, 당신들은 방을 따로 쓰셨나요?"

"그렇소."

"그것이 몇 시였습니까?"

"9시쯤인 것 같습니다."

"부인이 무엇을 하고 있던가요?"

"편지를 열어 보고 있더군요."

"부인이 무슨 말은 않던가요?"

"특별한 말은 없었습니다. 단지 인사말, 그리고 날씨가 좋다고 했지요. 그런 말뿐이었습니다."

"부인의 행동은 어떠했나요? 평상시와 다름없었나요?"

"완전히 정상적이었습니다."

"부인은 흥분했거나 낙담했거나 또는 당황하지는 않았습니까?"

"그런 모습은 보지 못했습니다."

에르큘 포와로가 물었다.

"부인이 그 편지 내용을 말해주지는 않던가요?"

다시 엷은 미소가 마셜의 입술에 떠올랐다.

"내가 기억하기로는 그것이 영수증이라고 했던 것 같습니다."

"부인은 침대에서 식사했나요?"

"예."

"부인은 항상 그랬습니까?"

"예."

에르큘 포와로가 말했다.

"부인은 대개 몇 시에 아래층으로 내려왔습니까?"

"오! 10시에서 11시 사이입니다. 대개는 11시가 다 되어서였습니다."

포와로는 계속했다.

"부인이 10시에 내려왔다면 그것은 좀 이상한 일 아닙니까?"

"그런 것 같군요. 아내는 그렇게 일찍 내려온 적이 없었습니다."

"그러나 부인은 오늘 아침엔 그렇게 했습니다. 마셜 대위, 당신은 그 이유가 무엇이라고 생각합니까?"

마셜은 무감각하게 말했다.

"잘 모르겠습니다. 날씨 때문일 수도 있겠죠. 드물게 좋은 날씨였으니까."

"당신은 부인을 찾았나요?"

케네스 마셜은 의자에서 몸을 움직이고는 말했다.

"아침식사 뒤에 그녀를 찾았습니다. 방이 비어 있더군요. 그래서 조금 놀랐지요."

"그리고 당신은 바닷가로 나와서 나에게 부인을 보았느냐고 물었지요?"

"오, 예."

그는 목소리를 가다듬으며 덧붙였다.

"그런데 당신은 못 보았다고……."

에르큘 포와로의 천진스런 눈은 머뭇거리지 않았다. 그는 부드럽게 크고 무성한 콧수염을 만지작거렸다.
웨스튼이 물었다.
"당신은 오늘 아침에 부인을 찾고 싶었던 특별한 이유라도 있었습니까?"
마셜이 경찰서장에게 시선을 돌렸다.
"아닙니다. 단지 아내가 어디 있는지 궁금했습니다. 그것뿐입니다."
웨스튼은 말을 하지 않고 있었다. 그는 의자를 약간 움직이고 나서 다른 주제를 꺼내기 시작했다.
"방금 당신은 부인이 전에 패트릭 레드펀 씨를 만났다고 말했습니다. 부인이 어떻게 레드펀 씨를 알게 되었습니까?"
케네스 마셜이 물었다.
"담배 피워도 되겠습니까?"
그는 주머니를 더듬었다.
"아차! 내 담배 파이프를 어딘가에 두고 왔군요."
포와로는 그에게 담배 한 개비를 주었다. 그는 그것을 받아서 불을 붙이고는 말했다.
"레드펀 씨에 대해서 말이죠? 내 아내는 그 사람을 어떤 칵테일파티에서 만났다고 하더군요."
"그는 단지 아는 사이였습니까?"
"그런 것 같습니다."
"그때 이후로……."
경찰서장은 말을 멈추었다.
"그 관계가 더 깊은 관계로 갈 수도 있었겠군요."
마셜이 날카롭게 말했다.
"당신의 생각입니까, 아니면 누가 그러던가요?"
"그것은 이 호텔에서 떠돈다는 소문입니다."
잠깐 마셜은 에르퀼 포와로를 바라보았다. 그는 눈에 분노를 담고 있었다.
"호텔에서 떠돈다는 소문은 거짓말입니다!"
"그럴지도 모르죠. 그러나 레드펀 씨와 당신의 부인은 그 소문대로 행동했다고 들었습니다."

"무슨 행동을?"

"그들은 항상 함께 있었다고 하던데요."

"그것이 전부입니까?"

"당신도 그것은 부인하지 않겠죠?"

"그랬을지도 모르죠. 나는 보지 못했으니까."

"당신은……, 죄송합니다만, 마셜 대위. 레드펀 씨와 당신 부인의 관계를 반대하진 않았습니까?"

"나는 아내의 행동을 감시하지 않습니다."

"당신은 반대하지 않았다는 말입니까?"

"물론이오."

"그것이 소문의 주제가 되고, 레드펀 씨와 부인 사이에 불화를 일으켰는데도 말입니까?"

케네스 마셜은 냉담하게 말했다.

"나는 내 일에만 신경을 씁니다. 다른 사람들도 자신들의 일에만 신경을 썼으면 좋겠습니다. 나는 소문 같은 것엔 귀를 기울이지 않습니다."

"레드펀 씨가 당신의 부인을 좋아했다는 것을 부인하진 않겠죠?"

"아마 그랬을 겁니다. 대부분의 남자가 그랬으니까요. 아내는 매우 아름다운 여자였습니다."

"그렇다면, 당신은 그런 일에 심각한 것이 없다고 생각했습니까?"

"그런 것에 대해서는 생각해본 적이 없습니다."

"그렇다면, 우리가 그들이 매우 가까운 사이였다는 것을 증명할 목격자를 내세운다면?"

다시 그의 푸른 눈은 에르퀼 포와로를 바라보았다. 마셜의 눈에는 강렬한 혐오의 빛이 보였다.

"당신이 이야기를 듣고 싶다면 그렇게 하십시오. 내 아내는 죽었고, 그녀는 자신을 변호하지 못할 테니까."

"당신은 사람들의 말을 믿지 않는다는 건가요?"

처음으로 마셜의 이마에 땀방울이 맺혔다.

"나는 그런 말은 믿지 않습니다."

그는 계속했다.

"당신은 이번 사건과 관계없는 것을 묻는 것이 아닙니까? 내가 그것을 믿던 믿지 않던, 그것은 이번 살인과는 아무런 관계가 없지 않습니까?"

에르큘 포와로가 다른 사람들보다 먼저 대답했다.

"당신은 잘 이해하지 못하는군요, 마셜 대위. 살인에는 명백한 사실은 없습니다. 살인은 십중팔구 피살된 사람의 성격과 환경으로부터 발생합니다. 희생자가 그런 부류의 사람이었기 때문에 살해되는 것이죠! 아레나 마셜이 어떤 사람인가를 완벽하게 알지 못한다면 그녀를 죽인 사람을 정확하게 알아낼 수가 없습니다. 그 때문에 우리가 이런 질문을 하는 겁니다."

마셜은 경찰서장에게 얼굴을 돌렸다.

"당신도 같은 생각입니까?"

웨스튼은 약간 얼버무렸다.

"그건 한 가지 점에서……, 그러니까……."

마셜은 약간 미소를 지으며 말했다.

"당신은 동의하지 않을 겁니다. 포와로 씨는 좀 특별한 분이거든요."

포와로는 웃으면서 말했다.

"당신은 나를 돕고자 아무것도 하지 않는 것 같군요!"

"그것이 무슨 뜻이죠?"

"당신은 우리에게 당신 부인에 대해 무엇을 말했습니까? 정확히 말해서 아무 말도 하지 않은 셈입니다. 당신은 우리에게 단지 모든 사람이 아는 것을 말했을 뿐입니다. 그녀는 아름다웠고 추앙받았다는 것밖에는 아무 말도 하지 않았습니다."

케네스 마셜은 어깨를 으쓱하더니 간단하게 말했다.

"당신은 미친 것 같군요."

그는 경찰서장을 바라보며 강조하듯이 말했다.

"그밖에 나에게 묻고 싶은 것이 또 있습니까?"

"예, 당신이 오늘 아침에 무엇을 했는지 말해주십시오."

케네스 마셜은 고개를 끄덕였다. 그는 이 질문을 기대한 것 같았다.

"나는 평상시처럼 9시쯤 아래층에서 아침식사를 했습니다. 그러고 나서 신문을 읽었지요. 그리고 조금 전에도 말했듯이 아내 방에 갔다가 그녀가 없는 것을 알았습니다. 그래서 바닷가로 나가보았지요. 거기에서 포와로 씨를 만나 그녀를 보았는지를 물었습니다. 그리고 잠시 수영을 한 뒤에 다시 호텔로 돌아갔습니다. 그것이, 가만있자, 10시 40분쯤 될 겁니다—예, 맞아요. 나는 로비에서 시계를 봤습니다. 그때가 40분이었거든요. 곧장 내 방으로 올라갔지요. 그러나 하녀가 아직 청소를 끝내지 않았더군요. 그래서 그녀에게 될 수 있는 대로 빨리 끝내라고 말했습니다. 편지를 타자쳐야 했거든요. 그 뒤에 다시 아래층으로 내려와 칵테일바에서 헨리와 몇 마디를 나누었습니다. 그러고는 10시 50분에 방으로 다시 돌아가서 편지를 타자쳤습니다. 11시 50분까지 타자를 쳤지요. 그리고 12시에 테니스를 치기로 약속했기 때문에 테니스 용구를 챙겼습니다. 우리는 어제 코트를 예약해두었거든요."

웨스튼이 물었다.

"우리란 누구죠?"

"레드펀 부인, 단리 양, 가드너 씨, 그리고 나입니다. 나는 12시에 테니스 코트로 갔습니다. 단리 양과 가드너 씨가 있더군요. 레드펀 부인은 잠시 후에 도착했습니다. 우리는 한 시간 동안 테니스를 쳤습니다. 그러고는 호텔로 돌아왔지요. 거기서 나……, 나는 소식을 들었습니다."

"감사합니다, 마셜 대위. 그런데 당신이 10시 50분부터 11시 50분까지 방에서 타이프를 쳤다는 사실을 증명할 사람이 있습니까?"

케네스 마셜은 가볍게 웃으면서 말했다.

"당신은 내가 아내를 죽였다고 생각하나요? 가만있자, 그 하녀가 방을 청소했으니까 그녀는 타자치는 소리를 들었을 겁니다. 그리고 편지들이 있습니다. 나는 이런 소란 때문에 그것들을 부치지 못했습니다. 그것이 좋은 증거가 될 겁니다."

그는 주머니에서 세 통의 편지를 꺼냈다. 거기에는 주소가 쓰여 있었지만 아직 봉하지는 않았다.

"이 내용물은 매우 믿을 만할 겁니다. 하지만, 이번 사건이 살인사건인 만큼 경찰의 신뢰를 받아야겠지요. 여기에는 사람들의 명단과 여러 가지 돈에 대한 문제가 적혀 있습니다. 당신이 사람을 시켜서 이것을 타자쳐본다면 한 시간 안에 하기 어렵다는 걸 알게 될 겁니다."

그는 잠시 말을 멈추었다.

"이젠 만족하셨나요?"

웨스튼은 침착하게 말했다.

"당신은 의심할 만한 것이 없군요. 이 섬에 있는 모든 사람은 오늘 아침에 10시 45분에서 11시 40분 사이에 했던 행동에 대해 모두 조사받을 겁니다."

케네스 마셜이 말했다.

"그렇겠군요."

웨스튼이 말했다.

"한 가지만 더 묻겠습니다, 마셜 대위. 당신은 부인이 자기 재산을 처분한 방법에 대해 아는 것이 있습니까?"

"유언장을 말하는 겁니까? 나는 아내가 유언장을 만들었다고는 생각하지 않습니다."

"하지만, 확신할 수는 없겠지요?"

"아내의 변호사들은 바케트, 마케트와 애플굿, 베드포드스퀘버입니다. 그들은 아내와 계약을 맺고 있습니다. 그러나 나는 아내가 유언장을 만들지 않았다고 확신합니다. 아내는 언젠가 그런 것을 만드는 게 자기에게는 소름을 끼치게 한다고 말한 적이 있거든요."

"그렇다면, 부인이 유언 없이 죽었다면 남편인 당신이 그녀의 재산을 상속받게 되겠군요."

"예, 그럴 겁니다."

"부인은 가까운 친척이 없습니까?"

"없는 것 같습니다. 아내는 친척에 대해 말한 적이 없습니다. 아내의 부모는 그녀가 어렸을 때 돌아가셨고, 형제자매는 없습니다."

"하지만, 부인은 남길 것이 많지는 않겠군요?"

케네스 마셜은 냉담하게 말했다.

"그 반대입니다. 2년 전에 아내의 오랜 친구인 로버트 어스킨 경이 그녀에게 상당한 재산을 남겨 주었습니다. 아마 5만 파운드는 될 겁니다."

콜게이트 경위가 고개를 들었다. 그의 시선에는 기민함이 서려 있었다. 지금까지는 침묵을 지키고 있었던 것이다.

"그렇다면, 마셜 대위, 당신의 부인은 부유한 사람이었군요."

케네스 마셜은 어깨를 으쓱했다.

"그렇습니다."

"그런데도 부인은 유언장을 만들지 않았단 말인가요?"

"변호사에게 한번 물어보시오. 나는 아내가 그것을 만들지 않았다는 것을 확신할 수 있습니다. 여러분에게 말했듯이 아내는 그것을 불쾌하게 생각했거든요."

잠시 침묵이 흐른 뒤에 마셜이 덧붙였다.

"더 물어볼 게 있습니까?"

웨스튼은 고개를 저었다.

"이젠 됐습니다. 콜게이트, 자네는? 없으면 마지막으로, 마셜 대위, 당신에게 이번 사건에 대해 유감의 뜻을 전합니다."

마셜은 눈을 깜박거렸다. 그러고는 말했다.

"오, 감사합니다."

그는 밖으로 나갔다.

세 사람은 서로 바라보았다.

웨스튼이 말했다.

"정말 침착한 사람이군. 그는 아무것도 말하지 않은 셈이야. 자네는 그에 대해서 어떻게 생각하나, 콜게이트?"

경위는 고개를 저었다.

"말하기가 어려운데요. 그는 조그마한 기미도 보일 사람이 아니더군요. 그런 태도는 증언석에서는 나쁜 인상을 받을 겁니다. 그러나 그것은 부당한 일이지요. 그런 태도 때문에 윌러스 사건 때는 판사가 유죄를 선고하게 되었지요. 하지만, 증거는 없었습니다. 단지 부인을 잃은 남자가 그렇게 침착하게 행동한 것만을 의심했을 뿐이지요."

웨스튼은 포와로에게 얼굴을 돌렸다.

"당신은 어떻게 생각합니까, 포와로 씨?"

에르큘 포와로는 손을 올리면서 말했다.

"내가 무슨 말을 하겠습니까? 그는 꽉 막힌 상자입니다. 짓눌린 굴입니다. 그는 자기 역할을 다했습니다. 그는 아무것도 들은 것도 없고, 본 것도 없습니다. 그는 아무것도 아는 것이 없습니다!"

"우리는 동기를 추적해야 합니다."

콜게이트가 말했다.

"동기에는 질투와 돈이 관련되어 있습니다. 물론 남편이 가장 명백한 용의자입니다. 사람들도 그를 처음으로 꼽을 것입니다. 그가 자기 부인이 다른 남자와 돌아다닌다는 것을 알았다면……"

포와로는 말을 중단시켰다.

"내가 생각하기에는 그는 그 사실을 알고 있었습니다."

"왜 그렇게 말씀하시죠?"

"들어 봐요. 어젯밤에 나는 서니 레지에서 레드펀 부인과 함께 이야기를 했습니다. 나는 거기에서 호텔로 내려오다가 두 사람이 함께 있는 것을 보았습니다, 마셜 부인과 패트릭 레드펀. 그리고 잠시 뒤에 나는 마셜 대위를 만났습니다. 그의 얼굴은 매우 굳어 있었습니다. 거기에는 아무것도 나타나 있지 않았습니다―전혀 아무것도! 그것은 그저 공허한 모습이었습니다. 그래요! 그는 모든 것을 알고 있었던 겁니다."

콜게이트는 의문스럽게 불평하듯이 말했다.

"당신이 그렇게 생각한다면……"

"나는 그것을 확신합니다! 그것이 무엇을 말하는 걸까요? 케네스 마셜은 자기 부인에 대해 어떤 것을 느끼고 있었겠습니까?"

웨스튼 서장이 말했다.

"그녀를 죽이고 싶었겠지."

포와로는 불만스럽게 고개를 저었다.

콜게이트 경위가 말했다.

"가끔 저렇게 조용한 사람이 극도로 난폭한 성격을 억누르는 경우가 있습니다. 그러다가 폭발하는 때도 많지요. 그는 부인을 매우 좋아했습니다. 그래서 질투도 많이 느꼈을 겁니다. 그러나 그는 그런 모습은 전혀 보이지 않았습니다."

포와로가 천천히 말했다.

"그럴지도 모르죠. 그는 무척 재미있는 사람입니다. 나는 그에게 관심이 많았죠. 그리고 그의 알리바이에도."

"타자기의 알리바이."

웨스튼이 가볍게 웃으면서 말했다.

"자네는 그것에 대해 어떻게 생각하나, 콜게이트?"

콜게이트 형사는 눈살을 찌푸렸다.

"나는 그 알리바이에 대해서 생각해보았습니다. 내 말뜻을 아실지 모르겠지만, 그것은 썩 좋은 편은 아닙니다만 어쩐지 좀, 자연스러운 것도 같습니다. 그리고 그 하녀가 정말로 방에서 타자치는 소리를 들었다고 한다면 우리는 다른 곳에서 동기를 찾아야 할 겁니다."

웨스튼 서장이 말했다.

"음, 어디에서 찾아야 한단 말인가?"

잠깐 세 사람은 그 문제에 대해 곰곰이 생각해보았다.

콜게이트 경위가 먼저 말을 꺼냈다.

"이 문제를 생각해봐야 합니다. 범인은 외부인인가, 아니면 호텔 손님인가? 하인들을 전적으로 배제하는 것은 아니지만, 아마 그들 중에서 가능성을 찾을 수는 없을 겁니다. 범인은 호텔 손님이든가 외부인일 겁니다. 우리는 이런 식으로 조사해야 합니다. 첫째, 동기입니다. 그것은 이익에 대해서죠. 그녀의 죽음으로 이익을 얻는 유일한 사람은 남편입니다. 그렇다면 다른 동기는 없을까요? 중요한 것은 질투입니다. 당신도 치정 사건을 맡아 보았겠지만(그는 포와로에게 고개를 숙여 보였다) 이것도 그런 종류입니다."

포와로는 중얼거리면서 천장을 올려다보았다.

"매우 많은 감정이 있지요."

콜게이트 경위는 계속해서 말했다.

"그녀의 남편은 아내가 적을 가지는 것을 내버려두지 않았을 겁니다. 진짜 적 말입니다. 그러나 사실은 그렇게 되지 않았겠지요. 그녀 같은 여자는, 말하자면, 매우 나쁜 적들을 가졌을 겁니다. 오, 당신은 어떻게 생각합니까?"

포와로는 대답을 했다.

"그렇죠, 아마도 그럴 겁니다. 아레나 마셜은 많은 적을 가졌을 테지요. 그러나 내 생각에는 당신의 논리는 조리가 없는 것 같군요. 내 생각에는 그녀의 적들은 항상 여자들이었을 겁니다."

웨스튼 서장은 불평하듯이 말했다.

"그렇다면 그녀를 죽인 것은 여자란 말인가요?"

포와로는 계속했다.

"이번 사건이 여자에 의해 범해졌다는 것은 거의 가능성이 없는 것처럼 보입니다. 증거는 어떻습니까?"

웨스튼이 다시 불평하듯이 말했다.

"니스든은 그녀가 남자에게 살해당했다는 것을 확신하고 있습니다. 큰 손으로, 강력한 손힘으로 말입니다. 물론 여자 운동선수라면 가능하겠지만요. 하지만, 그것은 가능성이 희박합니다."

포와로는 고개를 끄덕였다.

"그렇습니다. 찻잔 속에 비소, 독약이 든 초콜릿, 칼, 권총……, 그러나 교살이라. 우리가 찾아야 할 사람은 남자입니다. 그래서 더 어려워진 겁니다. 이 호텔에는 아레나 마셜이 죽기를 바라는 동기를 가진 사람이 두 명 있습니다— 그러나 둘 다 여자이지요."

웨스튼 서장이 물었다.

"레드펀 부인도 그중 하나겠죠?"

"그렇소. 레드펀 부인은 아레나 스튜어트를 죽이려고 마음먹었을 수도 있습니다. 그녀는 충분한 이유가 있거든요. 레드펀 부인이 살인을 저지르는 것도 가능하다고 생각합니다. 그러나 이런 살인은 아닙니다. 불행과 질투를 느끼고 있긴 해도 그녀는 강한 성격을 가진 여성이 아니죠. 그녀는 사랑에 헌신하고 그것을 고귀하게 생각하는 여성입니다. 감정적이 아닙니다. 내가 말했듯이, 찻잔 속에 비소를 넣는다면 몰라도, 아마 교살은 아닐 겁니다. 또한 그녀는 신체적으로도 이번 사건을 저지를 수도 없습니다. 그녀의 손과 발은 평균보다도 작거든요."

웨스튼은 고개를 끄덕이고는 말했다.

"이번 사건은 여자의 짓이 아닙니다. 남자의 짓입니다."

콜게이트가 기침했다.

"내가 추리를 해보겠습니다. 그녀가 레드펀을 만나기 전에 다른 사람과 관계가 있었다고 합시다. 그를 X라고 합시다. 그녀는 레드펀 때문에 X를 떼어 버리려고 했습니다. X는 분노와 질투에 휩싸였습니다. 그는 그녀를 이곳까지 따라왔습니다. 그가 어딘가에 머무르다가 이 섬으로 와서 그녀를 죽인 겁니다. 그럴 가능성도 있지 않겠습니까?"

웨스튼이 말했다.

"그럴 가능성도 있겠군. 좋아, 그것이 사실이라면 밝혀내기는 쉬울 거야. 그는 걸어서 왔을까, 배를 타고 왔을까? 나중의 것이 더 가능성이 있겠군. 그렇다면 그는 틀림없이 어딘가에서 배를 한 척 빌렸을 거야. 자네는 그 점을 조사해보는 것이 좋겠네."

그는 포와로를 바라보았다.

"당신은 콜게이트의 추리에 대해 어떻게 생각합니까?"

포와로는 천천히 말했다.

"그것은 가능성이 희박한 것 같은데요. 더구나 어딘가에 사람이 숨어 있다는 것은 믿어지지가 않는군요. 나는 분노와 질투에 휩싸인 남자를 상상할 수가 없습니다."

콜게이트가 말했다.

"사람들은 그녀에게 미칩니다. 레드펀을 보십시오."

"오, 예, 그러나……."
콜게이트는 그를 의심스러운 눈초리로 바라보았다.
포와로는 고개를 저었다.
그는 눈살을 찡그리며 말했다.
"어딘가에 우리가 모르는 게 있을 겁니다……."

제6장

웨스턴 서장은 호텔 투숙객의 명단을 펼치고 큰소리로 읽었다.

코원 소령 부부— 리더헤드 시, 라이들 산
파멜라 코원 양
로버트 코원
이반 코원
마스터먼 부부— 런던 NW, 말보로 가(街), 5번지
에드워드 마스터먼
제니퍼 마스터먼 양
로이 마스터먼
프레데릭 마스터먼
가드너 부부— 뉴욕
레드펀 부부— 프린세스 리스보로 시, 셀던 크로스게이츠
바리 소령— 런던 SW1, 세인트 제임스 구(區), 카든 가(街), 18번지
호레이스 블래트— 런던 EC2, 피커스질 가(街), 5번지
에르퀼 포와로— 런던 W1, 화이트헤븐 맨션
로저먼드 단리 양— W1, 카디건 코트, 8번지
에밀리 브루스터— 선버리 온 템스, 사우드게이츠
스테픈 레인 신부— 런던
마셜 대위 부부— 런던 SW7, 입코트 맨션, 73번지
린다 마셜 양

웨스튼이 말을 멈추자 콜게이트 경위가 말했다.

"내가 생각하기에는 첫 두 가족은 삭제해도 좋을 것 같습니다. 캐슬 부인의 말에 의하면 마스터먼 가족과 코윈 가족은 아이들과 함께 매년 여름이면 이곳에 온다고 합니다. 오늘 아침에 그들은 점심을 싸 가지고 온종일 항해 여행을 떠났다고 하는군요. 그들은 9시쯤 떠났답니다. 앤드류 바스튼이라는 사람이 그들을 보았다고 합니다. 그들을 조사해볼 수도 있겠지만, 내가 생각하기에는 제외하는 것이 좋을 것 같습니다."

웨스튼이 고개를 끄덕였다.

"나도 동감이오. 우리는 될 수 있는 대로 많은 사람을 제외합시다. 당신은 나머지 중에서 제외할 사람이 없습니까, 포와로 씨?"

포와로가 말했다.

"표면적으로는 쉽지요. 가드너 부부는 중년에다 성격도 쾌활하고, 지금은 여행 중입니다. 모든 이야기는 부인이 죄다 하고 있지요. 남편은 순종만 하고 말입니다. 그는 테니스와 골프를 치고, 사람들을 끌 수 있는 유머 감각도 가지고 있더군요."

"괜찮아 보이는군요."

"다음은 레드펀 부부입니다. 남편은 젊고 여자들에게도 인기가 있으며, 수영을 잘하며 테니스와 춤에도 능숙합니다. 그 부인에 대해서는 전에도 말했지만 조용하고 깔끔하고 예쁜 여자입니다. 그녀는 남편에게 헌신하는 것 같더군요. 그녀는 아레나 마셜 갖고 있지 못한 것을 가진 여자입니다."

"그것이 뭡니까?"

"두뇌입니다."

콜게이트 경위는 한숨을 쉬고는 말했다.

"두뇌는 다른 여자에게 빠지게 될 때는 중요하지 않습니다."

"그럴지도 모르죠. 그러나 나는 그가 비록 마셜 부인에게 빠졌지만, 자기 부인을 사랑하고 있다는 걸 잘 압니다."

"그럴지도 모르죠. 그것은 처음이 아닐 겁니다."

포와로는 중얼거리듯이 말했다.

"정말 유감입니다. 그 점이 바로 여자들에게서 항상 믿기가 어려운 것이죠."

그가 계속 말했다.

"바리 소령, 인도 육군에서 퇴역한 장교입니다. 여자들을 존중하는 사람입니다. 그의 이야기는 길고 지루하지요."

콜게이트 경위는 한숨을 쉬었다.

"계속할 필요가 없겠습니다. 나도 몇 사람을 만나보았습니다."

"호레이스 블래트, 매우 부유한 사람이지요. 이야기도 많이 합니다. 자기에 대해서 말이오. 그는 모든 사람과 친구가 되기를 원합니다. 슬프게도 아무도 그를 좋아하지 않지만. 그리고 또 하나, 블래트는 어젯밤에 나에게 많은 질문을 했습니다. 어쩐지 불안해 보이더군요. 맞아요, 그에게는 어딘지 이상한 데가 있었습니다."

그는 잠시 멈추었다가 목소리를 바꾸어서 계속했다.

"다음은 로저먼드 단리 양입니다. 그녀의 예명은 로즈 몬드입니다. 훌륭한 디자이너입니다. 그녀에 대해서는 어떻게 말할까? 두뇌와 매력, 멋을 가진 여자라고 할까. 그녀는 인상도 좋습니다."

그는 잠시 멈추었다가 덧붙였다.

"그리고 마셜 대위의 오랜 친구이기도 하지요."

웨스튼이 물었다.

"그녀는 마셜이 이곳에 올 거라는 것을 알고 있었나요?"

"아니, 몰랐다고 합니다."

포와로는 말을 멈추었다가 계속했다.

"다음은 누구입니까? 브루스터 양? 나는 그녀에게서 놀라운 점을 발견했습니다."

그는 고개를 저었다.

"그녀는 남자 같은 목소리를 가지고 있지요. 무뚝뚝하긴 하지만 사실은 친절한 아가씨입니다. 그녀는 배를 저을 줄도 알고, 골프에서는 4타수를 가지고 있지요."

그는 말을 멈추었다.

"내가 생각하기에는 그녀는 착한 마음씨를 가진 것 같습니다."

웨스튼이 말했다.

"그렇다면 이제 스테픈 레인만 남았군요. 그는 어떤 사람입니까?"

"당신에게 한 가지는 말할 수 있습니다. 그는 신경질이 많습니다. 또한 광적인 사람이기도 하지요."

"오, 그런 사람이군요." 콜게이트 경위가 말했다.

웨스튼이 말했다.

"그렇다면 이것은 완전히 추첨이로군요!"

그는 포와로를 바라보며 말했다.

"당신도 방향을 잡지 못하는 것 같은데요?"

포와로는 말했다.

"솔직히 말해서 그렇습니다. 왜냐하면, 당신도 아시겠지만 마셜 부인은 오늘 아침에 나갈 때 나에게 자기를 보지 못했다고 말해달라고 했습니다. 그래서 나는 마음속으로 이렇게 생각했죠. 그녀와 패트릭 레드펀과의 관계가 그녀와 남편 사이에 곤란한 문제로 등장한 모양이라고요. 나는 그녀가 어딘가에서 패트릭 레드펀을 만날 것이고, 남편에게는 그 사실을 숨기려는 것으로 생각했습니다."

그는 말을 멈추었다가 다시 이었다.

"그러나 당신도 아시겠지만 나는 잘못 생각한 겁니다. 왜냐하면 그녀의 남편이 곧 바닷가에 나타났고, 나에게 자기 아내를 봤냐고 물었습니다. 그리고 또한 패트릭 래드펀도 와서는 안절부절못하며 찾는 모습을 역력히 드러내더군요! 그러므로 나는 나 자신에게 묻고 있습니다. 그렇다면, 아레나 마셜은 누구를 만나러 간 것일까?"

콜게이트 경위가 말했다.

"그것은 내 추리와 잘 들어맞습니다. 런던이나 어딘가에서 온 남자."

에르퀼 포와로는 고개를 저으면서 말했다.

"만일 당신의 추리에 따라 아레나 마셜이 그런 수수께끼의 남자와 절교를 했다면, 그녀는 왜 그를 만나기 위해 그런 고생을 했겠습니까?"

클게이트 형사는 고개를 저으면서 말했다.

"그렇다면, 당신은 그것이 누구라고 생각합니까?"

"나도 그것을 상상할 수가 없습니다. 우리는 호텔 숙박부를 다 읽어 보았습니다. 그들은 모두 중년이고 둔한 사람들입니다. 아레나 마셜이 그들 중 누군가를 패트릭 레드펀보다 더 좋아했을까요? 아닙니다. 그것은 불가능합니다. 그러나 어떻든 그녀는 누군가를 만나러 갔는데, 패트릭 레드펀이 아니었다는 말입니다."

웨스튼이 중얼거리듯이 말했다.

"그녀가 그냥 혼자서 나간 것이라고는 생각하지 않습니까?"

포와로는 머리를 저었다. 그리고 불어로 말했다.

"서장님, 당신은 죽은 여자를 만나본 적이 없습니다. 누군가가 뷰 브루멜이나 뉴튼 같은 남자에게 고독이 뜻하는 차이에 대해 논문을 쓴 적이 있습니다. 아레나 마셜은 고독 속에서 침묵할 여자가 아닙니다. 그녀는 오로지 남자들의 칭송 속에서 살았습니다. 아레나 마셜은 오늘 아침에 누군가를 만나러 간 것이 틀림없습니다. 그것이 누굴까요?"

웨스튼 서장은 한숨을 쉬더니 고개를 저으면서 말했다.

"그 문제는 좀더 생각해봅시다. 지금은 면담을 좀 해야겠습니다. 그래서 모든 사람의 흑백을 가려야 합니다. 먼저 마셜의 딸을 만나보는 것이 좋겠습니다. 그녀가 우리에게 도움이 될 만한 것을 이야기해줄지도 모르니까요."

린다 마셜은 문에 노크하고 어색한 태도로 방으로 들어왔다. 그녀는 가쁘게 숨을 몰아쉬었고, 눈동자는 커져 있어서 마치 놀란 어린 망아지 같았다.

웨스튼 서장은 그녀에게 부드럽게 대해 주고 싶었다.

'불쌍한 아이, 아직도 어린애로군. 이 사건은 이 아이에게 큰 충격을 주었을 거야.'

그는 의자를 당기고 나서 확신에 찬 목소리로 말했다.

"너를 이곳으로 오라고 해서 미안하다, 린다라고 했지?"

"예, 린다예요."

그녀의 목소리엔 학교에 다니는 소녀들이 보통 가진 내성적이고 가쁜 숨결이 깃들어 있었다. 그녀의 손은 앞에 있는 테이블 위에 안절부절못한 채 놓여 있었다—불쌍한 손. 크고 빨간색이었다. 큰 뼈와 긴 손목이었다.

'애들은 이런 일에 시달려서는 안 돼.'

웨스튼은 확신 있게 말했다.

"이번 일에는 놀랄 필요가 없어. 단지 우리에게 도움이 될 만한 것을 이야기해 주었으면 한단다. 그것이 전부야."

린다가 말했다.

"새엄마에 대해 말인가요?"

"그래. 오늘 아침에 새엄마를 보았니?"

소녀는 고개를 저었다.

"아니요. 새엄마는 항상 늦게 일어나요. 침대에서 아침식사를 하죠."

에르큘 포와로가 말했다.

"너는?"

"오, 저는 일찍 일어나요. 침대에서 아침식사 하는 것은 질색이에요."

웨스튼이 말했다.

"우리에게 네가 오늘 아침에 한 일에 대해 말해주겠니?"

"저는 먼저 수영을 하고, 그런 다음 아침식사를 하고……, 레드펀 부인과 함께 걸 코브에 갔었어요."

웨스튼이 말했다.

"너와 레드펀 부인은 몇 시에 출발했지?"

"그녀는 10시 30분에 로비에서 저를 기다린다고 했어요. 저는 늦을까 봐 걱정했는데 괜찮았어요. 우리는 약 3분 정도 일찍 출발했어요."

포와로가 말했다.

"그러면 너는 걸 코브에서 무엇을 했지?"

"저는 몸에 오일을 바르고 일광욕을 했고, 레드펀 부인은 그림을 그렸어요. 그런 뒤에 저는 바다로 갔고, 레드펀 부인은 테니스를 치러 호텔로 돌아갔어요."

웨스튼이 목소리를 부드럽게 하면서 말했다.

"너는 그것이 몇 시였는지 기억나니?"
"레드펀 부인이 호텔에 돌아간 시간이요? 11시 45분이었어요."
"그것이 확실하니, 11시 45분이?"
그녀는 눈을 크게 뜨며 말했다.
"예, 맞아요. 그때 시계를 보았거든요."
"지금도 그 시계를 차고 있니?"
린다는 자기 손목을 내려다보았다.
"예."
웨스튼이 말했다.
"내가 볼 수 있겠니?"
그녀는 손목을 들었다. 그는 자기 시계와 벽에 있는 호텔의 시계, 그리고 그녀의 시계를 비교해보았다. 그러고는 웃으면서 말했다.
"초까지 정확하구나. 그런 다음 너는 수영을 했니?"
"예."
"그러면 너는 몇 시에 호텔에 돌아왔지?"
"1시쯤이에요. 그때……, 새엄마에 대한 소식을 들었어요."
그녀의 목소리는 변했다.
웨스튼 서장이 말했다.
"너는, 그러니까……, 네 새엄마하고는 친했니?"
그녀는 그를 대답없이 잠깐 바라보았다.
"오, 예."
포와로가 물었다.
"새엄마를 좋아했었니?"
린다는 다시 말했다.
"오, 예."
그녀는 덧붙여 말했다.
"새엄마는 저에게 잘해 주었어요."
웨스튼이 불안한 웃음을 지으며 말했다.

"나쁜 새엄마는 아니었구나?"

린다는 미소 없이 고개를 저었다.

웨스튼이 말했다.

"좋아, 좋아. 너도 알겠지만 가끔은 가족 안에 약간의 어려움이 있지. 질투나, 뭐 그런 것 말이다. 딸과 아버지는 좋은 사이였는데, 새엄마가 들어오게 되면 그녀가 약간 반대하는 것도 있지 않겠니? 너는 그런 것을 느껴 본 적은 없니?"

린다는 그를 바라보았다. 그러고는 확고하게 말했다.

"없었어요."

웨스튼이 말했다.

"내가 생각하기에는 네 아버지가……, 그러니까, 새엄마를 매우 감싸준 것 같던데?"

린다는 간단하게 말했다.

"저는 잘 몰라요."

웨스튼은 계속했다.

"방금도 말했지만, 어떤 어려움이 가족 안에서 일어날 수도 있는 거야. 싸움이나 소란, 그런 것 말이다. 남편과 아내가 다투면 딸에게는 어색해지지 않겠니? 그런 것은 없었니?"

린다는 분명하게 말했다.

"아버지와 새엄마가 싸우는 것 말인가요?"

"그렇지, 그거야."

웨스튼은 혼자서 생각했다.

'이건 정말 못할 짓이군. 아버지에 대해 자식에게 질문한다는 자체가 말이야. 왜 하필이면 경찰이 되었지? 빌어먹을! 하지만 별수 없지.'

린다는 적극적으로 말했다.

"오, 아니에요. 아버지는 사람들과 싸움은 안 해요. 아버지는 그런 것을 싫어하세요."

웨스튼이 말했다.

"자, 린다. 아주 신중하게 생각해봐라. 너는 혹시 새엄마를 죽일 수 있는 사람에 대해 생각해본 적이 있니? 그 점에 대해 우리를 도와줄 수 있을 만한 것을 듣거나 아는 것은 없니?"

린다는 잠깐 침묵을 지켰다. 그녀는 진지하고 침착하게 질문에 대해 생각하는 것 같았다. 그러고는 마침내 입을 열었다.

"아뇨. 저는 누가 새엄마를 죽일 만한 사람인지 모르겠어요."

그녀는 덧붙였다.

"물론, 레드펀 부인은 제외하고 말이에요."

웨스튼이 말했다.

"레드펀 부인이 새엄마를 죽이고 싶어 했다고 생각하니? 왜지?"

린다가 말했다.

"그녀의 남편이 새엄마하고 사랑에 빠졌기 때문이에요. 하지만, 저는 그녀가 정말로 새엄마를 죽이고 싶어 했는지는 모르겠어요. 단지 그녀가 새엄마가 죽었으면 하고 바랄지도 모른다는 것을 말하는 거예요. 그것은 같은 뜻이 아닌가요?"

포와로가 부드럽게 말했다.

"아니지, 그것은 같은 뜻이 아니란다."

린다는 고개를 끄덕였다. 이상한 경련이 그녀의 얼굴에 나타났다.

"어쨌든 레드펀 부인은 그런 짓을 할 사람이 아니에요. 사람을 죽이는 것 말이에요. 그녀는……, 그녀는 난폭하지 않아요. 제가 말한 뜻을 아실지 모르겠지만."

웨스튼과 포와로는 고개를 끄덕였다.

포와로가 말했다.

"나는 네가 말한 뜻을 이해한다. 그리고 네 말에 동감이야. 레드펀 부인은 네가 말한 대로 피를 볼 사람이 아니다. 그녀는 그럴 여자가 아니지……."

그는 눈을 감고 뒤로 몸을 기댄 채 조심스럽게 말을 이었다.

"혼란한 감정에 흔들리며, 그녀 앞에서 좁아진 생활을 바라보며, 미움이 섞인 얼굴을 보며, 미운 흰 목, 그녀의 손이 꽉 쥐어지는 것을 느끼며, 그것이 살을 누르기 바라며……."

그는 말을 멈추었다. 린다는 테이블에서 몸을 뒤로 움직였다.

그녀는 떨리는 목소리로 말했다.

"이제는 가도 되나요? 다 됐어요?"

웨스튼 서장이 말했다.

"그래, 됐다. 이제 전부 끝났어. 고맙다, 린다."

그는 그녀에게 문을 열어주었다. 그리고는 테이블로 돌아와서 담배에 불을 붙였다.

"휴우!" 그가 말했다.

"정말 못할 짓이야. 그 애에게 아버지와 새어머니 사이에 대해 질문할 때 내 자신이 천박한 놈이라고 느껴졌소. 마치 그 애에게 자기 아버지의 목에 밧줄을 감으라고 시키는 격이지. 하지만 그 짓을 하지 않을 수도 없잖소. 살인은 살인이니까. 그 애는 어떤 것을 알 것도 같은데 말이오. 그녀가 우리에게 그 점에 대해서 아무 말도 안 했지만 그래도 나는 고맙게 생각하고 있소."

포와로가 말했다.

"예, 그런 것 같습니다."

웨스튼이 당황해서 기침을 하며 말했다.

"그런데 포와로 씨, 당신은 내가 생각하기에는 너무 지나친 것 같았소. 손으로 살을 누르는 것을 바라다니! 그런 말을 어떻게 어린애의 머릿속에 넣을 수 있소?"

에르큘 포와로는 생각에 잠긴 눈으로 그를 바라보았다.

"당신은 내가 그런 생각을 그 애의 머릿속에다 넣었다고 생각합니까?"

"그렇다면 아니란 말이오?"

포와로는 고개를 저었다.

웨스튼이 방향을 바꾸어서 말했다.

"전체적으로 우리는 그 애에게서는 도움이 될 만한 것을 거의 알아내지 못했소. 레드펀 부인의 알리바이밖에는. 그들이 10시 30분부터 크리스틴 레드펀이 떠난 11시 45분까지 함께 있었다면 질투심을 가진 그 부인은 용의자에서 삭제해도 되겠소"

포와로가 말했다.

"그녀를 용의자에서 삭제하는 데는 그것보다 더 좋은 이유가 있습니다. 나는 그녀가 육체적으로나 정신적으로나 누군가의 목을 조른다는 것은 불가능하다고 확신하고 있습니다. 그녀는 깊은 헌신과 일관성을 가진, 뜨거운 피의 여자라기보다는 좀 냉담한 여자입니다. 뜨거운 피를 가진 감정적이거나 분노하기 쉬운 여자가 아니지요. 게다가, 그녀의 손은 너무나도 작고 섬세합니다."

콜게이트가 말했다.

"나도 포와로 씨의 생각에 동감입니다. 그녀는 제외해도 좋겠습니다. 니스든 박사도 그것을 저지른 손은 상당히 컸다고 했습니다."

웨스튼이 말했다.

"그렇다면 다음에 레드펀을 만나보는 것이 좋겠군. 나는 그가 지금쯤은 충격에서 약간 벗어났을 거라고 생각하오."

패트릭 레드펀은 완전히 평온을 되찾은 것 같았다. 창백하고 수척해 보였던 모습이 다시 젊어 보이기는 했지만 그 태도는 침착했다.

"당신은 프린세스 리스보로 시, 셀던 크로스게이츠의 패트릭 레드펀 씨죠?"

"그렇습니다."

"당신은 얼마나 오랫동안 마셜 부인을 알고 있었나요?"

패트릭 레드펀은 주저하다가 말했다.

"석 달 전부터 알았습니다."

웨스튼은 계속했다.

"마셜 대령의 말에 의하면, 당신과 그녀는 칵테일파티에서 우연히 만났다고 하던데, 사실입니까?"

"예, 그렇게 해서 알게 되었습니다."

웨스튼이 말했다.

"마셜 대위는 당신들 둘은 이곳에서 만났을 때까지 서로를 잘 몰랐다고 하던데, 그것이 사실입니까, 레드펀 씨?"

패트릭 레드펀은 잠시 주저하다가 말했다.

"그것은……, 정확히 말해서 사실이 아닙니다. 사실, 나는 그녀를 여러 번 만났었습니다."

"마셜 대위 모르게 말입니까?"

레드펀은 약간 얼굴을 붉혔다. 그러고는 말했다.

"나는 그가 알았는지 몰랐는지는 잘 모릅니다."

에르큘 포와로가 말했다.

"그렇다면, 당신의 부인도 몰랐습니까, 레드펀 씨?"

"아내에게는 내가 유명한 아레나 스튜어트를 만났다고 말한 적이 있었던 것 같습니다."

포와로가 말했다.

"하지만, 부인은 당신이 얼마나 자주 그녀를 만났는지는 몰랐겠군요?"

"아마 그럴 겁니다."

웨스튼이 말했다.

"당신과 마셜 부인은 이곳에서 만나기로 약속했습니까?"

레드펀은 잠깐 침묵을 지켰다. 그러고는 어깨를 으쓱했다.

"오, 그것은……." 그가 말했다.

"이젠 모든 것을 말해야겠군요. 이제 나를 변호하려 해도 소용이 없을 것 같습니다. 사실 나는 그 여자에게 미쳐 있었습니다. 완전히 빠졌지요. 당신이 상상할 수 있는 것 이상으로 말입니다. 그녀는 나에게 이곳으로 와달라고 하더군요. 나는 약간 망설였지만 결국 좋다고 했습니다. 나, 나는 그녀가 원한다면 어떤 위험한 일이라도 했을 겁니다. 그녀는 사람들을 그렇게 만드는 능력을 갖추고 있었습니다."

에르큘 포와로는 중얼거리듯이 말했다.

"당신은 매우 정확하게 그녀를 표현했습니다. 그녀는 영원한 키르케(호머의 '오디세이'에 나오는 요부)였소. 틀림없어!"

패트릭 레드펀이 씁쓸하게 말했다.

"그녀는 남자들을 모두 돼지로 만들었소!" 그러고는 계속 말했다.

"나는 지금 솔직하게 말하고 있습니다. 나는 어떤 것도 속이지 않겠습니다. 그것이 무슨 소용이 있겠습니까? 내가 말한 것처럼 나는 그녀에게 빠져 있었습니다. 그녀가 나를 좋아했는지 아닌지는 나도 모릅니다. 그녀는 단지 그런 척했을 겁니다. 그녀는 남자의 육체와 정신을 한번 소유하고 나면 그 남자에 대해 흥미를 잃어버리는 여자였습니다. 그녀는 나를 완전히 소유했다는 것을 알았습니다. 오늘 아침에 내가 죽은 그녀를 바닷가에서 발견했을 때, 그것은 마치……."

그는 잠시 말을 멈추었다.

"내 양미간을 무엇인가로 강하게 얻어맞은 것 같았습니다. 나는 정신이 아찔해지고, 완전히 정신이 나갔습니다!"

포와로는 몸을 앞으로 숙였다.

"그렇다면 지금은?"

패트릭 레드펀은 포와로의 눈을 똑바로 바라보며 말했다.

"나는 당신에게 진실을 말했습니다. 내가 묻고 싶은 것은 이것입니다. 이번 사건에서 얼마나 많은 것이 알려지겠습니까? 그것이 그녀의 죽음에 어떤 도움이 될 것 같지는 않습니다. 그것이 알려지면 내 아내에게는 큰 고통이 될 겁니다. 오, 너무도 뻔합니다."

그는 빠르게 계속했다.

"당신도 내가 지금까지 아내를 소홀히 했다고 생각하시겠죠? 아마 사실일 겁니다. 그러나 내가 위선자일지는 몰라도 내 아내를 사랑하는 것만은 진실입니다. 그녀를 매우 사랑합니다. 그녀는……."

그는 어깨를 비틀었다.

"그것은 미친 짓이었습니다. 남자들이 하는 바보스런 짓에 불과했습니다. 그러나 크리스틴은 다릅니다. 그녀는 진짜입니다. 나는 그녀를 가혹하게 대했지만, 그건 나도 알고 있습니다. 그녀는 내게 정말 중요한 사람입니다."

그는 말을 멈추고는 한숨을 쉬었다. 그리고는 좀 애처롭게 덧붙였다.

"당신이 그것을 믿어 주었으면 좋겠습니다."

에르퀼 포와로는 앞으로 몸을 숙였다.

"나는 그것을 믿습니다. 그래요, 나는 정말로 믿습니다."

웨스튼 서장이 목청을 가다듬었다.

"당신은 이것을 아셔야 합니다, 레드펀 씨. 우리는 사건과 관계가 없는 것은 알 필요가 없습니다. 당신이 마셜 부인에게 빠졌다는 사실이 살인하고 관계가 없다면 그것을 끄집어낼 필요는 없을 겁니다. 그러나 당신은 그러한 관계가 살인과 직접적인 관련이 있을 수 있다는 것을 깨닫지 못하는 것 같군요. 그것은 범죄의 동기를 말해줄 수도 있습니다."

패트릭 레드펀이 말했다.

"동기?"

웨스튼이 말했다.

"그렇습니다, 레드펀 씨. 동기입니다! 마셜 대위는 아마도 그 사실을 몰랐을 겁니다. 그러나 그가 갑자기 알았다고 가정한다면……"

레드펀이 말했다.

"오, 하나님! 당신은 그가 계획적으로……, 그녀를 죽였다는 말인가요?"

경찰서장은 침착하게 말했다.

"당신은 그런 생각은 해보지 않았습니까?"

레드펀이 고개를 저었다.

"아닙니다. 말도 안 돼요. 나는 그렇게 생각해본 적도 없습니다. 당신도 알다시피 마셜은 조용한 사람입니다. 나는……, 오, 그것은 터무니없는 말입니다."

웨스튼이 물었다.

"남편에 대한 마셜 부인의 태도는 어떠했습니까? 그녀는 그 사실이 남편의 귀에 들어갈까 봐 불안해했습니까? 아니면, 그런 데는 무관심했습니까?"

레드펀이 천천히 말했다.

"그녀는, 좀 신경을 쓰는 것 같았습니다. 그녀는 그가 의심하지 않기를 바랐으니까요."

"그녀는 남편을 두려워하는 것 같았습니까?"

"두려움? 아닙니다. 그렇지는 않았습니다."

포와로는 중얼거리듯이 말했다.

"실례지만, 레드펀 씨, 이혼 문제는 거론되지 않았나요?"

패트릭 레드펀은 고개를 크게 저었다.

"오, 아닙니다. 그런 문제는 이야기한 적도 없습니다. 당신도 알다시피 내겐 크리스틴이 있습니다. 그리고 아레나도 그런 것은 생각해보지도 않은 것 같았습니다. 그녀는 마셜과 결혼한 것에 대해 매우 만족해했습니다. 그는……, 그의 말대로 하면 거물입니다."

그는 갑자기 미소를 지었다.

"지방의 거부(巨富), 그런 부류의 사람입니다. 아주 굉장한 부자이지요. 그녀는 나를 남편감으로 생각해본 적은 없습니다. 나는 가난한 얼간이에 불과하거든요. 한때 시간을 때울 그런 인물이죠. 나도 그것을 알고 있었습니다. 하지만, 이상하게도 그런 것이 그녀에 대한 내 감정을 변화시키지는 못했습니다……."

그의 목소리는 늘어지고 있었다. 그는 그러다가 생각에 잠겼다.

웨스튼은 그에게 그 순간의 중요성을 일깨워 주었다.

"자, 레드펀 씨, 당신은 오늘 아침에 마셜 부인과 특별한 약속이 있었습니까?"

패트릭 레드펀은 약간 당황하는 것 같았다.

"특별한 약속은 없었습니다. 우리는 대개 아침에 바닷가에서 만났습니다. 그러고는 함께 보트를 타곤 했지요."

"당신은 오늘 아침에 마셜 부인을 만나지 못해 놀랐습니까?"

"예, 그랬습니다. 매우 놀랐습니다. 나는 통 이해할 수가 없었습니다."

"당신은 무슨 생각을 했습니까?"

"어떻게 생각해야 할지도 몰랐습니다. 내 말뜻은, 그녀는 언제나 바닷가로 나온다고 생각했었으니까요."

"그녀가 만일 다른 곳에서 약속이 있다면, 당신은 그것이 누구와의 약속이라고 생각합니까?"

패트릭 레드펀이 멍하니 바라보며 고개를 저었다.

"당신은 마셜 부인과 약속을 하면 대개 어디서 만났습니까?"

"가끔은 오후에 그녀를 걸 코브에서 만났습니다. 당신도 아시겠지만 오후에는 그곳에 햇빛이 비치지 않아서 사람들이 많지 않습니다. 우리는 거기서 한두 번 만났었지요."

"다른 골짜기에서는 안 만났습니까? 픽시 코브에서는?"

"아닙니다. 픽시 코브는 서쪽으로 향해 있어서 오후에는 사람들이 그곳으로 보트를 타고 갑니다. 우리는 아침에 만나는 것은 피했습니다. 그때는 너무 쉽게 눈에 띄거든요. 오후에는 사람들은 낮잠을 자거나 산책하는 정도이기 때문에 누가 어디에 있는지 잘 모르지요."

웨스튼은 고개를 끄덕였다.

패트릭 레드펀은 계속했다.

"물론 우리는 저녁식사 후에 날씨가 좋은 밤이면 함께 이 섬의 다른 곳을 산책하곤 했습니다."

에르큘 포와로는 중얼거리듯이 말했다.

"오, 그렇죠!"

패트릭 레드펀은 그를 이상한 시선으로 쏘아보았다.

웨스튼이 말했다.

"그렇다면, 당신은 오늘 아침에 마셜 부인이 픽시 코브에 간 이유에 대해 우리에게 아무런 설명도 해줄 수 없겠습니까?"

레드펀은 고개를 저으면서 말했다. 그의 목소리는 매우 당황한 듯이 들렸다.

"나는 전혀 모르겠습니다! 그것은 아레나답지 않아요."

웨스튼이 물었다.

"그녀에게 혹시 이 부근에서 머무르는 친구가 이곳으로 찾아온 적은 없었습니까?"

"잘 모르겠습니다. 글쎄, 그런 일은 없었던 것 같습니다."

"자, 레드펀 씨, 신중하게 생각해보십시오. 당신은 마셜 부인을 런던에서 알았습니다. 당신은 그녀가 다녔던 모임의 많은 회원과 친했을 겁니다. 그곳에서 그녀에게 원한을 가질 만한 사람을 알고 있습니까? 예를 들면, 그녀의 머릿속에 당신 대신에 들어갈 수 있는 사람 말입니다."

패트릭 레드펀은 잠깐 동안 생각했다. 그러고는 고개를 저었다.

"솔직히 말해서……, 나는 아무도 생각할 수 없습니다."

웨스튼 서장은 손가락으로 테이블을 두드렸다. 그가 마침내 말했다.

"그렇다면 그게 그거군. 우리는 세 가지 가능성을 가지고 있습니다. 아직 알려지지 않은 살인자의 소행, 살인광, 이 부근에 있을지도 모를 인물. 그것이 가능성이 큽니다."

"확실히 가장 그럴듯한 설명이군요."

레드펀이 서장을 막고 말했다.

웨스튼은 고개를 저었다.

"하지만, 이것은 단지 한 사람을 죽이기 위한 행동으로는 보기 어렵습니다. 그 후미는 몰래 들어가기에는 매우 어려운 곳입니다. 범인은 호텔을 지나 둑길로 올라가서 섬의 꼭대기에서 사다리를 타고 내려가든가, 보트를 타고 거기까지 가야 합니다. 하지만, 이 두 가지 방법은 모두 평범한 살인을 위한 것으로 생각하기가 어렵습니다."

패트릭 레드펀이 말했다.

"당신은 세 가지 가능성이 있다고 했는데요?"

경찰서장이 말했다.

"음, 그것은 말하자면, 이 섬에는 그녀를 죽일 만한 동기를 가진 사람이 두 사람 있습니다. 그녀의 남편과 당신의 부인입니다."

레드펀이 그를 바라보았다.

그는 어이가 없는 듯한 표정을 지으며 말했다.

"내 아내가? 크리스틴이? 크리스틴이 이번 사건과 관련이 있다고 말하는 건가요?"

그는 자리에서 일어나서 성급히 말을 꺼내려는 바람에 약간 비틀거렸다.

"당신은 미쳤어요, 미쳤단 말이오. 크리스틴이? 그것은 말도 안 돼요. 터무니없는 말은 하지도 마시오!"

웨스튼이 말했다.

"이것 봐요, 레드펀 씨, 질투는 가장 강한 동기일 수 있습니다. 질투하는 여자들은 자기 자신을 억제하는 힘을 완전히 잃는 경우가 있지요."

레드펀은 정신없이 말을 퍼부었다.

"크리스틴은 아니오. 그녀는, 오, 그녀는 그런 여자가 아닙니다! 그녀는 지금 불행합니다. 그러나 그런 여자가 아니오. 그녀는 폭력을 사용할 줄 모른단 말입니다!"

에르큘 포와로는 생각에 잠기며 고개를 끄덕였다. 폭력, 린다 마셜도 같은 말을 사용했다.

그때처럼 그는 그 말에 동의했다.

레드펀은 확신 있게 계속했다.

"게다가……, 그것은 터무니없는 말입니다. 아레나는 크리스틴보다 육체적으로 두 배나 강할 겁니다. 나는 크리스틴이 새끼고양이라도 죽일 수 있을지 의문입니다. 더군다나 아레나 같은 강한 철사 같은 여자에게는 그렇게 할 수 없었을 겁니다. 그리고 크리스틴은 바닷가까지 사다리를 타고 내려갈 수도 없었을 겁니다. 그녀는 그런 방면에는 소질이 없습니다. 그리고……, 오, 모든 게 터무니없습니다!"

웨스튼 서장은 자기 귀를 여러 번 만지작거렸다.

"그렇다면 부인은 가능성이 없는 것 같군요. 그러나 동기는 우리가 가장 먼저 조사해봐야 할 일입니다."

그는 덧붙였다.

"동기와 기회."

레드펀이 방을 나가자 경찰서장은 가벼운 미소를 지으며 말했다.

"저 사람 부인이 알리바이가 있다는 것은 말할 필요가 없었소. 그가 거기에 대해 어떤 생각을 하고 있는지 듣고 싶었으니까. 그것이 그를 불안하게 한 것 같죠?"

"그가 한 말은 어떤 알리바이보다 확실합니다."

에르큘 포와로는 중얼거리듯이 말했다.

"예, 그렇죠! 그녀는 그런 짓을 하지 않았소. 할 수도 없었을 겁니다. 당신이 말한 것처럼 육체적으로 불가능합니다. 마셜은 그렇게 할 수도 있습니다.

그러나 명백하게 그는 그러지 않았습니다."

콜게이트 경위는 기침하고 나서 말했다.

"실례지만 나는 그 알리바이에 대해서 생각해보았습니다. 만일 그가 이번 계획을 세웠다면 그 편지들을 미리 준비했을 가능성도 있습니다."

웨스튼이 말했다.

"그것도 그럴듯하군. 우리가 조사해보는……."

크리스틴 레드펀이 방을 들어오는 바람에 그는 말을 중단했다. 그녀는 평상시처럼 조용하고, 태도는 약간 신중했다. 흰 테니스 바지와 엷은 푸른색 스웨터를 입고 있었다. 그것은 그녀의 희고 핏기가 없는 듯한 아름다움을 더해 주고 있었다.

에르큘 포와로는 속으로 생각했다.

'저것은 멍한 표정이나 나약한 모습이 아니야. 강한 결단, 용기, 분별력을 가진 표정이야.'

그는 감상하듯이 고개를 끄덕였다.

웨스튼 서장은 생각했다.

'작고 아름다운 여인이군. 꽤나 깔끔하겠어. 남편의 방탕한 기질에 비하면 너무도 훌륭한 여성인데. 흠, 정말 그 사람은 너무 어리단 말이야. 여자들은 한 번쯤은 그런 사람을 조롱하는 법이거든.'

그가 말했다.

"앉으시죠, 레드펀 부인. 우리는 지금 여러 사람의 행동을 조사하고 있습니다. 모든 사람들에게 오늘 아침에 그들의 행동에 대해 묻고 있습니다. 단지 참고로 하기 위해서입니다."

크리스틴 레드펀은 고개를 끄덕였다. 그녀는 조용하고 또렷하게 말했다.

"오, 예. 나는 이해해요. 내가 어디부터 이야기해야 하죠?"

에르큘 포와로가 말했다.

"가능하면 처음부터요, 부인. 당신은 오늘 아침에 일어났을 때 제일 먼저 무엇을 했습니까?"

크리스틴이 말했다.

"가만있자, 나는 아침식사를 하러 내려가다가 린다 마셜의 방에 들러서 그 애와 오늘 아침에 걸 코브에 가기로 약속했어요. 우리는 10시 30분에 로비에서 만나기로 했습니다."

포와로가 물었다.

"당신은 아침식사 전에는 수영하지 않았습니까?"

"아니요. 나는 좀처럼 그러지 않아요."

그녀는 미소를 지었다.

"바다로 가기 전에 몸이 좀 더워지는 것을 좋아해요. 추위를 잘 타거든요."

"당신의 남편은 그렇게 하지 않습니까?"

"오, 예. 거의 항상 그러죠."

"마셜 부인도?"

크리스틴의 목소리에 변화가 있었다. 그것은 냉담하고 쌀쌀했다.

"오, 아니에요. 마셜 부인은 아침에는 거의 모습을 나타내지 않는 여자죠."

에르큘 포와로가 약간 당황하며 말했다.

"부인의 말을 방해해서 죄송합니다. 당신은 린다 마셜의 방에 갔다고 했지요. 그것이 몇 시였습니까?"

"글쎄요, 8시 30분쯤. 아니, 조금 더 늦게……, 일 거예요."

"마셜 양은 그때 일어나 있었습니까?"

"오, 예. 그 애는 밖에 나갔다가 들어오더군요."

"밖에?"

"예, 수영했다고 말했어요."

크리스틴의 목소리에는 당황하는 기색이 희미하게 비쳤다.

그것이 에르큘 포와로를 어리둥절하게 만들었다.

웨스튼이 말했다.

"그런 뒤엔?"

"그러고는 아침식사를 하러 갔었습니다."

"식사 후에는?"

"위층으로 가서 그림 도구를 챙겨서 출발했어요."

"당신과 린다 마셜 양 말인가요?"

"예."

"그것이 몇 시였습니까?"

"그때가 거의 10시 30분이 다되었을 거예요."

"그리고 무엇을 했습니까?"

"우리는 걸 코브에 갔어요. 당신도 아시겠지만 이 섬의 동쪽에 있는 골짜기 말이에요. 거기서 나는 그림을 그리고 린다는 일광욕을 했어요."

"당신은 몇 시에 그 골짜기를 떠났나요?"

"11시 45분일 거예요. 나는 12시에 테니스를 치기로 했거든요. 옷을 갈아입어야 해서 말이죠."

"시계를 가지고 있었습니까?"

"아뇨, 사실 나는 그때 시계를 갖고 있지 않았어요. 그래서 린다에게 시간을 물었지요."

"알았습니다. 그런 다음엔?"

"내 그림 도구를 챙겨서 호텔로 돌아갔어요."

"그렇다면, 린다 양은?"

"린다? 오, 린다는 바다로 나갔어요."

포와로가 말했다.

"부인이 앉아 있던 곳은 바다하고는 멀리 떨어져 있던 곳이었습니까?"

"글쎄요, 우리는 만조선(滿潮線) 표시 위에 있었어요, 바로 절벽 아래에. 그래서 나는 그늘에 있을 수 있었고, 린다는 햇볕을 쬐고 있었어요."

포와로가 말했다.

"린다 마셜 양은 당신이 바닷가를 떠나기 전에 바다로 들어갔습니까?"

크리스틴은 기억해내려고 애쓰며 눈살을 찌푸렸다.

"글쎄요, 그 애는 그냥 바다로 내려갔어요. 나는 도구를 챙겼고……, 예, 맞아요. 내가 절벽의 길 위에 있었을 때 그 애가 파도 속으로 뛰어드는 것을 보았어요."

"그것이 확실합니까? 그녀가 정말로 바다로 들어갔습니까?"

"오, 그럼요."

그녀는 놀라면서 그를 바라보았다.

웨스턴 서장도 그를 바라보았다. 그러고는 말했다.

"계속하세요, 레드펀 부인."

"나는 호텔로 돌아와 옷을 갈아입고 다른 사람들을 만나기로 한 테니스 코트로 갔어요."

"거기엔 누가 있었습니까?"

"마셜 대위, 가드너 씨, 단리 양. 우리는 2세트로 뛰었답니다. 게임을 다시 시작하려고 했을 때 그 소식이 왔어요—마셜 부인에 대해서요."

에르큘 포와로는 앞으로 몸을 숙이면서 말했다.

"부인은 그 소식을 들었을 때 무슨 생각을 했습니까?"

"내 생각 말이에요?"

그녀의 얼굴은 그 질문에 대해 불만을 표시했다.

"그렇습니다."

크리스틴 레드펀은 천천히 말했다.

"그것은 정말 끔찍했어요."

"오, 예. 부인의 기분이 불쾌했을 줄은 압니다만, 당신은 개인적으로 그 일에 대해 무슨 생각을 했습니까?"

그녀는 그를 흘끗 보았다. 호소하는 듯한 표정이었다.

그는 그 표정에 반응을 보였다.

그는 평범한 목소리로 말했다.

"나는 당신에게 부탁하는 겁니다. 부인은 지적이고 분별력과 판단력을 가진 여성입니다. 당신은 이곳에 머무르는 동안 마셜 부인에 대해, 그러니까 그런 부류의 여자에 대해 어떤 생각을 했을 텐데요?"

크리스틴이 조심스럽게 말했다.

"어느 사람이든지 호텔에 묵게 되면 다소 그런 경향이 나타나게 된다고 생각해요."

"그럼요. 그것은 자연스러운 겁니다. 그래서 나는 당신에게 묻고 있는 겁니다. 당신은 그녀가 죽었다는 소식을 듣고 정말로 매우 놀랐습니까?"

크리스틴은 천천히 말했다.

"나도 당신이 말하는 뜻을 이해합니다. 아니에요. 나는 아마 놀라지 않았다고 하는 것이 정확할 거예요. 물론 충격을 받긴 했지만, 그녀는 그런 여자였기 때문에……."

포와로는 그녀의 문장을 끝맺어주었다.

"그녀는 그런 일이 일어날 수 있는 그런 여자였기 때문이라고요……? 예, 부인, 그 말이 오늘 이 방에서 나온 가장 진실하고 가장 중요한 말입니다. 그렇다면 개인적인 감정은 버리고(그는 그 말을 신중하게 강조했다), 당신은 죽은 마셜 부인에 대해 어떻게 생각하십니까?"

크리스틴 레드펀은 조용하게 대답했다.

"그것이 지금 중요한 질문인가요?"

"그런 것 같습니다."

"그렇다면, 내가 어떻게 말해야 할까요?"

그녀의 하얀 피부에 갑자기 색깔이 감돌았다. 그녀의 신중한 자세가 다시 편안해졌다.

잠깐 동안 레드펀 부인은 자연스런 태도로 밖을 내다보았다.

"내 생각엔 그녀는 아무짝에도 쓸모없는 여자예요! 그녀는 자신의 존재를 의미 있게 하는 일은 하나도 하지 않았어요. 처음부터 그럴 마음도 없었겠지요. 두뇌도 없고요. 그녀는 남자와 옷과 칭찬밖에는 아무것도 생각하지 않았지요. 쓸모없는 기생충! 그녀는 남자들에게는 매력적이었어요. 그래요, 그녀는 그랬어요. 그렇게 살았죠. 그녀가 그런 비참한 종말을 맞은 것에 대해 나는 별로 놀라지 않았어요. 그녀는 온갖 더러운 협박과 질투가 섞인 모든 추잡한 감정에 섞여서 사는 그런 여자였어요. 그녀는……, 그녀는 사람들의 가장 추잡한 면을 좋아했지요."

그녀는 약간 숨을 몰아쉬면서 말을 멈추었다. 그녀의 윗입술은 혐오를 드러내듯이 약간 올라갔다.

웨스튼 서장은 크리스틴 레드펀이 아레나 스튜어트와는 가장 두드러진 대조를 보이는 여자라고 생각했다. 그리고 크리스틴 레드펀과 결혼하게 되면 공기가 매우 희박해져 저 세상의 아레나 스튜어트가 뛰어난 매력을 풍기게 될 것이라고 생각했다. 그는 이러한 생각을 하며 그녀가 말한 것 중에서 한 단어가 특별히 그의 주의를 끌고 있다는 것을 알았다.

그는 몸을 앞으로 숙이면서 말했다.

"레드펀 부인, 그녀에 대해 이야기할 때 왜 '협박'이란 말을 사용했습니까?"

제7장

크리스틴은 그가 뜻하는 것을 곧 알아듣지 못하는 듯 그를 물끄러미 바라보았다. 그러고는 기계적으로 대답했다.

"내 생각에는……, 그녀가 협박당하고 있었기 때문인 것 같았어요. 그녀는 그런 것을 당할 만한 여자였으니까요."

웨스튼 서장이 진지하게 말했다.

"그렇다면, 당신은 그녀가 협박당하고 있었다는 것을 알고 있었습니까?"

그 여자의 두 뺨에 옅은 빛이 물들어 올랐다. 그녀는 약간 어색한 어조로 말했다.

"사실 우연히 알게 되었어요. 저……, 어떤 말을 엿들었거든요."

"그것을 설명해주시겠습니까, 레드펀 부인?"

크리스틴 레드펀은 더욱 얼굴을 붉히면서 말했다.

"뭐 처음부터 엿들으려는 의도는 아니었어요. 정말 우연한 일이었지요. 이틀 전인가, 아니 사흘 전날 밤이었어요. 우리는 브리지 게임을 하고 있었지요."

그녀는 포와로에게 얼굴을 돌렸다.

"기억나세요, 선생님? 남편과 나, 그리고 선생님과 단리 양. 이렇게 넷이서 말이에요. 나는 바보 같았어요. 카드 놀이하는 방이 너무 공기가 답답해서 신선한 공기를 마시려고 밖으로 나가 해변 쪽으로 내려갔는데 갑자기 어떤 목소리가 들리는 거였어요. 하나는 아레나 마셜의 목소리였는데, 나는 그녀의 목소리를 금방 알아차렸지요. 그 목소리가 이렇게 말하더군요. '나를 협박해봤자 아무 소용없어요. 나는 이제 더 이상 돈을 구할 수가 없단 말이에요. 남편이 수상하게 여길 거예요.' 그러자 어떤 남자 목소리가 들렸어요. '어떤 변명도 필요 없어. 결국엔 내놓게 되고 말 테니까.' 그러자 아레나 마셜이 말하더군요.

'이 짐승 같은 공갈 협박꾼!' 그리고 그 남자는 이렇게 말했어요. '짐승이고 뭐고 간에 당신은 돈을 내놓게 될걸, 이 여자야.'"

크리스틴이 잠시 중단했다가 말을 계속했다.

"나는 거기서 발걸음을 돌렸는데, 조금 뒤에 아레나 마셜이 갑자기 내 옆을 지나가더군요. 그녀는……, 깜짝 놀랄 정도로 근심스러워 보였어요."

웨스튼이 말했다.

"그러면 그 남자는? 그가 누구였는지 아시오?"

크리스틴 레드펀이 고개를 저으며 말했다.

"그 사람은 목소리를 낮추어 말했기 때문에 나는 그가 하는 말을 거의 듣지 못했어요."

"그 목소리가 당신이 아는 사람의 목소리는 아니었습니까?"

그녀는 다시 생각해보더니 또다시 고개를 저었다.

"아니에요. 모르겠는데요. 거칠고 낮은 목소리였어요. 그것은, 음……, 그것은 어떤 사람의 목소리라고도 할 수 있을 거예요."

웨스튼 서장이 말했다.

"고맙습니다, 레드펀 부인."

크리스틴 레드펀이 방을 나가고 문이 닫히자 콜게이트가 말했다.

"이제 뭔가 얻을 수 있을 것 같군요!"

웨스튼이 말했다.

"그렇게 생각하나?"

"글쎄요, 어떤 암시 같은 게 있지 않겠습니까? 그 단서에서 벗어날 수는 없거든요. 이 호텔 안의 누군가가 그녀를 협박하고 있었다는 것 말입니다."

포와로가 중얼거리듯이 말했다.

"하지만, 죽은 사람은 사악한 공갈 협박자가 아니오, 협박자의 희생자요."

"그 점이 어느 정도 바뀌었다는 것은 저도 동의합니다."

경위가 말했다.

"협박범들은 자신들의 희생자를 제거하는 법이 없습니다. 하지만, 그 점이 우리에게 시사하는 바도 있습니다. 즉, 그 사실이 마셜 부인이 오늘 아침에 한 이상한 행동을 설명해줄 수도 있다는 겁니다. 그녀는 자신을 협박하던 사나이와 만날 약속을 해놓았기 때문에 남편이나 레드펀을 비롯한 모든 사람들에게 그것을 알리고 싶지 않았던 겁니다."

"그럴 수도 있겠군."

포와로가 동감을 표시했다.

콜게이트 경위가 말을 계속했다.

"그리고 범행 장소를 생각해보십시오. 그들이 약속한 장소 말입니다. 그 여자는 보트를 타고 그곳으로 갑니다. 그것은 지극히 자연스럽지요. 그것은 그녀가 매일 하는 일이니까요. 그녀는 아침에는 아무도 가지 않아서 밀담하기에는 아주 적당한 픽시 코브로 살짝 돌아가는 겁니다."

포와로가 말했다.

"물론 나도 그 점에 주목했었소. 아시다시피 그곳은 비밀 약속에는 아주 이상적인 장소요. 인적이 드물고, 육지 쪽에서는 수직의 쇠다리로 내려가야만 다다를 수 있지요. 하지만, 그 사다리는 누구나 쉽게 이용할 수 있는 것은 아닙니다. 더군다나 그곳의 해변 대부분은 그 위의 절벽 때문에 보이지 않지요. 그리고 그곳은 또 다른 이점도 있습니다. 그건 레드펀이 언젠가 내게 말해준 겁니다. 그곳에 동굴이 하나 있는데, 그 입구는 찾기가 쉽지 않아서 외부에 노출되지 않은 채 누군가를 기다릴 수 있는 곳이지요."

웨스튼이 말했다.

"'요정의 동굴', 그것에 대해 들은 것이 기억나는군요."

콜게이트 경위가 말했다.

"하지만, 몇 년 동안 그 동굴에 대한 이야기는 듣지 못했어요. 그 동굴 안에 가보는 게 좋을 것 같습니다. 어떤 단서를 찾을 수 있을지도 모르니까요."

웨스튼이 말했다.

"그래, 자네 말이 옳아, 콜게이트. 우리는 수수께끼를 풀 수 있는 해결책을 얻은 걸세. 마셜 부인이 왜 픽시의 동굴로 갔을까? 하지만, 우리는 나머지 반쪽의 해결책도 필요하네. 그녀는 누구를 만나러 그곳에 갔을까 하는 것 말이야. 아마 이 호텔에 묵은 사람 중 하나겠지. 그들 중 아무도 연인으로는 적합

하지 않아. 하지만, 협박범이라면 다르지."

그는 콜게이트에게 숙박부를 내밀었다.

"웨이터나 구두닦이, 그리고 그럴듯하게 생각되지 않는 나머지 사람들을 빼면 다음과 같은 이들이 남지. 그 미국인 가드너, 바리 소령, 호레이스 블래트, 그리스 스테픈 레인 목사."

콜게이트 경위가 말했다.

"조금 범위를 좁힐 수가 있습니다. 서장님, 내 생각에는 미국인은 제외해도 될 것 같은데요. 그는 아침 내내 해변에 있었으니까요. 그렇지 않습니까, 포와로 씨?"

포와로가 대답했다.

"그는 부인의 실타래를 가져오려고 잠시 자리를 비웠습니다."

콜게이트가 말했다.

"오, 글쎄요. 그 점은 계산은 넣을 필요가 없을 것 같은데요."

웨스튼이 말했다.

"그럼, 나머지 세 사람은?"

"바리 소령은 오늘 아침 10시에 밖으로 나갔다가 1시 반에 돌아왔습니다. 레인 목사는 더 일찍 나갔습니다. 그는 8시에 아침식사를 하고는 산책하러 나갔다고 했습니다. 블래트는 늘 그랬듯이 9시 반에 배를 타고 나갔습니다. 두 사람 중 아무도 아직 안 돌아왔나요?"

"배라고?"

웨스튼 서장의 목소리는 매우 의미심장했다.

콜게이트 경위의 목소리가 반사적으로 튀어나왔다.

"비교적 잘 들어맞는 것 같습니다, 서장님."

웨스튼이 말했다.

"자, 그럼 그 소령하고 이야기를 해보기로 하지. 그리고 가만있자, 또 누가 있더라? 오, 로저먼드 단리. 그리고 레드펀과 함께 시체를 발견한 브루스터란 여자가 있지. 그녀는 어떤가, 콜게이트?"

"매우 민감한 여자입니다. 그녀도 생각해봄직 합니다."

"그 죽음에 대해 그녀는 뭐라고 말하던가?"

경위는 고개를 저었다.

"그녀는 우리에게 말할 게 없을 거라고 생각합니다, 서장님. 하지만, 확실히 해두죠. 그리고 미국인 부부도 있습니다."

웨스튼 서장이 고개를 끄덕이며 말했다.

"그들 모두를 안으로 불러들여서 가능한 한 빨리 조사하도록 하지. 중요한 걸 알게 될지도 모르는 일이니까. 그밖에 다른 것들이 없다면 협박에 대해 알아보세."

가드너 부부가 함께 들어왔다. 가드너 부인이 먼저 설명을 늘어놓았다.

"어떻게 된 건지 알고 싶나요, 웨스튼 서장님(그 이름이 맞죠)?"

그녀는 자기 말을 확인하고는 말을 계속했다.

"이 사건은 내게 매우 커다란 충격을 주었기 때문에 남편은 내 건강에 대해 매우 자상하게 신경 써주고 있습니다……."

여기서 가드너가 끼어들었다.

"내 아내는 성격이 매우 예민하답니다."

"그리고 남편은 내게 말했어요. '오, 캐리, 물론 당연히 내가 당신과 함께 가야겠지.' 이건 우리가 영국 경찰의 수사 방법을 신뢰하지 않다는 뜻이 아닙니다. 오히려 우리는 존경하고 있습니다. 나는 영국 경찰의 수사과정이 매우 세밀하고 정교하다고 들어왔고, 또 그 점을 의심해본 적도 없어요. 내가 사보이 호텔에서 팔찌를 잃어버렸을 때 그것을 조사하러 왔던 젊은이보다 더 다정하고 인정 많은 사람도 없을 거예요. 그런데 사실은 그 팔찌는 잃어버린 것이 아니었답니다. 단지 잘못 둔 것뿐이었어요. 그렇게 허둥거리는 게 가장 나쁘죠. 그러다 보면 물건들을 어디다 두었는지도 모르게 되거든요……."

가드너 부인은 말을 중단하고 부드럽게 숨을 들이쉬고 나서 다시 말을 시작했다.

"그리고 내가 말하는 바는, 이 점은 우리 남편도 내 생각과 같다는 걸 아는데, 우리는 모든 면에서 영국 경찰을 돕기 위해 어떤 일이든지 하려고 너무도 마음을 성급하게 먹고 있다는 점이랍니다. 그러니 어서 알고 싶은 것이 있다면 뭐든지 물어보세요."

웨스튼 서장이 이 말에 응하려고 입을 열었으나 가드너 부인이 말을 계속하는 바람에 그만 말할 것을 미루어야만 했다.

"내가 그렇게 말했지요, 오델? 안 그래요, 그렇죠, 아닌가요?"

가드너가 말했다.

"그래요, 여보."

웨스튼 서장이 얼른 말했다.

"가드너 부인, 당신과 남편은 아침 내내 해변에 있었다고 하던데요?"

처음으로 가드너가 먼저 말을 했다.

"그렇습니다."

"아, 분명히 우린 그랬어요." 가드너 부인이 말했다.

"그리고 그때는 매우 멋있고 평화로운 아침이었어요. 마치 아주 생소한 아침 같다니까요. 내 말뜻을 아신다면, 그것을 더욱 실감하실 거예요. 그런데 한적한 해변 구석 저편에서 어떤 일이 일어나고 있었다는 것은 우리는 생각할 수도 없었어요."

"그렇다면, 오늘 마셜 부인을 전혀 보지 못했나요?"

"우린 못 보았어요. 그래서 나는 오델에게 말했답니다. '아니, 이렇게 좋은 아침에 마셜 부인은 어디 갔을까?' 그런 뒤에 그녀의 남편이 그녀를 찾으러 왔었고, 그다음에는 잘생긴 젊은 레드펀 씨가 왔었는데 그는 안절부절못하고 있었지 뭐예요. 해변에 앉아서 사람들을 쳐다보고는 얼굴을 찌푸리더군요. 그래서 나는 혼잣말을 했답니다. '아니, 저렇게 예쁘고 작은 자기 부인이 있는데, 왜 그 무서운 여자를 쫓아다닐까?' 그 여자는 정말 그런 여자였던 것 같아요. 난 언제나 그 여자에 대해 그렇게 느꼈어요, 그렇죠, 오델?"

"그래요, 여보."

"그 멋진 마셜 대위가 그런 여자와 결혼하다니, 나로서는 상상도 못할 일이에요. 그리고 착하고 어린 딸이 자라는 판에 말이에요. 소녀들은 좋은 영향을 받는 게 무척 중요하잖아요. 마셜 부인은 결코 적절한 아내감이 아니었어요(조금도 가정교육이 안 되었고). 그리고 나는 그 여자는 어김없는 동물적인 천성을 가졌다고 생각해요. 만일 마셜 대위가 조금이라도 생각이 깊었다면 매력 있고 유명한 단리 양과 결혼했을 거예요. 나는 그녀가 매우 빠른 시일 안에 현재의 위치를 이룩해 놓은 것을 존경하고 있어요. 그런 일을 하려면 머리가 있어야지요. 로저먼드 단리 양은 언뜻 보기에도 매우 머리가 비상하다는 것을 단번에 알 수 있어요. 그녀는 자기가 좋아하는 일이면 어떤 일이라도 계획하고 실행해나갈 수 있을 거예요. 난 말로 다 못할 정도로 그녀를 칭찬하고 싶어요. 언젠가 나는 남편에게 그녀가 마셜 대위와 사랑에 빠진 것을 누구라도 알 수 있게 될 거라고 말했답니다. 그에게 반해 있었다고 말했어요, 그렇죠, 오델?"

"그래요, 여보."

"그들은 어린 시절부터 서로 잘 알았던 것 같아요. 그리고 누가 알아요. 그 여자가 없어졌으니 이제 모든 것이 잘될지 말이에요. 웨스튼 서장님, 나는 속이 좁은 여자는 아니랍니다. 그렇다고 그것을 전혀 부인하는 것도 아니에요. 사실은 나하고 가장 가까운 친구 중에는 여배우가 많답니다. 하지만, 나는 남편에게 그 여자에게는 사악한 면이 있다고 말했어요. 그리고 보시다시피 내 말이 들어맞았잖아요."

그녀는 의기양양하게 말을 중단했다.

에르큘 포와로의 입술이 작은 미소를 띠며 움찔거렸다. 그의 두 눈이 잠깐 가드너의 날카로운 회색 눈 위에 머물렀다.

웨스튼 서장의 약간 절박하게 말했다.

"예, 감사합니다, 가드너 부인. 내 생각에는 이 사건에 관련된 것을 당신이 여기 있는 동안에는 하나도 보지 못한 모양이군요."

"아니, 아니에요. 난 그렇게 생각하지 않아요."

가드너가 느리게 말했다.

"마셜 부인은 대부분의 시간을 젊은 레드펀과 돌아다녔지요. 누구라도 그것을 알고 있습니다."

"그녀의 남편은 어떠했나요? 그가 그것을 신경 썼다고 생각합니까?"

가드너가 주의 깊게 말했다.

"마셜 대위는 말수가 매우 적은 사람이더군요."

가드너 부인이 이 말을 보충해주었다.

"아, 그래요. 그는 진짜 영국인이에요!"

바리 소령의 놀란 듯한 안색에는 여러 가지 감정들이 뒤범벅되어 있었다. 그는 조금만 놀란 얼굴을 하려고 애쓰고 있었지만 쑥스러워하는 듯한 태도는 억누를 수가 없었다.

그는 거칠고 약간 으르렁거리는 듯한 목소리로 말했다.

"내가 할 수 있는 한 어떤 방법으로든 돕고 싶습니다. 물론 나는 그것에 대해서는 아무것도 모릅니다. 아무것도, 전혀. 그 사람들과 친하지도 않았으니까요. 하지만, 나도 한때는 방랑을 조금 했지요. 동양에서 오래 살았답니다. 인도의 어떤 언덕에 있는 역에서 지낸 후로 내가 이야기할 수 있는 것은, 인간성에 대해 모르는 것은 알 가치가 없다는 겁니다."

그는 잠시 말을 멈추고 호흡을 가다듬은 뒤에 다시 이야기를 계속했다.

"사실 이 사건은 내게 시믈라에서 있었던 어떤 사건을 상기시켜줍니다. 로빈슨이라 하는 사나이였던가 아니면 펠코너였던가, 어쨌든 그는 이스트 월츠에 있었죠. 아니, 노드 서리에 있었던가? 지금 기억은 잘 안 나지만, 어쨌든 그것은 문제가 안 되지요. 그는 조용한 사람이었고, 또 굉장한 독서광이었지요. 마치 우유처럼 부드럽다고나 할 그런 사람이었습니다. 그가 어느 날 저녁 자기 방갈로로 아내를 찾아갔지요. 그러고는 그녀의 목을 졸랐습니다. 그녀가 다른 남자와 관계를 맺었다는 걸 알게 되었거든요. 세상에, 그는 거의 아내를 죽일 뻔했다니까요! 조금만 더 손을 죄면 죽었을 겁니다. 우리가 모두 크게 놀랐지요! 우리는 그에게 그런 면이 있다고는 생각지도 못했거든요."

에르퀼 포와로가 중얼거리듯이 말했다.

"그렇다면, 마셜 부인의 죽음과 그 사건과는 어떤 유사한 것이 있다고 보십니까?"

"저, 내가 하고자 하는 말은, 목이 졸렸다는 겁니다. 같은 생각이었을 겁니다. 남자는 갑자기 화가 치밀어 오르곤 하죠!"

포와로가 말했다.

"당신은 마셜 대위도 그렇게 느꼈다고 생각하시오?"

"오, 난 그렇게 말한 적은 없어요."

바리 소령의 얼굴이 더욱 붉어졌다.

"나는 마셜에 대해서는 아무 말도 안 했습니다. 무척 좋은 친구죠. 이 세상을 다 준다 해도 그에 대해 불리한 소리는 안 할 겁니다."

포와로가 말했다.

"하지만, 당신은 방금 남편의 자연스러운 반응에 대해 말하지 않았소?"

바리 소령이 말했다.

"저, 내 말은 그녀가 꽤 대단한 여자였다고 생각한다 이 말입니다, 아시겠어요? 그녀는 레드펀을 온통 사로잡고 말았으니까요. 그리고 그 이전에도 다른 이들이 있었겠지요. 하지만, 우스운 것은 다들 아시다시피 남편들이란 바보 같은 존재들이란 점입니다. 그들은 자기 아내를 달콤하게 대하는 남자는 봐도 그 아내가 그에게 달콤하게 대하는 것은 보질 못하니까요. 포로나에서도 그런 경우가 있었던 기억이 납니다. 아주 예쁜 여자였는데. 세상에, 그녀는 자기 남편에게 춤을 리드해나갔었지요……."

웨스튼 서장이 조금 반항적으로 감정이 고조되어 말했다.

"그래, 그래요. 바리 소령, 우리는 몇 가지 사실을 확인해봐야 합니다. 당신은 개인적으로 아는 것이 있습니까? 이 사건에 대해 우리에게 도움이 될 만한 것을 보았거나 아는 것이 있나요?"

"실제로 그렇다고는 말을 못 하겠군요, 웨스튼 서장님. 걸 코브에서 어느 날 오후에 그녀와 젊은 레드펀을 보긴 했지만……."

이 말을 하면서 그는 의식적으로 눈을 찡긋하고는 깊고 목쉰 소리로 혀를 찼다.

"매우 아름다운 장면이었지요. 하지만, 그것은 당신들이 찾는 그런 종류의 증거는 아닙니다, 하하하!"

"오늘 아침엔 마셜 부인을 전혀 보지 못했습니까?"

"오늘 아침에는 아무도 못 보았습니다. 나는 세인트 루에 갔었는데, 그것은 정말 불운이었지요. 이곳은 몇 개월간 아무 일도 일어나지 않다가 정작 일이 있을 때는 그것을 놓치는 뭐 그런 곳이지요!"

소령의 목소리에는 후회가 담겨 있었다.

웨스튼 서장이 얼른 다른 질문을 던졌다.

"세인트 루에 갔었다고 했나요?"

"예, 전화를 좀 걸고 싶었거든요. 여기에는 전화가 없고, 리더콤 만에 있는 우체국은 너무 공개적이라서."

"당신이 한 전화는 매우 개인적이었나 보군요?"

소령은 또다시 쾌활하게 눈짓을 했다.

"흠, 그렇기도 했고 그렇지 않기도 했습니다. 친구와 통화하려고 했는데, 그것은 그 친구의 이익과 관계되는 이야기였지요. 그런데 운이 나쁘게도 그와 통화하지 못했습니다."

"당신은 어디서 전화했습니까?"

"세인트 루에 있는 중앙 우체국의 전화 부스에서죠. 그런데 돌아오는 길에 그만 길을 잃고 말았습니다(그 복잡한 도로 때문에). 그래서 그곳을 온통 누비고 다녔답니다. 아마 그곳에서 적어도 한 시간은 소비했을 겁니다. 세상에서 매우 복잡한 곳 중 하나지요. 난 겨우 30분 전에 돌아왔습니다."

웨스튼 서장이 말했다.

"세인트 루에서 누구와 말을 했거나 만난 사람은 없었습니까?"

바리 소령이 싱글싱글 웃으며 말했다.

"알리바이를 증명해 달라 이거군요? 뭐 쓸 만한 것을 생각해낼 수가 없군요. 세인트 루에서 1만 5천 명 정도의 사람을 만났으니까요. 하지만, 그렇다고 해서 그들이 나를 본 것을 기억하리라고는 기대할 수 없잖소."

경찰서장이 말했다.

"우리는 그것을 조사해야 합니다. 이해하시겠죠?"

"그럼요. 언제라도 나를 찾으십시오. 기꺼이 도와 드리죠. 죽은 그 여자는 매력적인 여자였는데, 꼭 범인을 잡도록 도와 드리고 싶군요. 적막한 해변에서의 살인사건이라, 아마 신문에서는 그런 식으로 사건을 발표하겠죠. 이 사건은 나에게 저번 때를 생각나게 하는군요……."

이 마지막 회상이 싹트는 것을 중단시켜 그 말 많은 소령을 교묘하게 방 밖으로 내보낸 것은 콜게이트 경위였다.

그는 방으로 돌아오면서 말했다.

"세인트 루에서는 어떤 일이라도 조사하기가 어렵습니다. 그곳은, 지금 휴가철이거든요."

경찰서장이 말했다.

"그래도 그를 수사 대상에서 제외할 수는 없어. 그가 관계되지 않았다고 확신할 수는 없지. 그 사람처럼 남들을 지루하게 만드는 자들이 곳곳에 수도 없이 많으니까. 내 군대 시절에도 그런 사람이 한둘 있었지. 확실히 그 사람도 가능성이 있어. 그 모든 것을 자네에게 맡기겠네. 콜게이트 그가 몇 시에 자기 차를 꺼내어 나갔는지를 조사해보게. 그가 어느 한적한 곳에 차를 세워두고 이곳으로 걸어서 되돌아와서는 해안 절벽으로 갔을 수도 있어. 그러나 그것은 그렇게 가능성이 있어 보이지는 않는군. 그렇게 했다면 남의 눈에 뜨일 확률이 높았을 테니까."

콜게이트가 고개를 끄덕이며 말했다.

"오늘 이곳에 많은 대형 관광버스들이 와 있습니다. 날씨도 좋고요. 버스들은 11시 30분경 이곳에 도착했을 겁니다. 밀물 때는 아침 7시였습니다. 썰물은 1시경이 될 겁니다. 모래밭과 둑길엔 온통 사람들이 모여 있었을 테고요."

웨스튼이 말했다.

"그래. 하지만, 그는 둑길에서 호텔을 지나가야 했을 거야."

"곧바로 지나가는 것은 아닙니다. 그는 섬의 꼭대기로 올라가는 길에서 옆으로 벗어날 수도 있으니까요.

웨스튼이 미심쩍게 말했다.

"나는 그가 남에게 노출되지 않고 갈 수는 없었다고 말하는 게 아니야. 실제로 모든 호텔 손님들은 걸 코브에 있었던 레드펀 부인과 마셜의 딸을 제외하고는 모두 해변 해수욕장에 있었지. 그리고 그 길의 입구는 호텔의 몇몇 방에서만 내려다보일 텐데, 그 순간 아무도 그곳을 보지 못할 수도 있으니까. 그것 때문에 누군가가 위험을 무릅쓰고 호텔로 걸어 올라와서 로비를 거쳐 누구의 눈에도 안 띄고 다시 나갈 수도 있겠지. 하지만, 내 말은 아무도 그를 보지 못했을 확률은 별로 없을 것이라는 뜻일세."

콜게이트가 말했다.

"배를 타고 해안 절벽으로 돌아갈 수도 있었을 겁니다."

웨스튼이 고개를 끄덕이며 말했다.

"그게 훨씬 안전하지. 만일 근처 해안에 배가 있었다면 그는 자동차를 두고 픽시 코브까지 노를 젓거나 돛배를 타고 갈 수도 있지. 그러고는 살인을 하고 배를 저어 와서 차를 타고 돌아와서는 세인트 루에 갔었다가 길을 잃었다는 이야기를 할 수도 있겠지. 자신의 말을 의심할 수 없을 거라고 생각하면서."

"옳은 말씀입니다, 서장님."

경찰서장이 말했다.

"나는 자네에게 맡기겠네, 콜게이트. 주위 사람들을 조사해보게. 어떻게 해야 하는지는 알고 있겠지? 먼저 브루스터 양을 만나보는 것이 좋겠군."

에밀리 브루스터의 말에서는 그들이 이미 아는 것밖에는 별로 도움이 될 만한 것이 없었다.

그녀가 이야기를 마친 뒤에 웨스튼이 말했다.

"그러면 당신은 우리에게 도움이 될 만한 걸 아는 것이 없습니까?"

에밀리 브루스터가 짧게 대답했다.

"없는 것 같아요. 이번 사건은 정말 끔찍한 일이에요. 하지만, 나는 여러분이 곧 그것을 밝혀낼 줄 믿어요."

웨스튼이 말했다.

"나도 역시 그렇게 되길 바라고 있소."

에밀리 브루스터가 냉담하게 말했다.

"그것은 어렵지 않을 거예요."

"무슨 뜻이죠, 브루스터 양."

"미안합니다. 당신들에게 이래라저래라 하려는 것은 아니에요. 내 말뜻은 그런 여자의 사건이라면 충분히 해결하기가 쉬울 거라는 뜻이에요."

에르퀼 포와로가 중얼거리듯이 물었다.

"그것이 당신의 생각입니까?"

에밀리 브루스터가 말을 받았다.

"물론이지요. 사실에서 벗어날 수는 없거든요. 그녀는 지독하게 나쁜 여자였어요. 그녀의 좋지 못한 과거를 조금만 돌아봐도 그렇다는 걸 알 수 있으니까요."

에르퀼 포와로가 점잖게 말했다.

"당신은 그녀를 좋아하지 않았습니까?"

"나는 그녀에 대해 많은 것을 알고 있어요."

질문에 대한 대답으로 그녀는 말을 계속했다.

"내 가장 가까운 사촌이 어스킨 가문의 사람과 결혼했어요. 아마 당신도 그 여자가 늙은 로버트 경이 노망기가 있을 때 그의 재산 중 대부분이 자신에게 오도록 노인을 꾄 것에 대해 들었을 거예요."

웨스튼 서장이 말했다.

"그래서 그 노인의 가족들이 그녀를 미워했나요?"

"당연히 그랬죠. 그녀와 그의 관계는 일종의 추문이었어요. 게다가 그 여자에게 5만 파운드의 돈을 남겼다는 것만 봐도 그녀가 어떤 부류의 여자였나를 보여주는 것이지요. 내가 너무 말을 심하게 하는지는 모르지만, 이 세상에서 아레나 스튜어트는 동정받을 가치가 거의 없는 것 같아요. 나는 또 다른 사건도 알고 있어요. 그녀에게 완전히 정신을 빼앗긴 어떤 젊은이에 대해 말이에요. 그는 언제나 거칠었지요. 그런 성격 때문에 그가 그녀와 관계를 맺은 것은 그를 파멸시키는 결과를 가져왔어요. 그는 주식을 가지고 나쁜 짓을 했지요(오로지 그녀에게 쓸 돈을 구하려고 말입니다). 가까스로 기소를 면하긴 했지만, 그 여자는 만나는 모든 이들을 오염시켰습니다. 그녀가 젊은 레드펀을 망친 것을 보세요. 나는 그녀의 죽음에 대해 아무런 동정도 느끼지 못해요. 물론 그녀 스스로 물에 빠져 죽었거나 절벽에서 뛰어내렸다면 더 좋았겠지만 말이에요. 어쨌든 교살은 좀 불쾌하잖아요."

"그렇다면, 범인은 그녀와 관계를 맺었던 사람이라고 생각합니까?"

"예, 그래요."

"누군가가 아무의 눈에도 안 띄고 육지에서 왔다는 말입니까?"

"어떻게 범인을 볼 수 있겠어요? 우리는 그때 모두 해변에 있었는데요. 내가 듣기로는 마셜의 딸과 크리스틴 레드펀은 저쪽 걸 코브에 있었다던데. 그렇다면 도대체 단리 양 이외에 누가 그곳에서 범인을 볼 수 있었겠어요?"

"단리 양은 어디에 있었나요?"

"그녀는 깎아지른 절벽 꼭대기에 앉아 있었어요. 그곳은 서니 레지라고 하는 곳이에요. 레드펀과 내가 배가 저어서 섬을 돌 때 우리는 그녀가 거기 있는 것을 보았어요."

웨스튼 서장이 말했다.

"당신이 옳을지도 모르오, 브루스터 양."

에밀리 브루스터가 자신 있게 말했다.

"나는 내가 옳다고 확신해요. 행실이 바르지 못한 여자라면, 그 사건의 원인은 그녀 자신에게 있게 마련이지요. 내 말에 동의하지 않나요, 포와로 씨?"

에르큘 포와로는 그녀를 올려다보았다. 그의 두 눈이 그녀의 자신감 있는 회색의 두 눈과 마주쳤다.

"오, 그렇소. 나도 당신 말에 동감합니다. 아레나 마셜, 그녀 자신이 가장 좋은, 그리고 유일한 단서일 겁니다!"

브루스터 양이 날카롭게 말했다.

"자, 그럼!"

그녀는 쌀쌀하고 자신감 있는 시선으로 이 사람 저 사람 살피면서 힘 있고 바른 자세로 일어섰다.

웨스튼 서장이 말했다.

"브루스터 양, 우리는 마셜 부인의 과거에서 단서를 찾도록 하겠습니다."

에밀리 브루스터가 밖으로 나갔다.

콜게이트 경위가 테이블에서 위치를 바꾸었다. 그는 생각에 잠긴 듯한 목소리로 말했다.

"저 여자는 정말 직선적인 성격을 가졌군. 그녀는 죽은 여자에게 당당하게 자기가 가진 칼을 들이대고 있군요."

그는 잠시 말을 중단했다가 생각을 하며 말했다.

"어떤 면에서는 저 여자가 확실한 알리바이를 갖고 있다는 것이 유감입니다. 그녀의 손을 보셨습니까, 서장님? 그녀의 손은 남자 손만큼 큰 것 같더군요. 그리고 그녀는 힘센 여자입니다. 남자들보다도 더욱 힘이 센 것 같습니다. 나는 이렇게 말할 수가……"

그가 다시 말을 중단했다. 그는 포와로를 호소하는 듯한 눈길로 바라보았다.

"그녀가 오늘 아침에 해변을 떠난 적이 없다고 하셨지요, 포와로 씨?"

포와로는 천천히 고개를 저으며 말했다.

"경위님, 그녀는 마셜 부인이 픽시 코브에 도착하기도 전에 해변으로 내려와 레드펀과 보트를 타고 갈 때까지 내 시야에 있었소."

콜게이트 경위가 우울하게 말했다.

"그렇다면 그녀도 제외되는군요."

그는 그 사실에 대해 실망한 것 같았다.

언제나 그렇듯이 에르퀼 포와로는 로저먼드 단리의 모습에서 매우 신선함을 느꼈다. 심지어 살인사건의 추악한 사실에 대해 경찰이 냉담하게 심문할 때도 같은 느낌을 받았다. 그녀는 웨스튼 서장의 맞은편에 앉아서 엄숙하고 총명한 얼굴을 그에게 돌리고 있었다.

그녀가 말했다.

"내 이름과 주소가 필요하신가요? 로저먼드 앤 단리입니다. 부르크가(街) 622번지에서 로즈 몬드라는 이름으로 의류 사업을 하고 있죠."

"감사합니다, 단리 양. 자, 이제 우리에게 도움이 될 만한 것을 이야기해줄 수 있겠습니까?"

"그렇지 못할 것 같아요."

"그렇다면 당신의 행동이라도……"

"나는 9시 30분경에 아침식사를 했어요. 그러고는 내 방으로 올라가서 책 몇 권과 양산을 가지고 서니 레지로 나갔습니다. 그때가 약 10시 25분경이었을 거예요. 11시 50분쯤 호텔로 돌아와 방으로 올라가 테니스 라켓을 가지고 코트로 나가 점심때까지 테니스를 쳤지요."

"당신은 서니 레지라고 하는 절벽의 움푹 들어간 구석에서 약 10시 30분까지 있었습니까?"

"그렇습니다."

"혹시 오늘 아침에 마셜 부인을 보지 못했나요?"

"못 보았습니다."

"그렇다면, 마셜 부인이 픽시 코브로 보트를 저어가는 것을 절벽 위에서 본 적은 없습니까?"

"아뇨, 못 본 것 같아요. 나는 책을 읽고 있었거든요. 물론 가끔 책에서 눈을 떼곤 했지만, 그때마다 바다는 조용하기만 했어요."

"그렇다면, 레드펀과 브루스터 양이 지나가는 것도 못 보았나요?"

"못 보았어요."

"내 생각에는 당신은 마셜 대위와 친한 사이인 것 같던데?"

"마셜은 어린 시절의 이웃 친구예요. 그의 가족과 우리 가족은 옆집에 살았지요. 하지만, 매우 오랫동안 그 사람을 보지 못했어요. 아마 12년 정도 되었을 거예요."

"그렇다면 마셜 부인은?"

"이곳에서 그녀를 만나기 전까지는 그녀와 대여섯 마디밖에 나눠 보지 못했어요."

"당신은 마셜 대위와 그 부인이 좋은 사이였다고 생각합니까?"

"매우 좋은 사이였다고 할 수 있을 거예요."

"마셜 대위는 아내에게 매우 충실했었나 보군요?"

로저먼드가 말했다.

"그랬을지도 모르죠. 그 점에 대해서는 아무것도 말할 수가 없어요. 마셜 대위는 꽤 구식이거든요. 결혼의 불행함을 집 밖에다 내걸고 떠드는 사람이 아니에요."

"당신은 마셜 부인을 좋아했나요, 단리 양?"

"아뇨."

이 말은 조용하고 차분하게 흘러나왔다. 그것은 말 그대로의 느낌을 들었다 —단순한 사실의 표현.

"이유가 뭐죠?"

로저먼드의 입술에 미소가 떠올랐다.

"분명히 당신은 아레나 마셜이 같은 여자들 사이에서는 인기가 없었다는 것을 알고 있겠죠? 그녀는 여자들에 대해서는 매우 지루해했고, 또 그것을 노골적으로 표현했어요. 하지만, 그녀의 옷만은 나도 갖고 싶더군요. 그녀는 옷을 입는 데는 타고난 재능이 있었으니까요. 그녀의 옷들은 아주 훌륭했고, 또 제대로 입었어요. 그녀를 내 고객으로 삼고 싶었을 정도였으니까요."

"그녀는 옷에 돈을 많이 썼나요?"

"그랬을 거예요. 하지만, 그녀에게는 자신의 돈이 있었고, 또 마셜 대위도 꽤 부유하잖아요."

"혹시 마셜 부인이 협박당하고 있다는 것을 듣거나 혹은 그렇게 생각한 적은 없습니까, 단리 양?"

로저먼드 단리의 얼굴에 놀라는 표정이 나타났다.

"아레나가 협박을 당해요?"

"그 이야기가 당신을 놀라게 한 것 같군요."

"하지만, 가능한 이야기 아닙니까?"

"모든 것이 가능한 법이죠, 안 그런가요? 세상은 사람들에게 그것을 가르쳐 주죠. 그러나 어느 누가 무엇을 가지고 그랬는지는 몰라도 아레나를 협박할 수 있었다는 사실 자체가 의심스럽군요."

"내 생각에는 마셜 부인이 남편 귀에 들어가지 않기를 바라는 어떤 일이 있었던 것 같습니다."

"예, 그럴 수도 있겠죠."

그녀는 미소를 지으면서도 자신이 한 말에 의아심을 나타냈다.

"내 말이 회의적으로 들리시겠지만, 아레나의 행동이 사람들에게 욕을 먹은 것은 사실입니다. 그녀는 존경심의 대상이 된 적은 결코 없었으니까요."

"그렇다면, 당신은 그녀의 남편이 그녀가 다른 사람과 관계를 맺는다는 것을 알고 있었다고 생각합니까?"

잠시 침묵이 흘렀다.

로저먼드는 얼굴을 찡그리고 있었다.

마침내 그녀가 마지못해 하는 느린 소리로 입을 열었다.

"어떻게 판단해야 할지 정말 모르겠어요. 나는 언제나 마셜이 자기 부인을 꽤 진실하게 있는 그대로를 받아들였다고 생각해왔으니까요. 그는 그녀에 대해 어떤 환상도 갖고 있지 않았다고 생각했어요. 하지만, 그렇지 않았을지도 모르죠."

"그 남편이 그녀를 정말로 믿었을까요?"

로저먼드는 약간 숨을 헐떡이며 말했다.

"남자들은 그렇게 바보들이라니까요. 그렇게 세련된 케네스 마셜도 세상일에 대해서는 아무것도 몰라요. 그는 아내를 맹목적으로 믿었는지도 몰라요. 그는 그녀가 단지 남들에게서 찬양을 받는다고만 생각했는지도 모르죠."

"그러면, 당신은 마셜 부인에게 원한을 품을 만한 사람에 대해 들어 본 적은 없나요?"

로저먼드 단리는 미소를 지으면서 말했다.

"오직 화가 난 아내들뿐이죠. 그리고 내 짐작으로는 그녀가 목을 졸렸으니 아마 그녀를 죽인 것은 남자였던 것 같아요."

"그런 것 같습니다."

로저먼드가 생각에 잠기며 말했다.

"나는 아무도 생각할 수가 없어요. 하지만, 내가 모르는 건지도 모르죠. 그녀와 친밀한 관계에 있었던 사람에게 물어보셔야 할 거예요."

"고맙습니다, 단리 양."

로저먼드는 의자에서 몸을 조금 돌리고는 말했다.

"포와로 씨는 아무 질문도 없으신가요?"

그녀의 약간 비꼬는 듯한 미소가 그에게 향했다.
에르퀼 포와로가 미소를 지으면서 고개를 저었다.
"아무것도 생각이 안 나는군요."
로저먼드 단리는 일어나서 밖으로 나갔다.

제8장

 그들은 아레나 마셜의 방 안에 서 있었다. 커다란 두 개의 창문이 해수욕장과 바다를 아래로 굽어보는 발코니로 연결되어 있었다.
 햇빛이 아레나의 화장대 위에 혼란하게 놓인 병들과 단지들 위로 번쩍거리며 방 안으로 스며들었다.
 여기에는 미용실에서 알려진 모든 종류의 화장품과 크림이 있었다. 이렇게 훌륭한 여자의 방 안에서 세 남자가 각자 목적에 따라 움직였다.
 콜게이트 경위는 서랍들을 열고 닫으며 돌아다녔다.
 그는 곧 투덜거리는 소리를 냈다. 그는 접혀 있는 편지들을 발견했다. 그와 웨스튼이 함께 읽어나갔다.
 에르큘 포와로는 장롱 쪽으로 움직여 갔다. 그는 위에 달린 선반의 문을 열고는 그곳에 걸린 수많은 가운과 운동복을 조사해보았다. 그는 다른 쪽을 열어 보았다. 물거품 무늬의 속옷을 쌓아 있었다.
 넓은 선반 위에는 모자들이 놓여 있었다. 붉은색과 엷은 노란색 래커칠 한 해변용 종이 모자 두 개. 커다란 하와이식 밀짚모자, 푸른 리넨 모자와 비싸게 주고 샀을 게 분명한 서너 개의 싸구려 물건들(진한 푸른색의 베레모, 검은 벨벳 천의 모자, 흐린 회색의 터번).
 에르큘 포와로는 이런 것들을 훑어보며 서 있었다.
 부드러운 미소가 그의 입가에 번졌다.
 그는 중얼거렸다.
 "여자들이란 도대체!"
 웨스튼 서장은 그 편지들을 다시 접는 중이었다.
 "세 통은 레드펀에게서 온 것인데(바보 같은 사람 같으니라고), 그는 앞으로 몇 년 이내에 여자에게 편지 안 쓰는 법을 배우게 될 거야. 여자들은 언제나 편지를 보관하면서도 태워버렸다고 맹세하거든. 여기 또 다른 편지가 있군."

그가 편지를 꺼내자 포와로가 그것을 받았다.

내 사랑하는 아레나에게

나는 기분이 우울하오. 중국으로 가야 합니다—그리고 아마 몇 년 동안은 당신을 보지 못할 것이오. 내가 당신에게 빠진 것처럼 그 어떤 남자가 한 여자에게 미칠 수 있겠소? 수표는 고맙소. 이제 나는 고발당하진 않을 거요. 하지만 아슬아슬했었소. 이 모든 게 당신을 위해 큰돈을 벌려고 했기 때문이 아니겠소? 나를 용서해주오.
나는 당신의 귀에 다이아몬드를 걸어주고 싶었던 거요—당신의 목에 우윳빛 진주를. 하지만 요즈음은 진주는 좋지 않다고들 하니 차라리 에메랄드는 어떻소? 그래, 바로 그거야. 차갑고 푸른색이 도는 속에 불꽃을 가득 숨겨 놓은 것 같은 커다란 에메랄드 말이오. 나를 잊지 마요. 물론 당신이 날 잊지 않으리라는 것은 알고 있소.
당신은 언제나 나의 사랑. 안녕, 안녕, 안녕.

J N.

콜게이트 경위가 말했다.

"JN이 정말로 중국에 갔는지를 알아보는 것도 괜찮겠습니다. 만일 그게 아니라면……, 그가 우리가 찾는 사람일 수도 있지요. 여자에 미쳐서 그녀를 이상화하다가 갑자기 자신이 어리석은 유희의 대상이 되었음을 알게 되는 남자, 내게는 이 사람이 브루스터 양이 말한 그 남자같이 생각됩니다. 그래요, 내 생각에 이것은 도움이 될 것 같습니다."

에르퀼 포와로가 고개를 끄덕이며 말했다.

"그렇소. 이 편지는 중요합니다. 나는 이것이 매우 중요하다고 봅니다."

그는 뒤로 돌아 방 안을 바라보았다. 화장대 위에 놓여 있는 병들, 침대 위에 잡다하게 늘어져 있는 큰 광대 인형과 열려진 옷장.

그들은 케네스 마셜의 방으로 들어갔다. 그 방은 그의 아내 방 옆에 있었지만 통하는 문도 발코니도 없었다. 두 방은 똑같은 방향을 향하고 있었고, 창이 두 개 있었는데 방의 크기가 훨씬 작았다.

두 창문 사이에는 도금한 거울이 벽에 걸려 있었다. 오른쪽 창문 아래 구석에는 화장대가 있었다. 그 위에는 두 개의 상아식 브러시와 옷솔, 그리고 헤어 로션 한 병이 놓여 있었다. 왼쪽 유리창 구석에는 책상이 있었다. 타자기가 열린 채 그 위에 있었고, 그 곁에 종이가 쌓여 있었다.

콜게이트는 황급히 그것들을 훑고 지나갔다.

그런 다음 그가 말했다.

"모두가 정상인 것 같군요. 아, 여기 그 사람이 아침에 말한 편지가 있습니다. 24일 날짜로 되어 있는데(그것은 어제죠. 그리고 여기에 봉투가), 오늘 아침 리더콤 만의 소인이 찍혀 있군요. 모든 것이 제대로 된 것 같습니다. 이제 그가 답장을 미리 쓸 수도 있었는지를 조사해봐야겠습니다."

그가 자리에 앉자 웨스튼 서장이 말했다.

"그것은 자네가 조사하게나. 우리는 나머지 방들을 훑어볼 테니. 모두 이 복도까지도 오지 못하게 했기 때문에 무척 흥분하고 있을 거야."

그들은 다음으로 린다 마셜의 방으로 들어갔다. 그 방은 아래쪽 바다에 있는 바위들을 마주 보면서 동쪽을 향하고 있었다.

웨스튼이 주위를 둘러보며 중얼거렸다.

"여기엔 볼 것이 없는 것 같군. 하지만 마셜이 우리가 발견하기를 원치 않는 것을 자기 딸 방에다 숨겨 놓았을 수도 있지. 하긴, 꼭 그럴 것 같지도 않군. 없애버릴 무기 같은 것이 있었을 것 같지도 않아."

그가 다시 밖으로 나갔다.

에르퀼 포와로는 그 방에 혼자 남았다. 그는 벽난로의 쇠살대에서 상당히 흥미를 끌 만한 것을 발견했다. 거기에는 최근에 태운 흔적이 있었다.

그는 무릎을 꿇고 자세히 살펴보았다. 그는 종이에다가 찾은 것들을 펼쳐 놓았다. 그것은 불규칙한 모양의 커다란 양초 얼룩이었다.

초록색 종잇조각이나 마분지 조각, 그리고 또 한 장씩 떼어내는 달력 조각도 있었다. 왜냐하면 그 옆에 있는 커다란 다섯 자와 인쇄된 문장이 타지 않은 채였기 때문이다.

'훌륭한 행동……'

거기에는 또 보통 핀 하나와 머리카락 같은 것이 타버린 형체로 남아 있었다. 포와로는 그것들을 한 줄로 단정하게 늘어놓고서 쳐다보았다.

그가 중얼거렸다.

"'훌륭한 행동을 해라. 그것을 온종일 꿈꾸지 말고.' 좋은 말이야. 하지만, 이것들로 무엇을 했을까? 참으로 놀랍군!"

그러고 나서 그가 핀을 집어들자 그의 두 눈에 날카로운 빛이 감돌았다.

"'신의 사랑을 위하여!' 그것이 가능한가?"

에르큘 포와로는 벽난로 가에서 무릎을 꿇었다가 일어났다.

그는 천천히 방을 둘러보고 나서 얼굴에 새로운 표정을 띠었다. 그 표정은 엄숙하다 못해 경건한 정도였다.

벽난로 왼편에는 책들이 일렬로 놓인 선반이 몇 개 있었다.

에르큘 포와로는 책의 제목들을 주의 깊게 훑어보았다.

성경 한 권, 낡은 셰익스피어의 희곡집, 험프리 워드 여사의 《윌리엄 애쉬의 결혼》, 샤로트 욘즈가 지은 《젊은 계모》와 《쉬로프셔 소년》, 엘리오트의 《성당 살인사건》, 버나드 쇼의 《세인트 조안》, 마거릿 미첼의 《바람과 함께 사라지다》, 딕슨 카의 《불타는 사원》.

포와로는 두 권의 책을 꺼내 들었다.

《젊은 계모》와 《윌리엄 애쉬의 결혼》이었다. 그는 속표지에 붙여 있는 색 바랜 우표를 살펴보았다.

그 책들을 다시 제자리에 꽂아 놓으려다가 그의 두 눈은 다른 책들에 숨겨놓은 책을 보았다. 밤색 송아지 가죽을 씌운 뭉툭하고 작은 책이었다.

그는 그 책을 꺼내어 펼쳐 보았다. 그러고는 아주 천천히 고개를 끄덕이며 중얼거렸다.

"그래, 내가 맞았어. 그래, 내가 맞았던 거야. 하지만, 다른 것은……, 그것도 가능할까? 아니야, 그것은 아닐 거야. 그렇지 않다면……."

그는 움직이지 않고 콧수염을 만지작거리면서 마음속으로 그 문제를 곰곰이 생각해보며 서 있었다.

그가 다시 조용히 중얼거렸다.

"그렇지 않다면……."

웨스튼 서장이 문에서 안을 들여다보았다.

"이봐요, 포와로 씨. 아직도 거기 있소?"

포와로가 소리쳤다.

"이제 갑니다, 가요."

그는 서둘러 복도로 나왔다.

린다의 옆방은 레드펀 부부의 방이었다. 포와로는 방 안을 들여다보았다.

방 안에는 두 개의 서로 다른 개성을 자연스럽게 나타내는 것은 하나도 없었다. 그가 크리스틴을 생각할 때 연상되었던 단정함이나 깨끗함, 또는 패트릭의 특징이었던 이것저것 무질서한 것이 나타나 있지 않았다. 성격에 대한 그러한 단면들을 제외하고는 그 방은 그에게 흥미를 주지 못했다.

그 옆에는 로저먼드 단리의 방이 있었는데, 여기에서 그는 방주인의 개성을 흡족하게 음미하며 잠시 서 있었다. 그는 침대 옆에 놓인 책 몇 권과 화장대 위에 놓여 있는 몇 안 되는 값비싼 화장품 세트를 살펴보았다. 그때 그의 콧속으로 로저먼드 단리가 쓰는 알 수 없는 값비싼 향수 냄새가 살며시 스며들었다.

로저먼드 단리의 방 옆, 복도의 북쪽 끝에는 아래쪽에 있는 바위로 이어지는 비상계단으로 연결된 발코니로 통하는 창문이 있었다.

웨스튼이 말했다.

"저것이 사람들이 아침식사 전에 수영하러 내려가는 계단이군. 만일 그들이 대부분 사람들처럼 바위 근처에서 수영한다면 말이야."

에르퀼 포와로의 두 눈이 호기심으로 반짝였다.

그는 바깥으로 발을 내딛고 아래를 내려다보았다. 아래에는 계단에 이어지는 좁은 길이 바다의 바위까지 지그재그로 나 있었다. 그 끝에는 호텔을 돌아서 왼편으로 이어지는 작은 길이 하나 있었다.

포와로가 말했다.

"누군가가 이 계단을 내려가서 둑길로 통하는 큰길로 나갈 수도 있겠군."

웨스튼이 고개를 끄덕였다.

그는 포와로의 말을 더욱 확대시키면서 말했다.

"누군가가 호텔 안을 전혀 거치지 않고도 섬을 곧바로 가로질러 갈 수도 있지요."

그는 또 이렇게 덧붙였다.

"하지만, 그러다가도 여전히 창을 통해 눈에 띄게 될 거란 말입니다."

"어떤 창문 말인가요?"

"그쪽으로 나 있는 두 곳의 공동 목욕실 창문이나 종업원용의 목욕실, 1층에 있는 외투 보관소 말이죠. 또한 당구장에서도 마찬가지죠."

포와로가 고개를 끄덕이고는 말했다.

"하지만, 그 방들엔 불투명 유리로 된 창문이 있고 화창한 아침에 당구를 치는 사람은 없지요."

"바로 그거요."

웨스튼이 말을 중단했다가 계속했다.

"만일 그가 그랬다면 바로 그런 방법을 택했을 거요."

"마셜 대위를 두고 하는 말인가요?"

"그렇소, 협박이었든 아니었든 간에 나는 아직도 그것이 그를 가리키고 있다는 느낌이 들거든요. 그리고 그의 태도는……, 글쎄, 그의 태도에는 좀 이상한 데가 있었습니다."

에르큘 포와로가 냉담한 어조로 말했다.

"글쎄요. 하지만, 태도 때문에 살인자로 몰 수는 없어요."

웨스튼이 말했다.

"그렇다면 그가 제외된다고 생각하시오?"

포와로는 고개를 저으면서 말했다.

"아닙니다. 그렇다고는 말하지 않겠소."

웨스튼이 말했다.

"콜게이트가 타자 알리바이에서 무엇을 알아낼 수 있는지 기다려 봅시다. 그동안 나는 2층 담당 하녀가 기다리고 있으니 그녀와 면담이나 해야겠소. 그녀의 증언에 중요한 것이 들어 있는지도 모르니까."

그 하녀는 서른 살의 활달하고 능률적이며 총명한 여자였다.

그녀는 쉽게 대답을 했다. 즉 마셜 대위는 10시 반이 지난 지 얼마 안 되어 자기 방으로 올라왔다는 것이다. 그녀는 그때 그 방 청소를 마무리 짓는 중이었다. 그는 그녀에게 가능한 한 빨리 마쳐 달라고 부탁했다.

그녀는 그가 다시 방으로 들어오는 것을 보지 못했지만 조금 뒤에 타자치는 소리를 들었다. 그녀는 그것을 10시 55분쯤이라고 했다. 그러고 나서 그녀는 레드펀 부부의 방으로 갔다.

그 방을 청소한 후 그녀는 복도 끝에 있는 단리 양의 방으로 갔다. 그곳에서는 타자 소리를 들을 수가 없었다고 했다. 그녀는 11시가 지날 무렵 단리 양의 방으로 갔다. 그녀는 리더콤 교회의 종이 그 방을 들어갈 때 울리는 것을 들었다고 했다.

11시 15분에 그녀는 11시의 간식과 차를 마시려고 아래층으로 내려갔다.

잠시 뒤 그녀는 호텔의 다른 편에 있는 방으로 갔다. 경찰서장의 질문에 대답할 때 그녀는 다음의 순서로 이 복도의 방들을 청소했다고 설명했다. 즉, 린다 마셜 양의 방, 두 곳의 공동 목욕실, 마셜 부인의 방과 개인 목욕실.

마셜 대령의 방과 마셜 양의 방에는 욕실이 없었다. 그녀가 단리 양의 방과 욕실에 있는 동안 아무도 문을 넘어서거나 계단 옆으로 나가 바위로 내려가는 소리를 듣지 못했다. 그러나 발소리를 죽이고 지나갔다면 듣지 못했을 것이라는 점도 인정했다.

웨스튼이 마셜 부인에 대해 집중적으로 질문했다.

"아뇨, 마셜 부인은 일찍 일어나는 사람이 아니었어요."

하녀, 즉 글레이디스 내러코트는 그녀의 방문이 열린 것을 본 뒤에 마셜 부인이 겨우 10시가 조금 지났을 때 밖으로 내려가는 것을 발견하고는 매우 놀랐다고 했다. 그것은 아주 특이한 일이었다.

"마셜 부인은 언제나 침대에서 아침을 먹었습니까?"

"예, 그렇습니다. 언제나 그랬어요. 그것도 많이도 안 먹었죠. 단지 차와 오렌지 주스와 토스트 한 쪽뿐. 대개의 부인처럼 말이에요."

또한, 그녀는 아침에 마셜 부인의 태도에서 특이한 점을 아무것도 발견하지 못했다. 그녀는 그저 평소와 똑같아 보였다.

에르큘 포와로가 중얼거렸다.

"마셜 부인에 대해서는 어떤 생각을 했나요?"

글레이디스 내러코트가 그를 쳐다보고는 말했다.

"글쎄요, 그것은 제가 말할 성질의 것이 아니라고 생각하는데요. 안 그런가요?"

"그래도 말해야 합니다. 우리는 당신이 받은 인상을 매우, 정말 매우 듣고 싶어 하니까요."

글레이디스는 자기 마음을 이해하지만 그래도 괜찮다는 듯한 표정을 억지로 짓는 경찰서장 쪽으로 조금 불안한 눈길을 보냈다. 그런데 사실 그는 이 외국인 동료의 태도에 약간 당황함을 느끼고 있었다.

그가 말했다.

"아, 좋아요. 말해보세요."

글레이디스 내러코트의 민첩한 능력이 처음으로 그녀에게서 보이지 않았다. 그녀는 무늬가 있는 옷을 만지작거리며 말했다.

"저, 마셜 부인은…… 말하자면, 그녀는 정확하게 말해 숙녀가 아니었어요. 제 말은, 그녀는 오히려 여배우 같았다는 뜻이에요."

웨스튼 서장이 말했다.

"그녀는 여배우였소."

"그래요, 그게 바로 제가 말하려는 거예요. 그녀는 그저 마음이 내키는 대로 나갔으니까요. 그녀는, 그녀는 자신이 마음이 편치 않을 때는 남들에게 친절히 대하지 않았어요. 그리고 어떤 때는 온통 미소를 짓고 있다가도 물건을 찾지 못했거나 벨을 울려도 대답 없거나 혹은 자기 세탁물이 돌아오지 않으면……,

그녀는 굉장히 화를 내며 지저분하게 굴곤 했어요. 그래서 우리들 중 아무도 그녀를 좋아하지 않았죠. 하지만, 옷은 참 아름다웠어요. 그녀는 굉장한 미인이었으니까 찬양받는 것은 너무도 당연했죠."

웨스튼 서장이 말했다.

"이제 내가 물어보고 싶은 것을 묻게 되어서 미안합니다. 하지만, 이건 매우 중요한 일이오. 그녀와 남편 사이가 어땠는지 말해줄 수 있겠소?"

글레이디스 내러코트는 잠시 머뭇거리다가 말했다.

"선생님은 그분이 말씀하신 걸 믿지 않나요?"

에르퀼 포와로가 얼른 말했다.

"당신은 그런가요?"

"오, 그렇게 생각하고 싶지는 않아요. 그분은 정말 좋은 신사분이에요. 마셜 대위님은 그런 일을 하실 분이 아니에요. 그렇지 않으리라 확신해요."

"하지만, 당신은 아주 확신하지는 않는군요. 당신의 목소리에서 그것을 알 수 있소."

글레이디스 내러코트가 마지못해 이야기했다.

"왜 신문에서 읽을 수 있는 것들 있잖아요! 질투심이 강할 때 말이에요. 그런 감정이 계속된다면(그리고 모든 사람들이 그것에 대해 이야기를 하고), 제 말은, 그 부인과 레드펀 씨에 대해 말이에요. 그리고 레드펀 씨의 부인은 정말로 괜찮고도 조용한 여자예요! 좀 부끄러워지는 것 같군요. 또, 레드펀 씨도 좋은 분이시죠. 하지만, 상대가 마셜 부인 같은 여자일 때는 남자들은 어쩔 수가 없잖겠어요? 언제나 그녀는 마음대로 했던 것 같아요. 분명히 다른 부인들은 많이 참았어야 했을 거예요."

그녀는 한숨을 내쉬고는 말을 중단했다.

"만일 마셜 대위가 그 일에 대해 알게 된다면……?"

웨스튼 서장이 날카롭게 물었다.

"그러면?"

글레이디스 내러코트가 천천히 말했다.

"저는 가끔 마셜 부인이 남편이 알까 봐 무서워한다는 생각이 들곤 했어요."

"어떤 근거로 그런 말을 하죠?"

"뭐 분명한 것은 없어요. 그것은 단지 제 느낌일 뿐이에요. 그 부인은 가끔, 그분을 두려워했던 것 같아요. 그분은 매우 조용한 사람이었지요. 하지만, 그분은 그러기가 쉽지 않았을 거예요."

웨스튼이 말했다.

"그렇다면, 분명한 것은 전혀 없소? 그들 중 누가 상대방에게 한 말 같은 것 말이오."

글레이디스 내러코트는 천천히 고개를 저었다.

웨스튼은 한숨을 쉬고는 말을 이어갔다.

"그럼, 오늘 아침 마셜 부인이 받은 편지에 대해서 말해봅시다. 그 편지에 대해 우리에게 해줄 이야기는 없소?"

"여섯 통이나 일곱 통가량 됐어요. 정확하게는 모르겠어요."

"당신이 그녀에게 가져다주었나요?"

"예, 선생님. 저는 평상시대로 사무실에서 편지들을 가져와서 마셜 부인의 아침식사 쟁반에 올려놓았죠."

"특별히 눈에 띄었던 것이라든지……, 뭐, 생각나는 것은 없소?"

그녀는 고개를 흔들었다.

"그냥 평범한 편지들이었어요. 그중 몇 개는 고지서였고, 또 몇 개는 인쇄물이었던 것 같아요. 그것들이 쟁반 위에 뜯어져 있었으니까요."

"그것들이 어떻게 했습니까?"

"그것들은 쓰레기통으로 들어갔어요. 경찰에서 오신 분 중 한 분이 지금 그것을 뒤지고 있답니다."

웨스튼이 고개를 끄덕였다.

"그럼, 휴지통 속에 들어 있던 것들은 어디에 있습니까?"

"그것도 역시 쓰레기통에 들어 있을 거예요."

웨스튼이 말했다.

"흠, 그렇다면 현재로서는 그게 전부인 것 같군."

그는 무언가를 묻는 듯한 얼굴로 포와로를 쳐다보았다.

포와로가 앞으로 몸을 숙이면서 말했다.
"오늘 아침에 린다 양의 방을 청소할 때 벽난로 주위도 청소했었소?"
"거기엔 청소할 것이 없었습니다, 선생님. 불을 피운 적이 없었으니까요."
"그러면 벽난로 속에 아무것도 없었나요?"
"예, 아무것도 없었어요."
"몇 시에 그녀의 방을 청소했소?"
"한 9시 15분경이었어요. 그때 그녀가 아침식사를 하러 아래층으로 내려갔었죠."
"그녀가 아침식사 뒤에 방으로 올라왔었는지 압니까?"
"예, 한 9시 45분쯤 올라왔었어요."
"린다 양은 방 안에 들어갔었나요?"
"그랬던 것 같아요. 린다 양은 10시 반이 되기 전에 다소 서두르면서 밖으로 나왔습니다."
"당신은 린다 양의 방으로 다시 가보지 않았나요?"
"아뇨. 저는 이미 그 방 청소를 다 끝냈으니까요."
포와로가 고개를 끄덕이며 말했다.
"내가 알고 싶은 것이 또 하나 있소. 오늘 아침에 어떤 사람들이 식사 전에 수영했습니까?"
"저는 다른 쪽 칸이나 위층에 대해서는 모르겠어요. 단지 이곳에 대해서만 말할 수 있지요."
"그 점이 내가 알고 싶은 것이오."
"저 마셜 대위님과 레드펀 씨가 오늘 아침에 수영한 유일한 사람들이었다고 생각해요. 그분들은 언제나 아침에 수영하러 내려가거든요."
"그들을 보았소?"
"아뇨. 하지만, 그분들의 젖은 수영복이 평소 때처럼 발코니에 걸려 있었어요."
"린다 양은 오늘 아침에 수영하지 않았나요?"
"예, 선생님. 그녀의 수영복은 모두 말라 있었어요."

포와로가 말했다.

"오! 그것이 내가 알고 싶었던 것이오."

글레이디스 내러코트가 자진해서 말했다.

"그녀는 대부분은 아침에 수영을 해요."

"그러면 단리 양과 레드펀 부인, 그리고 마셜 부인. 이 세 사람도 그렇습니까?"

"마셜 부인은 전혀 안 했어요. 단리 양은 한두 번 한 것 같았고, 레드펀 부인은 아침식사 전에는 수영을 거의 하지 않아요. 단지 날씨가 매우 더울 때만 하죠. 하지만, 오늘은 안 했어요."

포와로가 다시 고개를 끄덕거리고는 질문을 던졌다.

"혹시 이쪽 칸에서 당신이 담당하는 방 중 어느 방에서 병 하나가 없어진 것을 알고 있는지 모르겠군요."

"병 말씀이세요? 어떤 종류의 병 말인가요?"

"불행히도 나는 알지 못하오. 하지만, 혹시 하나가 없어진 것을 못 느꼈나요?"

글레이디스가 솔직하게 말했다.

"마셜 부인의 방에서는 못 느꼈어요. 그것은 사실이에요. 그녀는 매우 많은 병을 갖고 있으니까요."

"그럼, 다른 방에서는?"

"글쎄요, 단리 양의 방에 대해서는 잘 모르겠어요. 그녀도 꽤 많은 크림과 로션을 가지고 있으니까요. 하지만, 다른 방에서는 그것을 알 수 있을 거예요. 제가 만일 그것을 살펴본다면 말이에요. 즉, 주의 깊게 본다면 말이죠."

"그렇다면, 실제로 그것을 보지는 못했나요?"

"제가 방금 말한 것처럼 주의 깊게 보지를 않았으니까요."

"그렇다면 지금 가서 보겠소?"

"예, 그러죠, 선생님."

그녀가 사라사천으로 된 옷을 살랑거리며 그 방을 떠났다.

웨스턴이 포와로를 쳐다보며 말했다.

"이게 어떻게 된 겁니까?"

포와로가 중얼거리듯이 말했다.

"내 질서정연한 생각이 하찮은 것들 때문에 방해를 받고 있소! 오늘 아침에 브루스터 양이 식사 전에 바위 근처에서 수영하고 있었는데, 위에서 병이 하나 떨어져 하마터면 맞을 뻔했다고 했지요. 그래서 나는 누가 그 병을 던졌으며, 또 왜 그랬는지를 알고 싶소."

"이것 보시오, 누구라도 병을 던질 수는 있잖소?"

"그렇지 않습니다. 우선 그것은 호텔의 동쪽 창문에서만 떨어질 수 있었을 것이오. 즉, 우리가 지금까지 조사한 방들의 창문에서 떨어졌을 거란 말입니다. 자, 이제 내가 물어보겠는데, 만일 당신의 화장대나 목욕탕에 빈 병이 하나 있다면 당신은 그것을 어떻게 하겠습니까? 내가 말해보죠. 당신은 그것을 그냥 휴지통에 넣고 말 겁니다. 굳이 발코니로 나가 바다에 던지는 수고를 하지는 않을 겁니다! 물론 누군가를 맞히려고 할 수도 있겠지만, 그런 일이 아니라면 일부러 그렇게까지는 하지 않을 겁니다. 따라서 그것은 누군가가 그 병을 숨기려고, 즉 다른 사람이 보지 못하게 하려고 한 짓일 겁니다."

웨스튼이 그를 쳐다보며 말했다.

"나는 얼마 전에 어떤 사건 때문에 재프 경감을 만난 적이 있는데, 그가 당신의 성격이 매우 비비 꼬여 있다고 말하는 걸 들은 적이 있소. 이제 와서 아레나 마셜이 교살된 것이 아니라, 어떤 이상한 병에서 나온 독약으로 살해되었다고 말하진 마시오!"

"그런 것이 아닙니다. 나는 그 병 속에 독이 들어 있었다고 말하지 않았소."

"그렇다면, 그 속에 뭐가 있었다는 겁니까?"

"아직은 모릅니다. 그래서 내가 흥미를 느끼는 것이죠."

글레이디스 내러코트가 되돌아왔다. 그녀는 약간 숨을 몰아쉬었다.

"미안합니다만 아무것도 없어진 것이 없어요. 마셜 대위님의 방이나 린다 양의 방에서는 말이에요. 레드펀 씨 부부의 방에서도 아무것도 없어지지 않은 게 확실해요. 그리고 단리 양의 방에서도 마찬가지예요. 하지만, 마셜 부인의 방에 대해서는 뭐라고 말할 수가 없군요. 아까 말씀드린 대로 그녀는 매우 많은 병을 가지고 있으니까요."

포와로가 어깨를 으쓱거리고서 말했다.

"뭐 그리 대단한 문제는 아닙니다. 일단 여기서 접어둡시다."

글레이디스 내러코트가 말했다.

"뭐, 더 아시고 싶은 것이 있나요, 선생님?"

그녀는 그들을 차례로 쳐다보았다.

웨스튼이 말했다.

"없는 것 같소. 고맙소."

포와로가 말했다.

"감사합니다. 그런데 당신은 이야기할 것이 없습니까? 혹시 우리에게 잊고 말하지 않은 것은 없습니까?"

"마셜 부인에 대해 말인가요?"

"어떤 것이라도 상관없습니다. 뭔가 이상하고 수상한 것, 설명하기 어려운 것이나 특이한 것, 또는 다소 마음에 걸리는 것, 당신이 혼잣말이나 친구들에게 '그것참, 우습군.' 하고 말하게 하는 것들 말입니다."

글레이디스가 약간 의심스럽게 말했다.

"저, 선생님이 말한 그런 종류는 아니지만……."

에르퀼 포와로가 말했다.

"내가 말한 의미는 개의치 말아요. 내가 말한 의미를 정확하게 알 수는 없으니까 말이오. 그런데 오늘 당신은 친구들에게 '그것참, 우습군.' 하고 말할 만한 것을 발견하지 못했소?"

그는 태연하게 반어적인 두 마디의 말을 꺼냈다.

"그것은 정말 아무것도 아니에요. 그냥 누가 목욕하고 있었어요. 그때 저는 아래층에서 엘시에게 이렇게 이야기했어요. 12시경에 목욕을 하다니 참 우습다고요."

"누가 목욕을? 누가 목욕을 했습니까?"

"그것은 모르겠어요. 우리는 이 칸의 하수도를 통해 물이 내려가는 소리만 들었을 뿐이에요. 제가 엘시와 이야기를 나누고 있을 때였어요."

"그것이 목욕하는 소리인 것은 확실합니까? 그냥 세면기의 물소리가 아니었나요?"

"오, 틀림없어요. 목욕물 내려가는 소리를 잘못 들을 수는 없잖아요."

포와로는 욕심을 내어 그녀를 더 이상 잡아두고 싶지는 않았다. 글레이디스 내러코트는 나가도 좋다는 허락을 받았다.

웨스튼이 말했다.

"그 목욕에 대해 중요하게 생각하는 것은 아니겠죠, 포와로 씨? 내 말은 그것은 아무런 도움도 되지 못한다는 겁니다. 닦아내야 할 핏자국 같은 것도 없었을 테니까. 그것은……."

그는 머뭇거렸다.

포와로가 끼어들었다.

"그것이 바로 교살의 장점이라고 할 수 있지요! 감추거나 없애야만 할 핏자국이나 흉기 같은 것이 없으니! 육체적인 힘 이외에는 아무것도 필요치 않습니다. 그리고 살인자의 정신밖에는!"

그의 목소리는 매우 격렬했고, 격한 감정으로 꽉 차 있었기 때문에 웨스튼은 잠시 주춤했다.

에르큘 포와로가 사과하듯이 그에게 미소를 지으며 말했다.

"아닙니다, 아니에요. 그 목욕은 아마 아무런 중요성도 없을 겁니다. 그 누구라도 목욕을 할 수는 있으니까요. 테니스 치러 가기 전 레드펀 부인이라든가 마셜 대령이나 단리 양이나 뭐 누구라도 말입니다. 거기에는 아무것도 중요한 게 없을 겁니다."

한 경관이 문을 두드리고는 머리를 내밀었다.

"단리 양입니다. 그녀가 서장님을 잠시 뵙고 싶다고 합니다. 잊고 이야기하지 않은 것이 있다고 하면서요."

웨스튼이 말했다.

"알았네. 곧 내려가지."

그들은 콜게이트 경위를 먼저 만났다. 그의 얼굴은 우울한 표정이었다.

"잠깐만요."

웨스튼과 포와로는 그를 따라서 캐슬 부인의 사무실로 들어갔다.

콜게이트가 말했다.

"나는 헤럴드와 함께 이 타자친 것을 조사해보았습니다. 여기에는 조금도 의심할 여지가 없더군요. 한 시간 이내에는 어림도 없는 분량이더군요. 오히려 여기저기서 멈추고 생각하다 보면 더 오래 걸렸겠죠. 거기엔 아무런 의문점이 없을 것 같습니다. 그리고 이 편지를 보십시오."

그는 편지를 내보였다.

친애하는 마셜 씨에게
당신의 휴가 중에 걱정을 끼쳐 드려서 미안합니다만, 예기치 못한 상황이 버리와 텐더 계약에서 일어났습니다……

"24일로 날짜가 표시되어 있는데, 그것은 바로 어제입니다. 봉투에는 어제저녁 ECI 소인과 오늘 아침의 러더콤 만의 소인이 찍혀 있습니다. 봉투와 편지는 타자로 쳤습니다. 내용을 보면 마셜 씨가 편지의 회답을 미리 준비했으리라는 것은 분명히 불가능합니다. 그 편지에서 그것을 알 수 있습니다. 모든 일이 매우 복잡해진 것 같습니다."

콜게이트가 말했다.

"흠." 웨스튼이 우울하게 말했다.

"그렇다면 마셜도 제외되는군. 다른 곳에서 찾아봐야겠군."

그는 또 덧붙여 말했다.

"단리 양을 다시 만나야겠어. 그녀가 지금 기다리고 있으니."

로저먼드가 활발한 모습으로 들어왔다. 그녀의 미소는 사과 빛을 담은 것 같았다.

"정말 죄송합니다. 아마 당신들을 귀찮게 할 만한 가치가 없을지도 몰라요. 하지만, 사람들은 그런 걸 잘 잊어버린다니까요."

경찰서장이 의자를 가리키면서 말했다.

"그래서요, 단리 양?"

그녀는 그 검은 의자의 모퉁이를 흔들었다.

"오, 이것은 앉을 필요도 없는 일이에요. 매우 단순한 거예요. 내가 서니 레지에 누워서 오늘 아침을 보냈다고 여러분에게 말했지요? 하지만, 그것은 정확하게는 그렇지가 않아요. 아침나절에 한 번 호텔에 돌아왔다가 다시 나갔다는 것을 잊었어요."

"그것이 언제였습니까, 단리 양?"

"약 11시 15분경이었을 거예요."

"호텔로 돌아왔다고 했나요?"

"그래요. 나는 안경을 두고 왔거든요. 처음에는 그냥 놔두려고 했는데 눈이 피로해져서 다시 돌아와 그것을 가져가기로 마음먹었죠."

"그렇다면 곧장 당신의 방으로 갔다가 나왔나요?"

"예, 그런데 사실은 켄 마셜 대위의 방을 슬쩍 들여다보았죠. 그의 타자기 소리가 들려서 나는 이렇게 좋은 날에 방 안에서 타자를 치는 그가 바보스럽다는 생각을 했거든요. 나는 그에게 밖으로 나오라는 말을 하려고 했어요."

"그래서 마셜 대위가 뭐라고 하던가요?"

"저, 내가 문을 열었을 때 그는 매우 열심히 타자를 치고 있길래 그냥 조용히 지나갔어요. 내 생각에, 그는 내가 방에 들어간 것도 못 본 것 같았거든요."

"그렇다면 그것은, 몇 시였나요, 단리 양?"

"11시 20분쯤이었어요. 다시 밖으로 나가면서 홀에 있는 시계를 봤거든요."

"그렇다면, 그것도 결국 일을 망치는 셈이군요."

콜게이트 경위가 말했다.

"하녀는 10시 55분까지 그가 타자치는 것을 들었다고 했지요. 그리고 단리 양은 20분 뒤에 그를 보았고, 마셜 부인은 11시 45분에 죽었으니 말입니다. 그는 그 시간에 방에서 타자를 치면서 보냈다고 했는데, 그 사실은 분명한 것 같습니다. 그렇다면, 마셜 대위는 제외되는 셈입니다."

그는 말을 멈추고는 호기심을 가지고 포와로를 쳐다보면서 물었다.

"포와로 씨는 뭔가 심각하게 생각하시는 것 같이 보이는군요."

포와로가 생각에 잠기며 말했다.

"나는 왜 단리 양이 갑자기 그 증언을 자진해서 했는지를 생각하고 있었습니다."

콜게이트 경위가 머리를 똑바로 쳐들었다.

"거기에 수상한 점이 있다고 생각합니까? 그것이 단지 '망각의 문제'가 아니라는 말입니까?"

그는 잠깐 생각해보다가 천천히 말했다.

"자, 그것을 이렇게 생각해봅시다. 단리 양이 그녀가 말한 대로 오늘 아침에 서니 레지에 있지 않았다고 가정해봅시다. 그 이야기는 거짓이죠. 그럼, 이제 그녀가 우리에게 자신의 이야기를 한 뒤에 누군가가 다른 곳에서 그녀를 보았다거나 또는 누군가가 그곳에서 그녀가 거기 없는 것을 발견했다고 칩시다. 그렇게 되니까 그녀는 이 이야기를 재빨리 생각해내어 우리에게 자기가 그곳을 잠깐 떠났었다는 것을 알려 주려고 말했을 수도 있지요. 마셜 대위의 방을 들여다보는 자기를 마셜 대위가 보지 못했을 거라고 조심스럽게 말하던 그녀의 모습을 주의해보십시오."

포와로가 중얼거렸다.

"그렇소. 나도 그것을 이미 눈치 채고 있었소."

웨스튼이 의심스럽다는 듯이 말했다.

"그러면 단리 양이 이 사건에 관련되어 있다고 말하는 건가요? 그건 말도 안 됩니다. 나는 이해가 가지 않는군요. 그녀에게 그럴 이유라도 있습니까?"

콜게이트 경위가 기침하고 나서 말했다.

"그 미국 여자, 가드너 부인이 한 말을 생각해보세요. 그녀는 단리 양이 마셜 대위와 가까웠다는 것을 슬쩍 암시했습니다. 거기에 동기가 있을 수도 있지 않겠습니까?"

웨스튼이 참을성 없이 말했다.

"아레나 마셜은 여자에게 살해되지 않았어. 우리가 찾아야 하는 건 남자일세. 이번 사건에서는 남자에게 초점을 맞추어야 한단 말일세."

콜게이트 경위가 한숨을 쉬고는 말했다.

"그렇습니다. 그건 사실입니다. 언제나 그 점을 염두에 두어야 하지요, 그렇지 않습니까?"

웨스튼이 말을 계속했다.

"한두 가지 일에 경관을 배치하는 것이 좋겠어. 호텔에서부터 섬을 가로질러 사다리 꼭대기까지 말이야. 경관에게 뛰고 걷고 하면서 조사해보라고 하게. 사다리에 대해서도 마찬가지야. 그리고 해수욕장에서 그 해안까지 보트로 가는 데 얼마나 걸리는지도 조사해보는 것이 좋겠군."

콜게이트 경위가 고개를 끄덕이며 자신 있게 말했다.

"내가 그 모든 것을 알아서 하겠습니다."

경찰서장이 말했다.

"지금 내가 혼자서 그 해안으로 가야 할 것 같군. 필립스가 발견한 거라도 있는지 가봐야겠어. 그리고 그쪽에 우리가 들어 본 '요정의 동굴'이 있네. 그곳에서 사람이 기다린 흔적이 있는지 조사해봐야겠어. 이봐요, 포와로 씨, 어떻게 생각하시오?"

"그것도 괜찮을 겁니다."

웨스튼이 말했다.

"만일 외부에서 누군가가 이 섬으로 몰래 들어왔다면 그곳이 좋은 은신처가 될 거요. 그곳을 알고 있다면 말이오. 내 생각에는 이 지역 사람들은 그곳에 대해 아는 것 같던데."

콜게이트가 말했다.

"젊은 세대는 알지 못할 겁니다. 이 호텔을 연 이후로 그 해안은 사유 재산이었으니까요. 어부들이나 소풍 나온 사람들도 그곳엔 가지 않습니다. 그리고 호텔 사람들은 이 지역 주민이 아니지요. 캐슬 부인도 런던 사람이니까요."

웨스튼이 말했다.

"아무래도 레드펀을 함께 데려가야겠어. 그가 우리에게 그 동굴에 대해 이야기를 했으니까. 당신은 어떻소, 포와로 씨?"

에르쿨 포와로는 잠시 망설였다. 그는 심한 외국 사투리로 말했다.

"아니오, 나는 브루스터 양이나 레드펀 부인과 마찬가지로 수직 사다리를 오르고 싶지는 않아요."

웨스튼이 말했다.

"당신은 보트로 돌아갈 수도 있는데요?"

다시 한 번 에르퀼 포와로는 한숨을 쉬었다.

"나는 바다에서는 상태가 좋지 못해요."

"어리석은 소리를 하시는군요. 오늘은 좋은 날씨여서 바다는 물방아용 저수지같이 조용해요. 우리를 실망시키지는 않겠죠?"

에르퀼 포와로는 그 영국식 간청에 따를 것 같지 않았다.

그때 캐슬 부인이 여자다운 얼굴과 정성들여 땋은 머리를 문가로 내밀며 말했다.

"내가 방해가 안 되기를 바라요. 하지만, 저……, 목사인 레인 씨가 막 돌아왔어요. 여러분이 그것을 알고 싶어 할 거라는 생각이 들어서요."

"아, 그래요. 감사합니다, 캐슬 부인. 당장에 그를 만나보죠."

캐슬 부인이 조금 더 방으로 들어와서는 말했다.

"이런 걸 말해야 할는지 잘 모르겠어요. 하지만, 나는 가장 작은 사건도 지나쳐서는 안 된다고 들었답니다……."

"물론이죠, 그래서요?"

웨스튼이 참을성 없이 물었다.

"그것은 1시경에 어떤 부인과 남자분이 여기 왔었다는 이야기입니다. 그들은 육지에서 건너왔어요. 점심 때문이었어요. 그래서 이곳에서 사고가 일어나서 그런 상황에서는 점심 준비가 곤란하다고 이야기해주었지요."

"그들이 누구였는지 혹시 모릅니까?"

"전혀 모르겠어요. 그쪽에서 이름도 말하지 않았으니까요. 그분들은 실망을 나타내더군요. 물론 나로서는 그들에게 아무 말도 할 수가 없었지요. 내 생각엔 그분들은 상류층 휴가객이었던 것 같아요."

웨스튼이 퉁명스럽게 말했다.

"오, 그래요? 알려 줘서 고맙소. 중요하지는 않겠지만, 그래도 모든 것을 기억하는 게 좋을 겁니다."

캐슬 부인이 말했다.

"내 의무를 다하고 싶어요."

"좋아요, 좋습니다. 레인 목사한테 이리 오라고 해주시죠."

스테픈 레인은 그의 평소 박력 있는 태도로 방으로 걸어 들어왔다.

웨스튼이 말했다.

"나는 이 지역의 경찰서장입니다. 레인 씨, 여기서 일어난 일에 대해 들으셨겠지요?"

"예, 오, 예. 여기 도착하자마자 들었습니다. 끔찍한……, 끔찍한 일이더군요."

그의 마른 몸이 부르르 떨렸다. 그러고는 낮은 목소리로 천천히 말했다.

"내가 여기에 도착한 이후로 계속, 나는 의식하고 있었죠—매우 깊게. 바로 가까이에 있는 악의 힘을."

그의 불타는 두 눈은 포와로에게로 향했다.

"기억하십니까, 포와로 씨? 며칠 전에 우리가 나눈 대화를 말이오? 악의 실체에 대해 이야기했잖소!"

웨스튼은 약간 당황하는 키가 크고 수척한 인물을 뜯어보고 있었다. 그는 이 사람을 판단하기가 어렵다는 것을 알았다.

레인의 시선이 그에게로 되돌아왔다. 목사는 미소를 지으며 말했다.

"내가 감히 말하자면, 그것이 당신에게는 환상적인 것 같군요. 우리는 요즘에는 악을 믿지 않으니까요. 우리는 지옥의 불을 믿지 않아요. 우린 이제는 악을 믿지 않습니다! 하지만, 사탄과 사탄의 사자들이 오늘날처럼 강력한 적은 없었습니다!"

웨스튼이 말했다.

"오, 그런가요? 아마 그것은 당신의 관할이겠죠, 레인 씨. 하지만, 내 관할은 좀더 냉정한 것이오. 살인사건을 처리하는 겁니다."

스테픈 레인이 말했다.

"이 무섭고 험악한 세상—살인이라니! 지상에 알려진 최초의 죄 중 하나,

죄 없는 형제의 피를 잔인하게 흘리고……."

그는 반쯤 눈을 감으며 말을 멈추었다. 그러고는 더욱더 평범한 목소리로 말했다.

"어떤 식으로 내가 도울 수 있을까요?"

"우선, 레인 씨, 당신의 오늘 행적에 대해 말씀해주시겠습니까?"

"좋습니다. 나는 아침 일찍 도보 산책을 떠났습니다. 나는 걷기를 좋아합니다. 나는 이곳 주변의 많은 곳을 걸어다녔답니다. 오늘은 세인트 페토크에 갔었습니다. 그곳은 여기서 7마일가량 떨어진 곳이지요. 데븐 군의 언덕과 계곡을 오르내리며 구불구불한 길을 따라 걸었지요. 매우 상쾌한 도보 여행이었습니다. 점심을 싸서 숲에서 먹었습니다. 그리고 그곳 교회도 찾아갔지요. 그곳에는 옛날 유리 단지 조각이 있더군요. 또 매우 흥미 있는 채색된 스크린도 있었고요."

"감사합니다, 레인 씨. 산책 도중 아무도 만나지 않았나요?"

"말을 걸 만한 사람은 없었습니다. 마차 한 대가 내 옆을 지나갔고, 자전거를 탄 두 소년과 몇 마리의 소 정도였지요. 그러나……."

그는 미소를 지었다.

"만일 내 말을 입증해보고 싶다면, 교회의 방명록에다 내 이름을 썼으니까 거기 가면 볼 수 있을 겁니다."

"교회 안에서는 아무도 못 봤나요? 교구목사라든가 교회지기 같은 사람 말입니다."

스테픈 레인이 고개를 흔들며 말했다.

"아니오. 그 근처에는 아무도 없었고 나만이 유일한 방문객이었습니다. 세인트 페토크는 매우 외딴곳이랍니다. 마을은 교회에서부터 반 마일 가량 떨어져 있지요."

웨스튼 서장이 유쾌하게 말했다.

"당신이 말하는 것을 우리가 의심한다고는 생각하지 마시오. 단지 모든 사람들을 조사해봐야 하는 일이니까. 이것은 단지 일과라고도 할 수 있소. 이런 사건에는 일상 절차에 매달려야만 하거든요."

스테픈 레인이 점잖게 말했다.
"오, 그렇습니까? 잘 알겠소"
웨스튼이 계속해서 말했다.
"이제 다음의 요점을 말하겠소. 당신 생각에 우리를 도울 만한 것이 있습니까? 죽은 여자에 대해 아무 거라도? 누가 그녀를 살해했는가에 대해 우리에게 조언이 될 만한 것 말입니다. 아무 거라도 듣거나 보지 못했습니까?"
스테픈 레인이 말했다.
"아무것도 못 들었습니다. 내가 이야기할 수 있는 거라고는 이것뿐이오. 사실 아레나 마셜을 보는 순간 나는 본능적으로 그 여자가 악의 화신이라는 것을 알았습니다. 그 여자는 악마였습니다! 인간의 모습을 한 악마 말입니다! 여자는 남자의 힘이 될 수도 있고, 삶에 영감이 될 수도 있습니다. 반면에 남자를 타락시킬 수 있는 존재이기도 하지요. 여자는 남자를 야수의 단계에까지 끌어내릴 수가 있습니다. 죽은 여자는 바로 그런 여자였어요. 그녀는 인간의 본성과 관계되는 모든 하층의 감정들에 호소했습니다. 마치 제제벌과 아홀리바 같은 여자였지요. 이제, 그녀는 그 사악함의 절정에서 거꾸러졌습니다!"
에르퀼 포와로가 이 말에 자극을 받아 말했다.
"거꾸러진 것이 아니라 교살되었소! 레인 씨, 인간의 두 손에 의해서 말이오!"
목사의 두 손이 떨렸다. 그의 손가락은 비틀리고 꿈틀거렸다.
그가 입을 열자 낮고 숨 막힌 음성이 흘러나왔다.
"그것은 무서운, 정말로 무서운 일입니다. 꼭 그렇게 말해야 합니까?"
에르퀼 포와로가 말했다.
"그것은 단순한 사실이오. 그것이 누구의 손이었는지 생각나는 것이 없습니까, 레인 씨?"
그는 고개를 저으며 말했다.
"나는 아무것도 몰라요, 아무것도……."
웨스튼이 일어났다.
그가 콜게이트 경위를 흘끗 바라보자 경위는 거의 알아차릴 수 없는 고갯

짓으로 대답하고 나서 말했다.
"자, 이제는 그 골짜기로 가야 합니다."
레인이 말했다.
"그곳이 사건이 일어난 곳입니까?"
웨스튼 서장이 고개를 끄덕이자 레인이 말했다.
"나도 함께 가, 갈 수 없을까요?"
무뚝뚝하게 안 된다고 말하려는 웨스튼을 포와로가 막았다.
"물론입니다. 나와 함께 보트로 가십시다, 레인 씨. 이제 곧 떠날 겁니다."

제9장

 그날 오후 두 번째로 패트릭 레드펀은 픽시 코브로 보트를 저어가고 있었다. 그 보트에는 스테픈 레인과 창백해진 채 한 손을 배에 얹은 에르큘 포와로가 함께 타고 있었다. 웨스튼 서장은 육로를 택했다. 그는 가는 도중 조금 늦어져서 보트가 도착하는 것과 동시에 해안에 도착했다. 경관 한 명과 사복 차림을 한 형사가 이미 해안에 와 있었다.

 보트에서 세 사람이 내려 올라오는 동안 웨스튼 서장은 경사에게 질문했다.

 "온 해안을 샅샅이 뒤져봤습니다." 필립스 경사가 말했다.

 "그래, 뭐라도 발견했나?"

 "모두 여기 갖다 놓았습니다. 원하신다면 가서 보시죠."

 바위 위에 잡동사니가 가지런히 놓여 있었다. 가위 하나, 빈 골드 플레이크 상자, 병마개 5개, 다 쓴 성냥갑 몇 개, 철사 세 가닥, 신문 한두 조각, 부서진 파이프 조각, 단추 4개, 닭다리 뼈와 빈 일광욕 오일병이 있었다.

 웨스튼이 그 물건들을 기가 차다는 듯이 바라보았다.

 "세상에, 요즘 해변은 이렇단 말이야. 사람들이 해변을 공동 쓰레기장과 혼동하는 것 같군. 저 빈병은 상표가 흐려진 것으로 봐서 여기 오래 있었던 것 같고, 다른 것들도 대부분 그런 것 같은데. 하지만 가위는 새 거야. 환하게 빛나는 걸 보니 말이야. 어제만 해도 여기 없었을 걸세. 어디 있었지?"

 "사다리 아래 근처에 있었습니다. 이 담배 파이프 조각도 그렇고요."

 "흠, 아마 누군가가 사다리를 오르내릴 때 떨어뜨린 게로군. 그것이 누구 것인지는 모르겠나?"

 "아니오, 아주 평범한 손톱 깎는 가위인걸요. 담배 파이프는 좋은 겁니다. 꽤 비싸겠는데요."

포와로가 생각에 잠기며 중얼거리듯이 말했다.

"내 생각엔 마셜 대위가 자기 파이프를 잃어버렸다고 말했던 것 같소."

웨스튼이 말했다.

"마셜은 제외됐소. 게다가 그 사람만이 파이프를 피우는 것도 아니니까."

에르큘 포와로는 스테픈 레인의 손이 주머니에 들어갔다 나오는 것을 지켜보고 있었다.

포와로는 유쾌하게 말했다.

"레인 씨도 파이프를 피우는군요, 안 그렇습니까?"

목사는 몸을 움찔거렸다.

그는 포와로를 바라보면서 말했다.

"예, 오, 그래요. 파이프는 내 오랜 친구이자 동반자이지요."

그는 손을 다시 주머니에 넣어서 파이프를 꺼내어 담배를 채우고 불을 붙였다. 에르큘 포와로의 시선은 두 눈을 멍하니 뜨고 서 있는 레드펀에게로 옮겨 갔다.

레드펀은 낮은 목소리로 말했다.

"다행입니다. 그녀의 시체를 치워서……."

스테픈 레인이 물었다.

"그녀는 어디에서 발견됐습니까?"

형사가 유쾌하게 말했다.

"바로 당신이 서 있는 근처였습니다."

레인이 재빨리 옆으로 비켜섰다. 그는 자기가 막 비켜선 자리를 물끄러미 바라보았다.

"보트가 발견된 장소와 시간이 맞아 들어갑니다. 그녀가 여기 도착한 10시 45분 말입니다. 그것은 조수로 알 수 있죠. 지금은 조수가 바뀌었습니다."

웨스튼이 말했다.

"사진은 다됐나?"

"예."

웨스튼이 레드펀 쪽을 바라보았다.

"자, 그럼 당신이 말한 동굴 입구는 어딥니까?"

패트릭 레드펀은 여전히 레인이 서 있었던 자리를 내려다보고 있었다. 그것은 마치 그가 이제는 치우고 없는 큰대자로 누워 있던 시체를 바라보는 것 같았다. 웨스튼의 목소리가 들렸을 때 그는 겨우 제정신으로 돌아왔다.

"여기, 이쪽이오."

그는 절벽 쪽에 돌멩이가 이리저리 굴러 있는 곳으로 앞장서서 걸어갔다. 그는 두 개의 큰 바위 사이로 난 좁은 틈으로 곧장 다가가며 말했다.

"여기가 그 입구입니다."

웨스튼이 말했다.

"이곳이? 사람 하나도 들어갈 수 없어 보이는데?"

"그래서 속기 쉽지요. 이리로 사람이 들어갈 수 있습니다."

웨스튼이 조심스럽게 바위틈으로 들어가 보았다. 그곳은 보이는 것처럼 그렇게 좁지는 않았다. 안으로 들어가자 공간이 넓어져서 몸을 똑바로 세우고 좌우로 움직일 만했다. 에르퀼 포와로와 스테픈 레인이 경찰서장과 함께 안으로 들어가고 다른 사람들은 바깥에 남았다.

입구로 빛이 들어오긴 했지만 웨스튼은 매우 강한 손전등으로 안을 비추어 보았다.

"괜찮은 곳이군. 밖에서는 절대로 의심하지 못할 거야."

그는 바닥에다 조심스럽게 전등을 비추었다. 에르퀼 포와로는 신중하게 공기 냄새를 맡아 보고 있었다.

이것을 눈치 챈 웨스튼이 말했다.

"공기는 꽤 신선하군. 비린내도 안 나고 해초 냄새도 없고 말이오. 이곳이 만조선 훨씬 위쪽에 있긴 하지만."

그러나 포와로의 예민한 코에는 그 공기가 단지 신선하기만 한 것은 아니었다. 희미하게 냄새가 났다. 그는 평소 맡기 어려운 냄새의 향수를 쓰는 사람 둘을 알고 있었다.

웨스튼의 전등이 그 앞에 와서 멈추더니 말했다.

"이 안에선 뭐 이상한 거라고는 하나도 볼 수가 없군."

포와로의 두 눈이 그의 머리 약간 위에 선반식으로 나온 돌로 향했다.
그는 중얼거리듯 물었다.
"저 위에서도 아무것도 찾아낼 수 없을까요?"
웨스튼이 말했다.
"만일 그 위에 뭔가가 있다면 누군가가 고의로 올려놓은 것일 겁니다. 어떻든 한번 살펴보는 것이 좋겠군."
포와로가 레인에게 말했다.
"당신이 우리 중에서 가장 키가 큰 것 같군요. 저 선반 모양의 돌 위에 아무것도 없는지 한번 보시죠."
레인이 몸을 쭉 뻗었으나 그 선반 깊숙한 곳까지는 손이 잘 닿지 않았다. 그러다가 마침 바위의 갈라진 틈을 발견하고는 거기에 한 발을 끼워 넣고 한 손으로 몸을 지탱하고 다시 손을 뻗었다.
"세상에, 이 위에 상자가 하나 있는데요!"
잠시 후 그들은 목사가 발견한 상자를 들고 다시 햇빛이 비치는 바깥에 나와 있었다.
웨스튼이 말했다.
"조심하게. 조심해서 다루어야 해. 지문이 있을지도 모르니까."
그것은 짙은 녹색의 양철 상자로, 샌드위치라는 글자가 쓰여 있었다.
필립스 경사가 말했다.
"소풍 왔다가 버리고 간 것 같군요."
그는 자기 손수건을 대고 상자를 열었다. 그 안에는 소금, 후추, 겨자라고 표시된 작은 양철 그릇들과 분명히 샌드위치용인 큰 사각 양철통 두 개가 들어 있었다.
필립스 경사는 소금 그릇의 뚜껑을 열어 보았다. 소금이 꽉 차 있었다. 그는 중얼거리면서 다음 그릇의 뚜껑을 열어 보았다.
"흠, 후추통에도 역시 소금이 들어 있군."
겨자통에도 역시 소금이 들어 있었다. 필립스 경사가 조금 큰 사각 통을 열 때 그의 표정이 갑자기 굳어졌다. 거기에도 똑같은 희고 수정 같은 가루가 들어 있었기 때문이다. 경사는 매우 조심스럽게 그 속에 손가락을 넣었다가 혀에 살짝 대보았다. 그의 표정이 변했다.

그는 흥분한 목소리로 말했다.

"이건 소금이 아닙니다! 분명해요. 아주 쓴 맛이 나는데요. 아마 무슨 약품 종류인 것 같습니다."

"세 번째 증거로군." 웨스튼이 투덜거리며 말했다.

그들은 다시 호텔로 돌아와 있었다.

경찰서장이 말을 꺼냈다.

"만일 이 사건에 마약 단체가 관련되어 있다면 여러 가지 가능성이 있을 수 있습니다. 첫째, 죽은 여자가 그 녀석들 패거리 중에 속해 있었는지도 모릅니다. 그럴 것 같진 않습니까?"

"가능한 일이죠." 에르퀼 포와로가 신중하게 말했다.

"그럼, 그녀가 마약 중독자였을 수도 있을까요?"

포와로는 고개를 흔들며 말했다.

"그 말에는 좀 반대하고 싶군요. 그녀는 정신 상태도 안정되어 있었고 건강도 좋았으며, 주사를 맞은 흔적이라고는 찾아볼 수 없었으니까요. 그렇다고 그것이 무엇을 입증한다는 것은 아닙니다. 어떤 사람들은 마약을 냄새로 맡기도 하니까요. 하지만, 나는 그녀가 마약을 복용했다고는 생각지 않습니다."

웨스튼이 말했다.

"그렇다면……, 그녀가 우연히 그 일을 알게 되는 바람에 그 녀석들에게 살해된 것일 수도 있겠군. 아무튼 어떻게 된 일인지는 곧 알게 될 거요. 그 약을 니스든에게 보냈으니까. 만일 우리가 마약 조직을 상대하고 있는 게 밝혀진다면, 저쪽 사람들은 사소한 일에는 신경 쓸 사람들이 아니라서……."

방문이 열리고 호레이스 블래트가 방 안으로 황급히 들어오자 그는 말을 중단했다. 블래트는 무척 더워했다. 그는 이마의 땀을 닦아냈다. 그의 크고 우렁찬 목소리가 봇물 터지듯 나오면서 그 작은 방을 가득 채웠다.

"지금 막 돌아와서 그 소식을 들었습니다! 당신이 경찰서장입니까? 당신이 이곳에 있다고 하더군요. 내 이름은 블래트, 호레이스 블래트입니다. 내가 어떻게 도와 드릴까요? 큰 도움은 못 되겠지만, 나는 오늘 아침 일찍부터 내 배를 타고 나가 있었죠. 그래서 그 끔찍한 일을 전부 놓쳤습니다. 이 외딴곳에서 무슨 일이 일어나는 바로 그런 날에 내가 이곳에 없었다니. 그것이 바로 인생 아니겠습니까? 안 그렇습니까? 이봐요, 포와로 씨, 처음에는 당신을 보지 못했소. 드디어 사건에 손을 댔군요? 아, 물론 그러시겠지요. 셜록 홈스 대 지방경찰, 뭐 이런 건가요? 하하하! 레스트레이드 경위(셜록 홈스와 수사 경쟁을 벌이는 런던경시청의 형사)와 같은 사람이군요. 당신이 멋지게 수사해나가는 모습을 보고 싶습니다."

블래트가 의자에 앉아서 담배 케이스를 꺼내어 웨스튼 서장에게 권하자 그는 고개를 저었다. 그는 희미한 미소를 지으면서 말했다.

"나는 파이프 담배만 피운답니다."

"나도 마찬가지입니다. 하지만, 보통 담배도 피우죠. 그렇지만 파이프만큼 좋은 것은 없더군요."

웨스튼 서장이 갑자기 부드럽게 말했다.

"그럼 불을 붙이시지요."

블래트가 고개를 흔들었다.

"하지만, 지금은 파이프가 없소. 그건 그렇고, 이 사건에 대해 나도 좀 알고 싶은데, 내가 지금까지 들은 거라고는 마셜 부인이 이곳 해안 어느 곳인가에서 살해된 채로 발견되었다는 것뿐이라서."

그를 바라보면서 웨스튼 서장이 말했다.

"픽시 코브에서 발견되었습니다."

블래트는 무척 흥미 있다는 듯이 물었다.

"그렇다면, 그녀는 교살 되었겠군요?"

"그렇소, 블래트 씨."

"구역질 나는군, 아주 구역질 나. 하지만 그녀가 죽음을 부른 셈이지! 탐욕스러운 여자였죠, 포와로 씨? 누가 그랬는지 알고 있습니까, 아니면 그런 질문은 내가 해서는 안 되나요?"

엷은 미소를 지으며 웨스튼 서장이 말했다.

"질문을 한 쪽은 사실은 바로 우리입니다."

블래트가 자기 담배를 흔들며 말했다.

"미안합니다, 미안해요. 내가 실수를 한 것 같소. 계속하십시오."

"오늘 아침에 배를 타고 나갔다고 했죠? 그게 몇 시였습니까?"

"9시 45분에 이곳을 떠났습니다."

"당신과 함께 간 사람이 있었습니까?"

"한 사람도 없었소. 나 혼자 외롭게 갔다오."

"어디로 갔었습니까?"

"플리머드 방향 쪽으로 해안을 따라갔었소. 혼자서 점심을 먹었지요. 바람이 그다지 불지 않아서 멀리까지는 갈 수 없었지요."

몇 마디 말이 오고 간 뒤에 웨스튼이 물었다.

"자, 이제 마셜 부부에 대해 뭔가 도움이 될 만한 것을 아는 건 없습니까?"

"내 생각은 이미 말했던 걸로 알고 있는데? 탐욕의 죄! 내가 할 수 있는 말은 그 대상이 내가 아니었다는 사실이오. 그 아름다운 아레나는 내게는 아무 소용도 없었으니까. 그쪽 방면에서는 나는 할 일이 하나도 없었죠. 그녀에게는 푸른 눈의 남자가 있었으니까! 마셜도 그 사실을 눈치 채고 있었을 거요."

"무슨 증거라도 있습니까?"

"그가 한두 번 레드펀을 경멸스런 눈초리로 바라보는 것을 보았죠. 마셜은 통 알 수 없는 사람이더군요. 마치 언제나 반쯤은 잠들어 있는 것처럼 아주 순하고 온유해 보이지요. 하지만, 도시에서 그의 평판은 그렇지 않습니다. 나는 그에 대해 몇 가지 들은 게 있습니다. 한 번은 폭행죄로 거의 고소를 당할 뻔했다고 하더군요. 그 사람은 꽤나 치사한 계약을 했던 것 같습니다. 마셜은 그를 믿었는데, 그 남자는 그를 철저히 이용한 모양입니다. 상당히 치사한 녀석이었던 것 같습니다. 마셜은 그를 찾아가 거의 반쯤 죽을 정도로 두드려 팼더군요. 그러나 그 녀석은 고소하지 않았습니다. 어떤 결과가 올지 뻔히 알고 있었으니까요. 그 점이 이 사건에 도움이 될 것 같아서 이야기하는 겁니다."

포와로가 말했다.

"그렇다면 마셜 대위가 자기 아내를 죽였을지도 모른다고 생각한다는 말이군요?"

"천만에, 그런 말은 절대 하지 않았소. 단지 그런 사람도 포악해지는 경우가 있다는 것을 말하는 것뿐이오."

포와로가 말했다.

"블래트 씨, 마셜 부인이 오늘 아침에 누군가를 만나러 픽시 코브에 갔다고 믿을 만한 이유가 있습니다. 그 사람이 누구일까에 대해 생각나는 게 없습니까?"

블래트가 윙크를 했다.

"그것은 말할 필요도 없겠군. 확실한 것이니까. 바로 레드펀 아니오!"

"아니, 레드펀은 아니었소."

블래트는 깜짝 놀란 것 같았다. 그는 주저하면서 말했다.

"그렇다면 난 모르겠소……. 정말 짐작할 수도 없는데요."

그는 아까의 태연한 태도로 다시 돌아와서 말했다.

"아까 말했듯이, 그것은 내가 아니었습니다! 그럴 수는 절대로 없지요! 물론 그게 가드너였을 수도 없지요. 부인이 너무도 날카롭게 그를 지켜보고 있으니까. 늙은 바리 소령? 말도 안 돼! 목사일 리도 없고, 비록 목사가 그녀를 꽤 관심 깊게 살펴보며 그 거룩한 눈으로 그녀를 경멸하기는 했지만, 아마도 그녀의 모습을 보는 눈은 다른 사람과 마찬가지였을 거요! 대개 목사들은 위선자들이죠. 지난달 사건을 알고 있나요? 목사의 교구위원의 딸 사건 말입니다. 꽤 놀랄 만한 사건이었죠."

블래트가 빙그레 웃었다.

웨스턴 서장이 날카롭게 말했다.

"우리에게 도움이 될 만하다고 생각되는 것이 아무것도 없습니까?"

그는 고개를 저었다.

"아무것도 생각나지 않습니다." 그는 또 덧붙여 말했다.

"이 사건은 꽤 큰 소란을 일으킬 거라고 생각되는군요. 언론은 벌떼처럼 몰려들 테고 앞으로는 이 졸리 호텔은 배타적인 곳이 되진 않겠군요. 정말로 이곳엔 신나는 일이 하나도 없었죠."

에르큘 포와로가 중얼거리듯이 말했다.

"여기 있는 동안 즐겁지 않았나요?"

블래트의 붉은 얼굴이 더욱 상기되었다.

"저어, 사실 그렇소. 별로 즐겁지 못했답니다. 배를 타는 것은 좋았고, 경치나 서비스나 음식 같은 건 모두 괜찮았죠. 하지만 이곳에는 인간미가 없어요. 무슨 말인지 알겠소? 내 말뜻은 내 돈도 다른 사람의 돈 못지않게 가치가 있다, 이겁니다. 우리는 모두 즐기려고 여기 왔어요. 그렇다면, 왜 모두 함께 모여서 즐기지 않습니까? 모든 사람들이 혼자 앉아서 차가운 아침인사나 저녁인사나 던지고. 그래요, 날씨는 좋아요. 하지만, 생기에 넘치는 기쁨이 없다고요. 모두 잘난 체나 하는 거만한 바보들뿐이지!"

블래트가 말을 멈췄다. 이제는 정말 얼굴이 무척이나 붉어져 있었다. 그는 다시 한 번 이마의 땀을 닦아내고는 사과는 듯한 어조로 말했다.

"내게는 신경 쓰지 마시오. 이거 내가 아주 유명해졌군."

에르큘 포와로가 중얼거렸다.

"블래트에 대해 어떻게 생각하십니까?"

웨스튼 서장이 싱긋 웃으며 말했다.

"당신은 그에 대해 어떻게 생각하십니까? 당신이 나보다 더 그를 자주 봐오지 않았소."

포와로가 부드럽게 말했다.

"당신네 영국 관용어 중에는 그를 설명할 말이 많지요. 지친 다이아몬드! 자수성가한 사람! 사회적인 출세자! 그는 보는 각도에 따라 가엾기도 하고 우스꽝스럽기도 하고, 때로는 떠들썩하게 보이기도 하지요! 사람들의 견해에 따라 다릅니다. 하지만 나로서도 그가 좀 특이한 사람이라는 생각이 드는군요."

"어떤 면에서?"

에르큘 포와로가 천장을 쳐다보며 중얼거렸다.

"그는 신경과민인 것 같소!"

콜게이트 경위가 말했다.

"내가 그 시간을 조사해봤습니다. 호텔에서 픽시 코브로 내려가는 사다리까지는 3분이 걸립니다. 호텔에서 보일 때까지는 걸어서 가고, 그 뒤에는 마구 뛰어서 말입니다."

웨스튼이 눈썹을 치켜세웠다.

"내가 생각했던 것보다는 훨씬 빠르군."

"사다리를 내려가서 해변까지는 1분 45초가 걸립니다. 거의 2분이 걸리는 거지요. 이것은 플린트 순경의 속도입니다. 그는 운동선수 기질이 있습니다. 보통 속도로 걷다가 사다리를 내려가면 거의 15분이 걸립니다."

웨스튼이 고개를 끄덕이며 말했다.

"조사할 것이 또 있네. 그 담배 파이프 말일세."

콜게이트가 말했다.

"블래트도 파이프를 피우더군요. 마셜도 그렇고 목사도 마찬가지입니다. 레드펀은 보통 담배를 피웁니다. 미국인은 시가를 좋아하고요. 바리 소령은 담배를 피우지 않습니다. 마셜의 방에 여송연이 하나 있더군요. 하녀의 말로는 마셜은 파이프를 두 개 가지고 있다고 하더군요. 다른 하녀는 똑똑하지 못하더군요. 그 여자는 다른 두 사람이 파이프를 몇 개 가졌는지 모르더군요. 그들의 방에서 두세 개 본 것 같다고만 했습니다."

웨스튼이 고개를 끄덕였다.

"다른 것은 없나?"

"종업원들에 대해서도 조사해봤습니다만 모두 괜찮은 것 같습니다. 바에 있는 헨리는 10시 50분에 그를 보았다는 마셜의 이야기를 확인해주었습니다. 해안 담당자인 윌리엄은 그날 아침 대부분의 시간을 사다리 고치는 데 썼답니다. 그 사람도 괜찮은 것 같아요. 조니는 테니스장에 라인을 긋고 식당 근처에다 화초를 조금 심었답니다. 그들 중 아무도 누군가가 둑길을 가로질러 섬으로 오는 것을 보지 못했다고 합니다."

"언제 둑길이 드러나게 되었나?"

"9시 반경이었습니다."

웨스튼이 자기 수염을 만지작거렸다.

"누군가가 그 길로 왔을 수도 있어. 이제 새로운 방향도 생각해야겠군, 콜게이트."

그는 동굴 안에서 발견한 샌드위치 상자에 대해 이야기하기 시작했다. 그때 누군가가 문을 두드렸다.

"들어오시오." 웨스튼이 말했다.

마셜 대위였다.

"장례식에 대해 내가 어떤 절차를 밟을 수 있는지 말해주시겠습니까?"

"내일모레면 조사가 그럭저럭 다 끝날 것 같습니다, 마셜 대위."

"감사합니다."

콜게이트 경위가 말했다.

"죄송합니다만, 이것은 돌려 드려야겠군요."

그는 편지 세 통을 건네주었다.

케네스 마셜은 차가운 미소를 지으며 말했다.

"경찰에서는 내가 타자친 시간을 조사했습니까? 내 말이 확실해졌기를 바랍니다."

웨스튼 서장이 유쾌하게 말했다.

"그렇소, 마셜 대위. 당신은 아무런 혐의도 없다는 것이 밝혀진 것 같군요. 이 편지들을 타자로 치려면 한 시간은 족히 걸리겠더군요. 더구나 당신이 타자치는 소리를 10시 55분까지 하녀가 들었고, 또 다른 증인이 20분 뒤에 당신을 보았다고 합니다."

마셜 대령이 대답했다.

"오, 정말입니까? 그렇다면 매우 다행이군요."

"그렇습니다. 11시 20분에 단리 양이 당신 방에 갔더군요. 당신은 타자치느라 바빠서 그녀가 들어가는 것을 보지 못했다고 합니다."

케네스 마셜의 얼굴에 만족스러운 표정이 스치고 지나갔다.

"단리 양이 그렇게 말하던가요?"

그는 잠시 말을 중단했다.

"사실 그녀는 잘못 안 겁니다. 그녀는 모르겠지만 나는 그녀를 봤어요. 거울에 비친 모습을 말입니다."
"그때 타자를 중단했습니까?" 포와로가 중얼거리듯이 말했다.
마셜이 간단하게 말했다.
"아니오, 그대로 쳐나갔습니다."
그는 잠시 말을 멈추었다가 무뚝뚝한 목소리로 말을 이었다.
"내가 도울 일이 더 없나요?"
"없습니다. 감사합니다, 마셜 대위."
케네스 마셜은 고개를 끄덕이고는 밖으로 나갔다.
웨스튼이 한숨을 쉬며 말했다.
"우리가 가장 희망을 걸고 의심하던 사람이 깨끗이 혐의가 풀렸군. 아니, 이거 니스든 아니오!"
니스든 경찰의가 약간 흥분된 모습으로 방으로 들어와서는 말했다.
"내게 보여 준 가루는 죽음과 관련된 것이더군요."
"그게 무엇이오?"
"무엇이냐고요? 흔히 헤로인이라고 불리는 것이죠."
콜게이트 경위가 휘파람을 불고는 말했다.
"좋아요. 이제 모양이 잡혀가는군요. 그 말을 들으니 마약이 이 사건 밑바탕에 놓여 있는 게 확실합니다."

제10장

 '레드 발'에서 몇 사람들이 몰려왔다. 간단한 조사는 일단 끝나고 심리는 2주일 뒤로 미뤄졌다. 로저먼드 단리는 마셜 대위와 함께 있었다.
 그녀는 낮은 목소리로 말했다.
 "별로 나쁘진 않았죠, 켄?"
 그는 곧바로 대답하지 않았다. 아마 사람들의 눈길이나 손가락을 의식하고 있는 것 같았다. 물론 심각하게 느끼는 것은 아니겠지만.
 "여보, 저 사람이에요."
 "저것 봐, 저 사람이 그 여자 남편이야."
 "저 사람이 그 남편이야."
 "저것 봐요, 저기 그 사람이 가고 있어……"
 이렇게 수군거리는 소리가 그의 귀에 들릴 정도는 아니었지만 그래도 그는 신경을 곤두세우고 있어야 했다.
 이것이 현재의 모습이다. 그가 부딪쳐 온 여러 일―'할 말 없음'이라는 뜻의 침묵으로 대하는 것을 교묘히 설득시켜서 말을 받아내는 젊은이들에게 적어도 이 말은 오해를 불러일으키지 않겠지 하고 내뱉은 몇 마디 말들이 그날 아침에는 전혀 엉뚱한 모습으로 변해 신문에 실렸다.

> 살인범이 그 섬으로 몰래 숨어 들어갔다는 가정하에서만 부인의 죽음에 대한 의문이 풀릴 수 있겠느냐고 묻자 마셜 대위는 이렇게 말했다. '글쎄요, 아마도 그렇겠지요.'

 카메라가 끊임없이 찰칵거렸다. 바로 그때 어떤 낯익은 목소리가 그의 귀에 들어왔다. 그는 반쯤 몸을 돌려 그를 바라보았다.

어떤 젊은이가 미소를 지으며 만족스러운 듯이 고개를 끄덕이고 있었다.

로저먼드가 중얼거리듯이 말했다.

"마셜 대위와 그의 친구가 심문 후에 레드 벌을 떠나다."

마셜이 얼굴을 찡그렸다.

로저먼드가 말했다.

"그래도 소용없어요, 켄! 사실을 받아들여야만 해요! 단지 아레나의 죽음만을 말하는 것이 아니에요. 내 말은 그에 따르는 모든 추악한 것들을 포함하는 거예요. 따가운 시선과 수군거리는 입들, 신문에 나는 그렇고 그런 문구들. 거기에 대처하는 가장 좋은 방법은 그것을 우습다고 여기는 거예요! 낡고 의미 없고, 그렇고 그런 문구들을 전부 받아들이세요. 그러고 나서는 그것들을 조롱하는 거예요."

그가 말했다.

"그것이 당신 방식이오?"

"그래요."

그녀는 잠시 멈췄다가 다시 말을 이었다.

"그것이 당신 생리에 맞지 않는다는 것은 알아요. 보호색으로 온몸을 감싸는 것이 당신의 성격이니까. 꼼짝 않고 움직이지 않으면서 배경으로 슬며시 사라지는 거죠. 하지만, 지금 당신은 모든 사람들이 볼 수 있을 정도로 선명하게 드러나 있어요—마치 흰 휘장 앞에 선 줄무늬 호랑이처럼. 바로 살해된 여자의 남편이죠!"

"제발, 로저먼드……"

그녀가 부드럽게 말했다.

"나도 당신을 위로해주고 싶어요!"

그들은 아무 말도 없이 몇 걸음 걸어나갔다.

마셜이 좀 다른 목소리로 말했다.

"당신이 그런 줄 나도 알아요, 로저먼드. 정말 고마워."

그들은 마을 밖으로 나갔다. 눈길들이 그들 주위를 맴돌고 있긴 했지만 가까이에는 아무도 없었다.
 로저먼드 단리의 목소리는 맨 처음처럼 가라앉아 있었다.
 "사실은 그렇게까지 나쁜 것은 아니잖아요?"
 그는 잠시 침묵을 지키다가 말했다.
 "난 모르겠소."
 "경찰은 어떻게 생각하나요?"
 "그들은 아무런 것도 밝혀내지 못했소."
 잠시 뒤 로저먼드가 말했다.
 "그 키 작은 남자―포와로 말이에요. 그 사람이 정말 이 사건에 관심이 있는 걸까요?"
 케네스 마셜이 말했다.
 "저번 날 보니 경찰서장의 손아귀에 꼭 잡힌 것 같더군."
 "나도 알아요. 하지만 그 사람이 아무런 행동도 하지 않은 건가요?"
 "내가 어떻게 알겠소, 로저먼드?"
 그녀는 생각에 잠기며 물었다.
 "그 사람은 무척 늙었더군요. 아마 노망이 들었는지도 모르죠."
 그들은 둑길에 다다랐다.
 그들 눈앞에 고요한 섬이 온통 햇빛을 받고 있었다.
 로저먼드가 불쑥 말을 꺼냈다.
 "때로는 모든 것들이 비현실적인 것만 같이 느껴져요. 지금은 그런 일이 일어났다고 믿어지지가 않는걸요."
 마셜이 천천히 말했다.
 "당신이 무슨 말을 하는지 알 것 같소. 자연은 그렇게 냉엄한 거요! 개미보다 못하지. 자연은 모두 다 그런 식이야!"
 로저먼드가 말했다.
 "그래요, 그것이 올바르게 사실을 바라보는 방법이에요."
 그는 그녀를 흘끗 쳐다보고는 낮은 목소리로 말했다.
 "걱정하지 말아요. 괜찮아, 다 괜찮아."

린다가 그들을 맞으러 둑길로 내려왔다. 그녀는 병적으로 신경이 날카로워져 있었다. 눈가에 짙은 화장을 해서 그녀의 앳된 얼굴이 망가져 있었다. 입술은 마르고 거칠었다.

그녀는 숨을 헐떡이며 말했다.

"어떻게 됐어요? 그들이 뭐라고 하던가요?"

그녀의 아버지가 무뚝뚝하게 말했다.

"2주일 뒤로 연기되었다."

"그렇다면, 아직도 해결하지 못했단 말인가요?"

"그렇단다. 증거를 더 모아야 하는 모양이다."

"하지만……, 그들은 어떻게 생각하고 있나요?"

마셜이 가볍게 미소를 지었다.

"아, 얘야, 그걸 누가 알겠니? 그런데 네가 말하는 그들은 누구니? 형사, 판사, 경찰, 신문기자들? 아니면 리더콤 만의 어부들?"

린다가 천천히 입을 열었다.

"제 이야기는……, 경찰 말이에요."

마셜이 냉담한 어조로 말했다.

"경찰 측에서 무엇을 생각하든 간에 현재로서는 전혀 입 밖에 내지 않는걸."

그 말을 하고 나서 그의 입술이 굳게 닫혔다. 그는 호텔 안으로 들어갔다.

로저먼드 단리가 그 뒤를 따라 들어가려고 하는데 린다가 그녀를 불렀다.

"로저먼드!"

로저먼드는 뒤를 돌아보았다.

소녀의 언짢은 얼굴에 나타난 소리없이 호소하는 듯한 표정이 그녀의 마음에 걸렸다. 그녀는 린다와 팔짱을 끼고 호텔 밖으로 걸어나가 섬의 끝까지 이어지는 좁은 길로 접어들었다.

로저먼드가 부드럽게 말했다.

"신경을 너무 많이 쓰지 않도록 해, 린다. 모든 것이 너무 끔찍했고, 또 큰 충격이었다는 것을 알아. 하지만, 그런 일을 가지고 곰곰이 생각해봤자 소용없는 일이야. 그래 봤자 괴로울 뿐이지. 너를 괴롭힌단 말이야. 너는 아레나를 조금도 좋아하지 않았잖니?"

그녀는 린다의 대답에서 그녀의 몸 전체에 퍼지는 소름을 느꼈다.

"그래요. 정말이지 그녀를 좋아하지 않았어요······."

로저먼드가 말을 계속했다.

"사람마다 슬픔은 다르단다. 그것을 피할 수도 없어. 하지만 슬픔을 마음에서 떨쳐 버려야만 충격과 괴로움을 극복할 수 있단다."

린다가 날카롭게 말했다.

"아직 잘 모르시는 것 같아요."

"나는 모두 알 것 같아."

린다가 머리를 설레설레 흔들었다.

"아니요. 모르고 계세요. 조금도 이해하지 못하세요. 크리스틴도 마찬가지예요! 두 분 모두 내게는 좋은 분이에요. 하지만 모두들 내가 무엇을 생각하고 있는지는 모를 거예요. 단지 그냥 병적이라고만 생각하고 있지요. 그저 내가 쓸데없이 늘 그런 생각에만 매달려 있다고만 생각할 뿐이죠."

그녀는 잠시 말을 중단했다.

"하지만, 절대 그렇지가 않아요. 내가 무슨 생각을 하고 있는지 아신다면······."

로저먼드가 우뚝 멈추어 섰다.

그녀의 몸은 떨리지 않았다―오히려 그 반대로 굳어 버렸다. 그녀는 잠시 그렇게 서 있다가 린다에게서 팔을 빼내고는 물었다.

"네가 아는 것이 뭐니, 린다?"

그 소녀는 그녀를 쳐다보았다. 그러고는 머리를 흔들며 중얼거렸다.

"아무것도 아니에요."

로저먼드가 그녀의 팔을 잡았다. 그 손의 힘이 너무 세었기 때문에 린다는 아파서 얼굴을 찡그렸다.

로저먼드가 말했다.

"조심해, 린다. 정말 조심해야 해."

린다의 얼굴이 창백해졌다.
"난 매우 신중해요, 언제나."
로저먼드가 급하게 말했다.
"얘야, 린다, 내가 조금 전에 말한 것도 마찬가지란다. 내가 백 배나 더할 거야. 모든 생각을 네 마음에서 내보내. 그러고는 생각하지 말란 말이야. 잊어야 해. 잊어버려……, 해보면 될 거야! 네 새엄마는 죽었고, 다시는 살아날 수 없어……. 모든 것을 잊어버리고 미래 속에 사는 거야. 그리고 무엇보다도 말을 조심해."
린다가 조금 움츠리며 말했다.
"아주머니는……, 모든 것을 아는 것 같군요?"
로저먼드가 힘차게 말했다.
"나는 아무것도 몰라! 내 생각에는 어떤 떠돌이 미치광이가 섬에 와서 아레나를 죽인 것 같아. 그것이 가장 그럴 듯한 해결책이니, 나는 경찰도 결국엔 그것을 인정할 거라고 분명히 확신해. 그것이 가장 가능성 있는 일이야. 아니, 사건은 바로 그렇게 일어난 거야!"
린다가 말했다.
"만일 아버지가……."
로저먼드가 그녀의 말을 막았다.
"그것에 대해서는 말하지 마."
린다가 말했다.
"한 가지는 말해야겠어요. 새엄마는……."
"그래, 그녀가 어쨌단 말이니?"
"새엄마는 살인사건으로 재판받은 적이 있었어요, 그렇죠?"
"그래."
린다가 천천히 말했다.
"그리고 그것 때문에 아버지가 새엄마와 결혼했어요. 그것은 마치 아버지는 살인이 별로 나쁜 일이 아니라고 생각한다는 뜻이 되는 것 아니겠어요? 때로는 말이에요."

로저먼드가 날카롭게 말했다.

"그런 말은 하지 마. 내게는 말이다! 경찰이 네 아버지를 의심하는 점은 없어. 그분에게는 알리바이가 있으니까. 경찰이 깰 수 없는 알리바이가 있단 말이야. 그러니까, 네 아버지는 매우 안전해."

린다가 속삭였다.

"경찰에서 처음에는 아버지를 의심했잖아요?"

로저먼드가 소리쳤다.

"그 사람들이 무슨 생각을 했는지는 몰라!"

그녀는 위엄 있게 말했다.

"하지만, 그들은 네 아버지가 그러지 않았다는 것을 안단다. 내 말 알겠니? 네 아버지가 그랬을 리가 없어."

그녀의 눈이 린다를 침묵하게 했다. 소녀는 긴 한숨을 내쉬었다.

로저먼드가 말했다.

"너는 곧 여기를 떠나게 돼. 그러면 모든 것을 잊게 될 거야, 모든 것을!"

린다가 예기치 못한 난폭한 태도로 불쑥 말했다.

"난 결코 잊지 못할 거예요!"

그녀는 퉁명스럽게 돌아 호텔로 뛰어갔다.

로저먼드는 그녀의 뒷모습을 멍하니 바라보고만 있었다.

"알고 싶은 게 있는데요, 부인."

크리스틴 레드펀은 우물거리는 태도로 포와로를 올려다보았다.

"좋아요!"

에르큘 포와로는 그녀의 우물거리는 태도를 별로 주의해보지 않았다. 그는 그녀의 눈길이 칵테일바 밖에서 테라스를 오르내리는 남편의 모습을 보는 것을 눈치 챘다. 하지만 그는 그런 것들에는 흥미가 없었다. 그는 단지 정보가 필요할 뿐이다.

"좋습니다, 부인. 바로 그 대목 말입니다. 부인이 전에 말한 그 대목이 내 주의를 끄는군요."

크리스틴은 여전히 패트릭을 쳐다보면서 말했다.

"예? 내가 뭐라고 했는데요?"

"경찰서장의 질문에 대답하는 도중에 한 말이 있습니다. 부인은 사건이 있던 날 아침에 린다 양의 방에 들어갔다가 그녀가 그곳에 없다는 것을 알았고, 또 나중에 그녀가 돌아왔다는 것을 설명해주었습니다. 그리고 그때 경찰서장이 그녀가 어디에 갔다 왔느냐고 물었죠."

크리스틴이 참을성 없게 말했다.

"그리고 나는 그 애가 수영하러 갔다고 말했어요. 그, 이야기인가요?"

"아! 하지만, 꼭 그렇게 말하진 않았습니다. 당신은 '그 애는 수영했어요.'라고 말하지 않았습니다. 부인은 '그 애는 수영했다고 하더군요.'라고 말했지요."

크리스틴이 말했다.

"그것은 똑같은 말이잖아요?"

"아니요, 똑같지가 않습니다. 당신의 대답 형태는 당신의 마음 상태를 알려줍니다. 린다 마셜이 방 안으로 들어왔습니다. 그녀는 수영모자를 쓰고 있었지요. 하지만 어떤 이유로 처음에 부인은 그녀가 수영했다고 여기지 않았지요. 이것은 '그 애는 수영했다고 하더군요.'라는 당신의 말에서 알 수 있습니다. 그녀의 모습에 어떤 이상한 점이 있었나요? 그것은 그녀의 태도였습니까? 아니면 그녀가 입고 있었던 그 무엇이든가, 또는 그녀가 말한 것 중 어떤 점이 그녀가 수영했다고 말했을 때 당신을 놀라게 했습니까?"

크리스틴은 패트릭에게서 시선을 떼어서 포와로에게 못박았다. 그녀는 흥미를 느꼈던 것이다.

"무척 예리하시군요. 그게 사실이에요. 지금 생각해보니……, 나는 사실 그 애가 수영했다고 말할 때 조금 놀랐어요."

"하지만 부인, 왜 그랬습니까?"

"오, 왜냐고요? 바로 지금 그것을 기억해내려고 애쓰고 있어요. 아, 그래요. 그것은 그녀 손에 들려 있던 꾸러미 때문이었던 것 같아요."

"그녀가 무슨 꾸러미를 갖고 있었습니까?"

"예."

"그 속에 무엇이 들어 있었는지 모르십니까?"

"아, 예, 알아요. 줄이 풀어졌거든요. 그것은 마을에서 묶었는지 느슨하게 묶여 있었어요. 그 속엔 양초가 들어 있더군요. 그것들이 바닥에 떨어져 흩어졌죠. 내가 그것을 주워 주었어요."

포와로가 말했다.

"아, 양초!"

크리스틴이 그를 쳐다보며 말했다.

"흥미를 느끼시는 것 같군요, 포와로 씨?"

포와로가 물었다.

"린다가 왜 양초를 샀는지 이야기했니까?"

크리스틴이 기억을 더듬어 보았다.

"아뇨. 그런 말을 한 것 같진 않아요. 아마 밤에 곁에 두고 책을 읽으려는 거였겠죠. 아마 전등불이 좋지 않았거나……."

"아뇨, 부인. 침대 옆에는 아무 고장도 없는 전구가 있었습니다."

크리스틴이 말했다.

"그렇다면, 그 애가 무엇에 쓰려고 그런 걸 사왔는지 모르겠군요."

포와로가 말했다.

"그녀의 태도는 어땠습니까? 그 꾸러미의 줄이 풀어져서 양초들이 떨어져 나왔을 때 말입니다."

크리스틴이 천천히 말했다.

"그 애는……, 무척 당황하더군요, 난처해하면서."

포와로가 고개를 끄덕이고 나서 물었다.

"그녀의 방에서 달력을 봤습니까?"

"달력? 어떤 달력 말인가?"

포와로가 말했다.

"아마 초록색 달력일 겁니다. 낱장으로 뜯게 되어 있는 것 말이오."

크리스틴이 기억해 내려고 눈을 가늘게 뜨고 생각에 잠겼다.

"초록색 달력……, 약간 밝은 색, 그래요. 그런 달력을 하나 봤어요. 하지만 어디서 본 것인지는 기억할 수가 없군요. 린다의 방에서였을 수도 있겠지만……, 확실치는 않아요."

"하지만, 분명히 부인은 그런 것을 보았죠?"

"예."

또다시 포와로가 고개를 끄덕였다.

크리스틴이 날카롭게 말했다.

"무슨 생각을 하시는 건가요, 포와로 씨? 거기에 무슨 의미가 숨겨져 있는 건가요?"

포와로는 대답 대신 빛바랜 갈색 송아지 가죽으로 제본된 작은 책을 꺼내 놓고 말했다.

"이것을 본 적이 있습니까?"

"어머, 내 생각엔……, 확실치가 않은데. 맞아요, 린다가 요 전날 상점에서 이 책을 꺼내어 들여다보는 것을 봤어요. 하지만, 내가 그 애에게 다가서자 그것을 덮어서 재빨리 제자리로 밀어 넣더군요. 그래서 그것이 무슨 책인가 했었죠."

포와로가 조용히 그 제목을 보여 주었다.

《마법과 요술, 그리고 미지의 독약 혼합물의 역사》

크리스틴이 말했다.

"이해가 안 가는군요, 이게 무슨 말이죠?"

포와로가 엄숙하게 말했다.

"이것은 많은 것을 의미할 수도 있지요, 부인."

그녀는 의심스러운 듯이 그를 쳐다보았다.

그러나 그는 더 이상 설명해주지 않았다. 대신에 그는 질문했다.

"한 가지 더 묻겠습니다, 부인. 당신은 그날 아침 테니스 치러 가기 전에 목욕을 했습니까?"

크리스틴이 다시 그를 물끄러미 바라보았다.

"목욕? 시간도 없었겠지만, 하고 싶지도 않았어요. 그때는 테니스를 치기 전이었으니까. 아마 테니스를 치고 난 후에 했던 것 같아요."

"당신이 방에 들어갔을 때 욕실을 썼나요?"
"단지 얼굴과 손을 약간 씻은 정도였어요."
"목욕물은 전혀 안 틀었나요?"
"물론이죠. 확실히 틀지 않았어요."
포와로가 끄덕이며 말했다.
"뭐 별로 대수롭지 않은 일입니다."

에르큘 포와로는 그림 맞추기 놀이와 씨름하는 가드너 부인의 탁자 옆에 멈춰 섰다.
그녀가 위를 쳐다보며 펄쩍 일어났다.
"세상에, 포와로 씨! 어쩌면 그렇게 소리도 없이 내 곁으로 오셨나요! 전혀 오시는 소리를 못 들었어요. 수사하다가 오신 건가요? 수사는 생각만 해도 나를 신경과민으로 만든답니다. 난 어떻게 해야 할지 모르겠어요. 그래서 이 퍼즐을 하는 거랍니다. 보통 때처럼 해변에 나갈 수 없을 것 같아요. 남편도 잘 알고 있지만, 나는 마음이 초조할 때는 이런 퍼즐을 하는 것만큼 좋은 것이 없답니다. 오, 이 흰 조각은 어디에 들어맞을까? 털 양탄자의 한 부분이 틀림없는데 도대체 알 수가 없어……."
포와로의 손이 부드럽게 그 조각을 집어들었다.
"이것은 여기에 맞는 거군요. 고양이의 한 부분입니다."
"그럴 리가 없어요. 그건 검은 고양이잖아요."
"그렇습니다. 검은 고양이입니다. 하지만, 이 검은 고양이의 꼬리 끝이 공교롭게도 흰색이군요."
"오, 그렇군요! 참 예리하시네요? 하지만, 퍼즐을 만드는 사람들은 비열해요. 그들은 속이려고만 들거든요."
그녀는 또 한 조각을 맞추고는 다시 말을 했다.
"있잖아요, 포와로 씨, 난 요 하루 이틀 사이에 당신을 지켜봤어요. 그냥 당신이 수사하는 모습을 보고 싶었던 거죠. 내 말뜻을 아시겠지만 말이에요. 마치 그 모든 것이 장난인 것 같더군요. 이렇게 말하는 것이 쌀쌀맞게 들릴지도 모르지만, 죽은 여자는 불쌍하죠. 오, 그 사건을 생각할 때마다 난 떨려요! 오늘 아침에 남편에게 여기를 떠나야겠다고 말했어요. 그랬더니 이제 수사도 끝났으니 남편도 내일이면 우리가 여길 떠날 수 있을 거라고 하더군요. 그것은 분명히 축복이죠. 하지만, 나는 당신이 수사하는 방법을 알고 싶어요. 당신이 그런 것을 내게 말해준다면 난 특권 같은 걸 느낄 거예요."

에르큘 포와로가 말했다.

"그것도 약간은 당신의 퍼즐 게임과 비슷합니다, 부인. 우리는 조각을 모으죠. 그것은 모자이크와 같은 겁니다. 여러 가지 많은 색과 모양들, 그리고 이상한 모양을 한 작은 조각들이 본래의 그 자리에 맞춰져야 하지요."

"그것참 재미있군요. 오, 당신은 그것을 너무도 멋있게 설명해주셨어요."

포와로가 말을 계속했다.

"그리고 때때로 그것은 당신의 퍼즐 조각과 같습니다. 여러 가지로 퍼즐 조각들을 배열해본답니다. 그리고 같은 색깔끼리 골라내어 한 조각을 양탄자에 끼워 맞춰 보는 거지요. 원래는 검은 고양이 꼬리에 들어가야 하는 건데."

"오! 정말 놀랍군요. 그런데 그 조각들이 많이 있나요, 포와로 씨?"

"그렇습니다, 부인. 이 호텔에 있는 사람들 거의 모두가 내 퍼즐의 한 조각이 되죠. 부인도 그들 중 한 사람이고요."

"나도요?"

가드너 부인의 목소리가 떨렸다.

"그렇습니다. 당신의 말 중 한마디가 특히 도움이 되었습니다. 그것은 아주 적절한 것이었다고 생각합니다."

"오, 정말 기뻐요. 좀더 자세히 말해주시겠어요, 포와로 씨?"

"아, 부인, 난 마지막 장을 위해 그 설명을 남겨 놓겠습니다."

가드너 부인이 중얼거리듯이 탄식했다.

"참으로 너무하시는군요!"

에르큘 포와로는 마셜 대위의 방문을 가볍게 두드렸다. 그 안에서는 타자기 소리가 들렸다. 무뚝뚝하게 '들어오시오'라는 소리가 들려오자 포와로는 안으로 들어갔다. 마셜 대위는 등을 보이고 앉아 있었다. 그는 두 개의 창문 사이에 놓인 탁자에서 타자를 치는 중이었다.

그는 얼굴은 돌리지는 않았지만, 바로 앞에 걸려 있는 거울을 통해 포와로와 눈이 마주쳤다.

그가 조바심을 내면서 물었다.

"무슨 일입니까, 포와로 씨?"

포와로가 재빨리 말했다.

"방해해서 대단히 죄송합니다. 지금 바쁘십니까?"

마셜이 짧게 대답했다.

"조금 바쁩니다."

포와로가 말했다.

"내가 질문하고 싶은 것은 별로 대수롭지 않은 것입니다만……"

마셜이 말했다.

"젠장, 난 이제 대답하는 것에는 진저리가 납니다. 난 경찰의 질문에 모두 대답했소. 당신의 질문에까지 대답해야 할 의무는 못 느끼겠소."

포와로가 말했다.

"내 질문은 아주 간단한 겁니다. 단지 하나뿐입니다. 당신의 부인이 죽던 날 아침, 당신은 타자를 다 치고 테니스 치러 나가기 전에 목욕을 했습니까?"

"목욕? 아니오, 물론 안 했소. 그보다 한 시간 전에 목욕했었소!"

에르큘 포와로가 말했다.

"고맙소, 그것이 전부입니다."

"하지만, 이것 보시오, 아!"

그는 갑자기 말을 멈추었다.

포와로는 점잖게 문을 닫고 나갔다.

케네스 마셜이 중얼거렸다.

"저 사람 미쳤군."

칵테일바 바깥에서 포와로는 가드너를 만났다. 그는 칵테일 두 잔을 들고 있었는데, 분명히 가드너 부인이 그림 맞추기를 하면서 편하게 앉아 있는 곳으로 가는 중이리라.

그는 정다운 태도로 포와로에게 미소를 지었다.

"함께 하시겠소, 포와로 씨?"

포와로가 고개를 저으며 말했다.

"그 심문에 대해 어떻게 생각했습니까, 가드너 씨?"

가드너가 목소리를 낮추어 말했다.

"나에 대한 질문은 별로 중요하지 않은 것 같던데요. 내 생각엔 경찰은 뭔가를 수중에 가진 것 같아요."

포와로가 말했다.

"그럴지도 모르죠."

가드너가 더욱 목소리를 낮추었다.

"내 아내가 이 사건에서 멀어졌으면 좋겠습니다. 집사람은 아주 민감한 여자라서 이 사건이 신경을 크게 자극한 모양입니다. 아주 극도로 흥분하고 있습니다."

에르퀼 포와로가 말했다.

"한 가지 물어도 좋을까요, 가드너 씨?"

"물론이죠, 포와로 씨. 내가 할 수 있는 한 기꺼이 도와 드리겠습니다."

에르퀼 포와로가 말했다.

"당신은 세상 경험이 풍부한 사람입니다. 내 생각엔 상당히 예리한 분 같습니다. 죽은 마셜 부인에 대한 당신의 생각을 솔직하게 말해주시겠습니까?"

가드너의 눈썹이 놀란 듯 치켜세워졌다. 그는 조심스럽게 주의를 살펴보더니 목소리를 낮추었다.

"저, 포와로 씨, 나는 여자들 사이에서 오가는(내 말이 무슨 뜻인지 아시겠죠) 이야기 몇 가지를 들었습니다."

포와로가 고개를 끄덕였다.

"하지만, 내 생각을 물으신다면 솔직하게 말씀드리죠. 내가 보기엔 그 여자가 상당히 바보 같았습니다."

에르퀼 포와로가 생각에 잠기며 말했다.

"거참, 재미있군요."

로저먼드 단리가 말했다.
"그래서 이젠 내 차례로군요!"
"뭐라고요?"
그녀는 웃었다.
"요 전날에 경찰서장이 그분을 심문했었죠. 그때 당신은 곁에 앉아 있었고요. 하지만 오늘은 당신이 직접 수사를 하시려는 것 같군요. 난 당신을 주시해 왔어요. 처음엔 레드펀 부인, 그리고 라운지의 창을 통해 가드너 부인이 지켜운 퍼즐 게임을 하는 곳으로 가는 당신의 모습을 봤어요. 이젠 내 차례죠."
에르큘 포와로가 그녀 곁에 앉았다. 그들은 서니 레지에 있었다.
그들 아래에는 바다가 짙은 녹색으로 출렁거리고 있었다. 그 속은 깊은 푸른색이었다.
포와로가 말했다.
"당신은 매우 예리하시군요, 단리 양. 나는 여기 온 이후로 줄곧 그렇게 생각해왔습니다. 당신과 이 사건을 이야기하게 되어서 기쁘군요."
로저먼드 단리가 부드럽게 말했다.
"당신은 그 모든 일에 대해 내가 어떻게 생각하는지 알고 싶으신 거죠?"
"그렇게 되면 더욱 재미있겠습니다."
로저먼드가 말했다.
"그것은 매우 간단한 것 같아요. 실마리는 그 여자의 과거에 있어요."
"과거? 현재가 아니고?"
"오! 그렇다고 꼭 아주 먼 과거일 필요는 없어요. 난 그렇게 생각해요. 아레나 마셜은 매력적이었어요. 특히 남자들에게 매우 매력이 있었지요. 또한 그녀가 그들에게서 빨리 싫증을 느꼈던 것도 사실일 거예요. 그녀의, 추종자라고 할까요. 그러한 남자 중에서 그런 점에 화를 내는 남자가 있었다고 생각해보세요. 오, 오해하지는 마세요. 특정하게 누구를 지목해서 하는 말은 아니니까. 아마도 진지하지 못하고, 작고, 자만심이 강하고, 민감한, 그러면서 깊은 생각에 곧잘 빠지는 그런 종류의 남자겠지요. 그가 그녀를 쫓아 여기 온 것 같아요. 그러고는 기회를 엿보다 죽였겠죠."

"그러면 그가 외부인이었다. 즉, 육지에서 왔다는 말입니까?"

"그렇습니다. 아마도 그는 기회를 얻을 때까지 동굴에 숨어 있었겠지요."

포와로가 고개를 저으며 말했다.

"그녀가 당신이 묘사한 그런 남자를 만나러 그곳에 갔을까요? 아닙니다. 그녀는 비웃기만 하지, 가지는 않았을 겁니다."

로저먼드가 말했다.

"그를 만나게 되리라고는 생각하지 못했을 수도 있죠. 그가 다른 사람의 이름으로 소식을 보냈을 수도 있으니까요."

포와로가 중얼거리듯이 말했다.

"그것도 가능하겠군. 하지만, 한 가지를 잊고 있군요. 살인을 결심한 사람이 멀쩡한 대낮에 둑길을 가로질러 호텔을 지나가는 위험을 감수할 수는 없었습니다. 누군가가 그를 볼 수 있으니까요."

"그렇겠죠. 하지만 그것이 확실하다고는 생각지 않아요. 그가 전혀 다른 사람들 눈에 안 띄고 오는 것도 가능하다고는 생각하지 않으세요? 나는 당연히 그럴 가능성이 있다고 생각해요."

"물론 가능한 이야기이긴 합니다. 하지만 중요한 점은, 그는 그런 가능성에만 의존할 수는 없었을 겁니다."

로저먼드가 말했다.

"뭔가를 잊고 계시지 않으세요? 날씨 말이에요."

"날씨?"

"그래요. 살인사건이 난 날 아침은 아름다운 날이었지만, 생각나세요? 그 전날엔 비가 오고 안개가 자욱했었죠. 그러니까 그 누구라도 사람들 눈에 띄지 않고 섬으로 올 수 있잖겠어요? 그러면 그는 해변으로 내려가 동굴에서 밤을 보내기만 하면 됩니다. 안개가 중요해요, 포와로 씨."

포와로가 조심스럽게 그녀를 잠시 바라보았다.

"당신이 지금 말한 것에는 많은 것이 담겨 있군요."

로저먼드가 얼굴을 붉히며 말했다.

"그것은 단지 내 생각일 뿐이에요. 가치가 있을지는 모르지만. 자, 이제 당신 생각을 이야기해주시죠."

"아!" 포와로가 말했다.

그는 바다를 내려다보았다.

"부인, 나는 매우 단순한 사람입니다. 나는 언제나 가장 그럴듯한 사람이 범죄를 저지른다는 생각을 합니다. 처음엔 그런 사람이 매우 분명하게 드러나는 것 같았지요."

로저먼드의 목소리가 조금 굳어지며 말했다.

"그래서요?"

에르큘 포와로가 말을 계속 이었다.

"하지만, 왜 뜻하지 않은 암초가 있지 않습니까? 나는 그 사람이 죄를 저질렀다는 게 불가능하다고 생각합니다."

그는 그녀가 숨을 가쁘게 몰아쉬는 소리를 들었다.

그녀는 숨이 찬 듯이 헐떡이며 말했다.

"그래서요?"

에르큘 포와로가 어깨를 으쓱했다.

"그러니 어떻게 하면 좋겠습니까? 그것이 문제입니다."

그는 말을 멈추었다가 계속했다.

"한 가지 물어도 괜찮을까요?"

"물론이죠."

그녀는 딱딱하고 경계하는 모습으로 그를 바라보았다. 그러나 그에게서 좋은 질문은 기대하지 않았다.

"당신이 그날 아침 테니스를 치기 위해 옷을 갈아입으러 들어갔을 때 목욕을 했나요?"

로저먼드가 그를 바라보았다.

"목욕? 무슨 뜻이죠?"

"목욕 말입니다. 도기로 만들어진 욕조에 물을 채워 넣고 그 안에 들어갔다가 나와서 몸을 부르르 털면 그 물은 하수도를 타고 내려가지요!"

"포와로 씨, 당신 미쳤나요?"

"아니오, 난 지극히 정상입니다."

"어떻든 난 목욕은 안 했어요."

"하!" 포와로가 말했다.

"그러면 결국 아무도 목욕을 하지 않았군요. 그것참 매우 재미있군."

"하지만, 누가 목욕을 했겠어요?"

에르퀼 포와로가 말했다.

"오, 왜요?"

로저먼드는 조금 숨이 차서 말했다.

"그것은 셜록 홈스의 기술이로군요."

에르퀼 포와로가 웃었다. 그리고 그는 조심스럽게 공기 냄새를 맡았다.

"내가 좀 주제넘은 이야기를 해도 되겠습니까?"

"당신은 그렇게 무례하지는 않을 거예요, 포와로 씨."

"참 친절하시군요. 당신이 쓰는 향수는 매우 좋은 것 같습니다. 그것은 깊은 의미를 지니고 있어요—아주 미묘하고 알기 어려운 매력을."

그는 손을 흔들고는 보통의 목소리로 말했다.

"가브리엘 8번인가요?"

"예리하시군요. 그래요, 난 늘 그것을 써요."

"죽은 마셜 부인도 마찬가지였어요. 그 향수는 고급이죠? 매우 비쌀 텐데?"

로저먼드가 엷은 미소를 지으며 어깨를 으쓱했다.

포와로가 말했다.

"부인은 범죄가 있던 날 이곳에 앉아 있었지요. 당신이나, 아니면 당신의 양산 모습이 바다를 지나가던 레드펀과 브루스터 양의 눈에 띄었습니다. 당신은 아침에 픽시 코브로 가서 그곳에 있는 동굴에 들어가지 않은 것이 확실합니까. 그 유명한 '요정의 동굴'에 말입니다."

로저먼드가 얼굴을 돌려 그를 바라보았다. 그녀는 낮은 목소리로 말했다.

"당신은 내가 아레나 마셜을 죽였느냐고 묻는 건가요?"

"아닙니다. 당신이 그 '요정의 동굴'에 갔었는지만 알고 싶은 겁니다."

"나는 그것이 어디에 있는지도 몰라요. 내가 왜 그 안에 들어갔겠어요? 뭣 때문에?"

"사건이 있었던 날, 가브리엘 8번 향수를 쓰는 사람이 동굴에 있었습니다."

로저먼드가 날카롭게 말했다.

"아레나 마셜도 같은 향수를 쓴다고 하셨잖아요? 그녀는 그날 해안에 갔었어요. 그러니 아마 그녀가 동굴에 들어갔겠죠"

"왜 그녀가 동굴 안으로 들어갔을까요? 그곳은 어둡고 좁고, 또 매우 불편하더군요."

로저먼드가 참을성 없이 말했다.

"내게 이유를 따져 묻지는 마세요. 그녀가 해안에 갔었으니까, 그녀가 가장 가능성이 있는 사람 아니에요? 나는 그날 아침 내내 이곳을 떠난 적이 없었다고 이미 말씀드렸잖아요."

"당신이 호텔로 가서 마셜 대령의 방에 간 때만 제외하고요."

포와로가 그녀의 말을 고쳐 주었다.

"예, 물론이지요. 내가 그것을 잊었군요."

포와로가 말했다.

"그렇지만, 당신은 실수했더군요. 마셜 대위가 당신을 보지 못했다고 한 것 말입니다."

로저먼드가 믿을 수 없다는 듯 말했다.

"케네스가 날 보았다고요? 그 사람이 그렇게 말하던가요?"

포와로가 고개를 끄덕였다.

"그는 탁자 위 벽에 걸린 거울을 통해 당신을 보았다고 하더군요."

로저먼드가 숨을 멈추고 말했다.

"오, 알겠어요!"

포와로는 이제는 바다를 내다보고 있지 않았다.

그는 무릎 위에 깍지를 끼는 로저먼드 단리의 두 손을 보고 있었다. 매우 긴 손가락을 가진 아름답고 예쁜 모습의 손이었다.

로저먼드는 그를 흘끗 쏘아보면서 그의 눈길이 가는 방향을 따라갔다. 그녀가 날카롭게 말했다.
"왜 내 손을 보시는 거죠? 당신은……, 당신은 그렇게 생각……?"
포와로가 말했다.
"내가 무엇을 생각한단 말입니까, 단리 양?"
로저먼드 단리가 말했다.
"아무것도 아니에요."

에르큘 포와로가 걸 코브에 이르는 오솔길의 꼭대기로 온 것은 대략 한 시간 뒤였다. 해변에는 누군가가 앉아 있었다. 붉은 셔츠와 진한 푸른색 반바지를 입은 모습이었다.
포와로는 그 오솔길을 꼭 끼는 구두로 조심스레 내디디며 내려갔다.
린다 마셜이 날카롭게 머리를 돌렸다. 그는 그녀가 약간 움찔했다고 생각했다. 그가 조심스럽게 그녀의 옆에 있는 조약돌 위로 몸을 굽힐 때, 그녀의 두 눈은 덫에 걸린 동물의 의심스런 눈길처럼 그를 주시했다.
그는 그녀가 격렬한 고통에 대해 얼마나 여리고 상처입기 쉬운가를 알고 있었다.
그녀가 말했다.
"뭐예요? 뭘 원하시나요?"
에르큘 포와로는 잠시 동안 대답을 하지 않았다. 그러고 나서 그가 물었다.
"요 전날 경찰서장에게 네 새엄마를 좋아했었고, 또 새엄마도 네게 잘 대해 주었다고 했지?"
"그래서요?"
"그것은 사실이 아니더구나, 얘야."
"아니에요, 사실이었어요."
포와로가 말했다.
"그녀는 외부적으로는 잘해 주었을지도 모르지. 그 점은 너를 믿는다. 하지만 너는 새엄마를 좋아하지 않았어. 아니, 내 생각엔 매우 싫어했던 것 같다.

아주 뻔한 일이지."

린다가 말했다.

"물론 새엄마를 그렇게 많이 좋아하지는 않았어요. 하지만, 사람이 죽었는데 그런 이야기를 할 수는 없잖아요. 그것은 점잖지 못한 일이에요."

포와로가 한숨을 쉬고는 말했다.

"학교에서 그런 것을 가르쳐주던가?"

"약간요."

에르퀼 포와로가 말했다.

"사람이 살해당했을 때는 진실한 것이 점잖은 것보다 더 중요해."

린다가 말했다.

"당신은 물론 그런 말을 하시겠지요."

"내가 당연히 그렇게 말해야 하고, 또 지금 그렇게 말하고 있어. 누가 아레나 마셜을 살해했나를 밝히는 것이 내 임무니까."

린다가 중얼거렸다.

"전 그 모든 것을 잊고 싶어요. 너무도 끔찍한 일이에요."

포와로가 점잖게 말했다.

"하지만, 잊을 수가 없겠지, 안 그러니?"

린다가 말했다.

"제 생각엔 어떤 짐승 같은 사람이 새엄마를 죽인 것 같아요."

에르퀼 포와로가 중얼거렸다.

"아니다, 난 그럴 거라고는 생각하지 않아."

린다가 숨을 멈추며 말했다.

"당신은 마치 아시는 것 같이 말씀하시는군요."

포와로가 말했다.

"어쩌면 알고 있는지도 모르지."

그는 잠시 말을 멈추었다가 계속했다.

"얘야, 내가 네 고통을 덜어 주기 위해 최선을 다한다는 걸 믿어 주겠니?"

린다가 발딱 일어서며 말했다.

"전 아무 문제도 없어요. 저를 위해 해줄 수 있는 일은 아무것도 없어요. 그리고 무슨 이야기를 하는 것인지도 모르겠어요."

포와로가 그녀를 바라보며 말했다.

"난 양초에 대해서 이야기하고 있는데……."

그는 그녀의 눈가에 번지는 공포를 보았다.

그녀가 소리쳤다.

"더 이상 듣고 싶지 않아요! 안 듣겠어요."

그녀는 해변을 어린 영양처럼 가로질러서, 갈지(之)자로 난 오솔길을 날아가듯 달아났다.

포와로는 머리를 흔들었다. 그는 엄숙하고도 당혹해 보였다.

콜게이트 경위는 경찰서장에게 보고하는 중이었다.

"한 가지 문제에 관심을 집중시켰는데, 매우 놀랄 만한 성과를 얻었습니다. 마셜 부인의 돈에 대해 알아낸 겁니다. 그녀의 변호사들과 함께 그 문제를 조사했습니다. 그 사람들에게는 조금 충격적이었던 모양입니다. 아무튼 그 협박 건에 대한 증거를 얻었습니다. 어스킨 노인이 그녀에게 5만 파운드를 남겼다는 것 기억나세요? 저, 그중에서 겨우 1만 5천 파운드만이 남아 있더군요."

경찰서장이 휘파람을 불었다.

"오! 나머지는 어떻게 된 거지?"

경위가 말했다.

"그 점이 재미있는 사실입니다. 그녀는 가끔 자기 물건까지 팔아 치웠습니다. 그러고는 매번 그것을 현금이나 수표로 바꾸었습니다. 즉, 그녀는 어느 누군지는 모르지만 그에게 자기를 그만 쫓아다녀 달라고 하며 돈을 건네준 겁니다. 분명히 협박이었겠죠."

경찰서장이 고개를 끄덕였다.

"그럴듯하군. 그리고 그 협박자가 이 호텔에 있다면 세 사람 중 하나가 틀림없다는 뜻이야. 그들에 대해 뭐 새로운 것을 알아냈나?"

"확실한 것을 얻었다고는 할 수 없습니다. 바리 소령은 자기 말대로 퇴역 군인입니다. 단순하게 살고 있으며 주식을 투자해서 돈을 좀 벌었고, 연금도 받지요. 그런데 작년에 그의 은행 계좌에 상당한 금액이 넣어졌더군요."

"흠, 흥미가 끌리는 대목 같군. 그는 그것에 대해 뭐라고 설명하던가?"

콜게이트 경위가 말했다.

"노름에서 딴 돈이라고 하더군요. 그가 커다란 경마 모임에 나간다는 것이 밝혀졌습니다. 경마에 돈을 건답니다. 하지만, 장부는 기록하지 않고요."

경찰서장이 고개를 끄덕였다.

"거기에서 꼬투리를 잡긴 어렵겠군. 하지만, 가능성은 있어."

콜게이트가 말을 계속했다.

"다음으로, 목사인 스테픈 레인입니다. 그는 신앙이 깊은 사람이지요. 서리 군의 화이트리지에 있는 세인트 헬렌에서 살았는데 건강이 좋지 않아 약 2년 전에 목사를 그만두었더군요. 정신병원에 갈 정도였거든요. 그는 그곳에서 1년 넘게 있었답니다……."

웨스튼 대령이 말했다.

"흥미 있군."

"그렇습니다. 그의 담당의사에게서 가능한 정보를 얻어내려 했지만, 왜 의사들을 아시지 않습니까? 그들을 설득시키기는 정말 어렵더군요. 하지만, 제가 캔낸 바로는 목사의 병은 악에 대한 강박관념이었습니다. 특히 여자로 위장한 악마에 대해 극도로 예민했죠. 창녀—바빌론의 창녀."

"흠……." 웨스튼이 말했다.

"거기에 관련된 살인사건도 있긴 했었지."

"그렇습니다. 내 생각엔 스테픈 레인도 최소한 가능성이 있다고 봅니다. 죽은 마셜 부인은 목사가 창녀라고 부를 만한 그런 여자 중 하나였거든요. 그 사고방식이나 이상한 행동, 그 모든 것들이 말입니다. 그녀를 제거하는 것이 자기에게 주어진 임무라고 느꼈을 수도 있을 겁니다. 정말로 목사가 머리가 돌았다면 말입니다."

"협박 건에 맞는 것은 없는가?"

콜게이트가 말했다.

"없습니다. 그 점에서만 생각한다면 그를 제외할 수 있다고 생각합니다. 목사도 재산이 있기는 하지만 그다지 많지는 않아요. 더구나 요즘 들어 갑자기 증가한 사실도 없고요."

웨스튼이 말했다.

"범죄가 있던 날 그의 행적에 대해서는 어떤가?"

"그것이, 확증할 만한 것을 얻을 수 없습니다. 아무도 길에서 목사를 만난 것을 기억하지 못하더군요. 그 교회의 방명록 역시 마지막 방문객이 사흘 전이었고, 2주일간 아무도 그것을 보지 않았답니다. 그는 분명히 그 전날 거기 갔었거나 아니면 이틀 전에 가서 자신의 방문 날짜를 25일로 적어놓을 수 있었을 겁니다."

웨스튼이 고개를 끄덕이며 말했다.

"그리고 세 번째 남자는?"

경위가 계속 말을 이었다.

"호레이스 블래트 말인가요? 내가 보기에 그에게는 분명히 수상한 구석이 있습니다. 그는 철물 사업에서 버는 돈보다 훨씬 많은 액수의 소득세를 내니까요. 게다가 그는 아주 교활한 사람입니다. 아마 적당히 꾸며댈 수도 있을 겁니다. 예를 들어 증권 거래소에서 다소 모험을 해볼 생각으로 암거래한다든지 하는 식으로 말입니다. 아, 그래요. 그럴듯한 설명이 달리 또 있을 수도 있겠지요. 하지만, 그가 지난 몇 년 동안 음성적으로 상당한 액수의 돈을 벌어 왔다는 것만은 부인할 수 없는 사실입니다."

웨스튼이 말했다.

"그럼, 호레이스 블래트가 전문적인 협박범이라는 이야기가 되는 건가?"

"그럴 수도 있고, 마약에 관계되는 것일 수도 있습니다. 마약 사건을 맡은 군(郡) 형사인 리지웨이를 만났는데, 그는 매우 예리하더군요. 최근에 상당한 양의 헤로인이 입수된 것 같습니다. 그들은 판매망을 수사 중인데, 판매 조직을 아는 것 같습니다. 하지만, 그들이 모르는 것은 마약이 우리나라로 들어오는 경로입니다."

웨스튼이 말했다.

"만일 마셜 부인의 죽음과 관련이 있건 없건, 마약 조직에 관련된 인물이 있다면 이 사건 전부를 런던경시청으로 넘기는 것이 좋겠군. 그들 소관이니 말일세. 자네 생각은 어떤가?"

콜게이트 형사가 약간 속상한 듯이 말했다.

"옳은 말씀 같군요. 그것이 마약이라면 당연히 런던경시청에서 맡을 사건이지요."

웨스튼이 잠시 생각하고 나서 말했다.

"그것이 정말로 가장 그럴듯한 해석 같군."

콜게이트가 우울하게 고개를 끄덕였다.

"그렇습니다. 마셜은 거기서 제외됩니다. 그의 알리바이가 그렇게 완벽하지만 않았다면 필요한 정보를 얻었을 텐데. 그의 회사는 거의 파산지경인 것 같더군요. 그의 잘못도, 그 부모의 잘못도 아닙니다. 단지 작년에 몰아닥친 불황의 결과였죠. 상업과 금융계에서 자주 일어나는 그런 결과일 뿐입니다. 그리고 그는 자기 아내가 죽으면 5만 파운드를 물려받는다는 사실을 알고 있었습니다. 물론 그만한 돈이면 상당히 유용하게 쓰일 수 있는 액수일 겁니다."

그는 한숨을 쉬었다.

"살인과 관계될 수 있는 적절한 동기가 있는데도, 살인과 아무 관련이 없었다는 것이 증명된 점이 유감스러울 뿐입니다!"

웨스튼이 미소를 지었다.

"기운을 내게, 콜게이트. 아직도 우리가 힘을 쓸 기회가 있어. 아직도 검은 악마의 가능성이 있고, 미친 목사의 가능성도 있잖나? 하지만, 나는 개인적으론 마약설이 가장 그럴듯하다고 생각하네."

그는 또 이렇게 덧붙였다.

"그리고 만일 그녀를 살해한 것이 마약 조직의 일원이었다면, 우리는 런던 경시청이 마약 사건을 해결하는 데 도움을 주는 도구가 되는 셈이야. 사실, 지금까지 모든 것을 자세히 따져 볼 때 우리도 꽤 잘했잖나."

콜게이트가 마지못해 미소를 지었다.

"저, 그렇군요. 그런데 그녀의 방에서 발견된 편지를 쓴 사람을 조사해보았습니다. JN이라고 사인한 사람 말입니다. 정말 밋밋하더군요. 그는 매우 안전하게 중국에 있습니다. 브루스터 양이 말한 바로 그 남자 말입니다. 나이 어린 망나니랄까요. 또한 마셜 부인의 친구들과 그밖에 사람들도 조사해보았습니다. 아무런 이상이 없더군요. 이제 조사할 수 있는 건 모두 조사했습니다."

웨스튼이 말했다.

"그럼, 나머지는 우리에게 달렸군."

그는 잠시 멈추었다가 말을 덧붙였다.

"그 벨기에 노인네는 어떤가? 자네가 내게 말해준 것을 그 사람은 모두 알고 있는가?"

콜게이트가 씩 웃으며 말했다.

"그는 정말 이상한 사람이더군요. 그 사람이 그저께 내게 무엇을 물었는지 아십니까? 최근 3년간의 교살 사건에 대한 자료를 알려 달라고 하더군요."

웨스튼 서장이 똑바로 고쳐 앉았다.

"그가 그랬나, 그가? 거참……."

그는 잠시 말을 멈추었다.

"스테픈 레인 목사가 정신 병원에 갔었다고 했지?"

"1년 전 부활절 때였습니다."

웨스튼 서장이 곰곰이 생각에 잠겨 있다가 말했다.

"이런 사건이 있었어. 백쇼트 근처에서 어떤 젊은 여자의 시체가 발견되었지. 그녀는 어느 곳인가로 남편을 만나러 갔다가 돌아오질 않았어. 그리고 신문에 '외로운 시체의 수수께끼'라는 기사가 실렸네. 내 기억이 정확하다면 둘다 서리 군에서였어."

그의 두 눈이 경위의 눈과 마주쳤다.

콜게이트가 말했다.

"서리 군이라고요? 내 말이 들어맞는군요. 그렇지 않습니까? 내 생각에는……."

에르퀼 포와로는 그 섬의 꼭대기에 있는 잔디밭에 앉아 있었다.

그의 왼쪽에는 픽시 코브로 내려가는 쇠사다리의 처음 부분이 있었다. 그는 사다리 윗부분 근처에는 커다란 바위 몇 개가 있어서 아래 해변으로 내려가는 사람을 가려 주는 것을 바라보고 있었다.

해변은 깎아지른 듯한 절벽의 비탈 때문에 위에서 보면 잘 보이지 않았다.

에르퀼 포와로는 고개를 엄숙하게 끄덕였다.

그의 모자이크 조각들이 제자리로 맞아들어가고 있었다. 그는 그 조각들을 따로따로 분리해서 조사했었다.

아레나 마셜이 죽기 며칠 전 해수욕장 해변에서의 아침.

하나, 둘, 셋, 넷, 다섯 가지 이야기가 그날 아침에 나왔다.

브리지 게임을 하던 그날 저녁, 그와 패트릭 레드펀과 로저먼드 단리는 한 테이블에 앉아 있었다. 크리스틴은 자기가 쉬는 사이에 이리저리 다니면서 사람들의 대화를 엿들었다고 했다.

그 시간에 라운지에 있었던 사람들이 누구누구였지?

또 없었던 사람은 누구누구였을까?

범죄가 있기 전날 저녁 절벽 위에서 크리스틴과 나눈 대화. 그리고 호텔로 돌아오는 길에서 그가 본 광경.

가브리엘 8번
가위 하나
부러진 담배 파이프 하나
어느 창으로부터 던져진 병 하나
초록색 달력
양초 한 꾸러미
거울과 타자기
빨간색 털실 타래
여자의 손목시계
하수도로 내려가는 목욕물

이 연관되어 있긴 하지만 보이지 않는 사실들이 모두 정해진 위치에 맞아들어가야 한다. 한 군데도 느슨한 곳도 있어서는 안 된다. 그리고 개개의 확실한 사실들이 들어맞은 뒤에야 다음 단계로 넘어가야 한다.

섬에 있는 악의 존재에 대한 그 자신의 믿음……, 악…….

그는 자기 손에 쥐어진 이름을 바라보았다.

넬리 파슨즈— 초범 근처에서 교살 된 채로 발견된 시체.

그녀를 살해한 자에 대한 단서는 전혀 발견되지 않았다.
넬리 파슨즈? 엘리스 커리건? 그는 매우 신중하게 앨리스 커리건의 죽음에 관한 세부 사항을 읽어 내려갔다.
바위 위에 앉아서 바다를 내려다보는 에르큘 포와로에게로 콜게이트 경위가 다가왔다. 포와로는 그를 좋아했다. 그의 거친 얼굴과 날카로운 눈매, 그리고 느리고 재촉하지 않는 태도를 좋아했다.
그는 포와로의 손에 쥐어진 타자 쳐진 종이를 내려다보면서 말했다.
"그 사건에 대해 아무것도 얻은 것이 없습니까?"
"그것들을 조사해봤지요……, 그래요."
콜게이트가 일어나 저쪽으로 걸어가서는 움푹 들어간 곳을 들여다보았다.
그가 돌아와서 말했다.
"사람은 아무리 조심해도 지나치지 않아요. 누가 엿듣는 것을 원치 않습니다."
포와로가 말했다.
"당신은 예리하군요."
콜게이트가 말했다.
"포와로 씨, 나는 그 사건들에 무척 흥미를 느끼고 있습니다. 당신이 그런 것을 묻지 않았더라면 아마 그런 것에 대해 생각해보지도 않았을 겁니다."
그가 말을 잠시 멈추었다.
"나는 특히 한 가지 사건에 흥미를 느끼고 있습니다."
"앨리스 커리건 말인가요?"
"앨리스 커리건 사건에 대해 서리 군 경찰에 가서 조사해보았지요. 그 사건에 대한 모든 것을 알고 싶었습니다."
"말해보시오, 나도 흥미를 느끼니까, 매우 흥미를 느끼죠."
"그러실 거라고 생각했습니다. 앨리스 커리건은 블랙리지 히스의 시저 숲에서 교살된 채로 발견되었습니다. 넬리 파슨즈가 발견된 곳인 마리 숲에서 10마일도 채 안 떨어진 곳이죠. 그리고 두 곳 모두 레인 씨가 교구목사로 있던 화이트리지에서 12마일 내에 드는 곳입니다."

포와로가 말했다.

"앨리스 커리건의 죽음에 대해 더 이야기해주겠소?"

콜게이트가 말했다.

"서리 군 경찰은 처음에는 그녀의 죽음을 넬리 파슨즈의 죽음과 연관시키지 않았습니다. 그것은 경찰이 그녀의 남편을 범인으로 지목했기 때문입니다. 그에 대해서는 별로 알려지지 않았죠―그가 누구인지, 어디에서 왔는지도. 그녀는 주변 사람들의 기대에 저버리고 그와 결혼했습니다. 그녀는 돈을 좀 갖고 있었지요. 그리고 그녀는 그의 뜻대로 생명보험에도 들었지요. 내 생각엔 그 모든 것이 다 수상하게 느껴지는데, 당신도 같은 생각이리라 여겨지는데요?"

포와로가 고개를 끄덕였다.

"하지만, 결정적인 순간에 그녀의 남편은 혐의에서 완전히 벗어나게 되었습니다. 그녀의 시체는 하이킹하는 여자가 발견했습니다―운동을 즐기는 건강한 여자. 그녀는 매우 믿을 만한 증인이었습니다. 랭커셔에 있는 학교의 체육 교사였죠. 그녀가 시체를 발견한 시간을 말했지요. 정각 4시 5분이라고요. 그리고 그 여자가 바로 그 직전에 죽은 것 같다고 자신의 의견을 말했죠―10분 이상 안 된 것 같다고. 그 점은 5시 45분에 시체를 검시한 경찰의의 의견과 일치했습니다.

그녀는 백쇼트 경찰서로 시체를 신고하러 허겁지겁 달려갈 때 모든 것을 건드리지 않고 놔두었습니다. 그리고 그날 3시부터 4시 10분 사이에 에드워드 커리건은 런던에서 오는 기차 안에 있었습니다. 네 사람과 같은 칸에 있었습니다. 그는 역에서 버스를 탔는데 그와 함께 기차를 탔던 두 명의 남자가 역시 버스에 함께 탔습니다.

그는 아내를 만나기로 한 파인 리지 카페에서 내렸습니다. 그때 시간이 4시 25분이었습니다. 그 사람은 차를 두 잔 시켜 놓고 아내가 오면 가져오라고 해놓았죠. 그러고는 카페 바깥에서 아내를 기다리며 왔다 갔다 했습니다. 5시가 되어도 아내가 나타나지 않자 그는 걱정하기 시작했습니다.

아내가 발목이라도 삐었나 생각했죠. 아내는 자신들이 사는 마을에서 벌판을 가로질러 파인 리지 카페로 걸어왔다가 버스를 타고 집으로 돌아가기로 되어 있었죠. 시저 숲은 그 카페에서 그리 멀지 않기 때문에, 경찰에서는 그녀가 시간이 일러서 그곳에 앉아 쉬면서 경치를 구경하는데 어떤 부랑자나 미친 사람이 덤벼든 모양이라고 생각했죠.

일단 남편의 혐의가 풀리자 자연히 그녀의 죽음을 넬리 파슨즈 죽음과 연관되었습니다. 그녀는 마리 숲에서 교살된 채 발견된 다소 경솔한 하녀였습니다. 경찰은 그 두 사건이 똑같은 범인에 의한 것이라는 결론 내렸지만 잡지는 못했습니다. 아니, 그럴 가능성조차 보이지 않았습니다! 결국 헛수고만 한 셈이죠."

그는 잠시 말을 멈추었다가 천천히 다시 이었다.

"그리고 이제, 여기 세 번째로 교살된 여인이 있습니다. 또한, 우리가 이 자리에서 언급할 수 없는 어떤 신사가……."

그는 말을 멈추었다. 그의 작고 날카로운 시선이 포와로를 향했다. 그는 희망을 품고 기다렸다.

포와로의 입술이 움직였다.

콜게이트 경위가 앞으로 몸을 숙였다.

포와로가 중얼거리듯이 말했다.

"어느 조각이 털 양탄자의 일부분인지, 또 어느 것이 고양이 꼬리의 일부분인지 알기가 좀 어렵군."

콜게이드 경위가 놀라서 말했다.

"뭐라고요?"

포와로가 재빨리 대답했다.

"미안하오. 나 혼자 생각하고 있었을 뿐이오."

"털 양탄자나 고양이가 무슨 뜻이죠?"

"아무것도 아니오, 전혀 아무것도 아니오."

그는 잠시 말을 중단했다.

"콜게이트 경위, 만일 누군가가 거짓말을 한다고 생각하는데, 그것도 아주 많은 거짓말을. 하지만, 아무런 증거도 없다면 어떻게 하겠소?"

콜게이트 경위는 생각에 잠겼다.

"그것은 좀 어렵군요. 하지만, 계속 거짓말을 하다 보면 결국엔 꼬리가 잡히게 마련이라는 것이 내 생각입니다."

포와로가 고개를 끄덕였다.

"그렇소. 옳은 생각이오. 어떠한 것이 거짓말이라고 생각하는 것은 단지 내 마음일 뿐이오. 난 그것이 분명한 거짓말이라고 생각합니다. 하지만, 확신할 수가 없어요. 물론 실험해볼 수는 있겠죠—작지만 눈에 안 띄는 거짓말 실험을. 그리고 그것이 거짓이라고 판명되면, 그때는 나머지도 모두 거짓말이라는 걸 알게 되죠!"

콜게이트 경위가 호기심에 찬 눈으로 바라보았다.

"당신은 재미있게 생각하고 있군요, 안 그래요? 하지만, 나는 그게 잘되리라고 생각합니다. 이런 질문을 해도 되는지 모르겠습니다만, 왜 내게 다른 교살 사건을 조사해보라고 하셨나요?"

포와로가 천천히 말했다.

"당신의 말 중에서 수긍이 가는 단어가 있습니다. 교활하다는 단어 말입니다. 이 범죄는 내가 보기엔 매우 교활한 것 같아요. 그래서 그것이 범인의 첫 번째 범행인지 알아보려고 했기 때문이오."

콜게이트 경위가 말했다.

"알았습니다."

포와로가 말을 계속했다.

"나는 과거에 있었던 비슷한 종류의 범죄를 조사해서 이번과 비슷한 범죄가 있다면 거기서 좋은 단서를 잡게 될지도 모른다고 생각했었소."

"똑같은 방법으로 살인한단 말입니까?"

"아니, 아니오, 내 말은 그것 이상이오. 예를 들어 넬리 파슨즈의 죽음은 내게 아무것도 말해주지 않소. 하지만, 앨리스 커리건의 죽음은……. 이것 보시오, 콜게이트 경위, 이 사건과 매우 유사한 점을 알아차리지 못했소?"

콜게이트 경위는 그 문제를 자기 마음에 되새겨 보았다.

그가 마침내 말했다.

"아닙니다. 그렇다고 생각하진 않아요. 그녀의 남편이 철저한 알리바이를 가진 한."

포와로가 부드럽게 말했다.

"아, 그러면 당신도 그 점을 눈치 챘군요?"

"하, 포와로 씨, 만나서 반갑습니다. 들어오십시오. 당신은 바로 내가 원하던 분이군요."

에르퀼 포와로는 그 말에 순순히 따랐다.

경찰서장이 담배 상자를 열어 한 개비를 꺼내어 불을 붙였다.

그가 연기를 내뿜으며 말했다.

"이제 수사 방침을 결정했소. 하지만, 내가 본격적으로 수사에 들어가기 전에 당신의 의견을 듣고 싶군요."

에르퀼 포와로가 말했다.

"말해보십시오."

웨스튼이 말했다.

"나는 런던경시청으로 찾아가서 이 사건을 그들에게 넘겨주기로 했소. 내 생각에는 한두 사람이 의심이 가기는 하지만, 사건은 마약 밀수에 관련된 것 같습니다. 내게는 그 장소, 픽시 코브가 그들의 접선 장소였다고 생각됩니다."

포와로는 고개를 끄덕였다.

"동감입니다."

"좋아요. 그리고 나는 누가 마약 밀수꾼인지 확실히 알아요. 호레이스 블래트죠."

다시 포와로가 끄덕이면서 말했다.

"그 점도 밝혀졌군요."

경찰서장이 말했다.

"나는 우리가 똑같은 생각을 하고 있다고 봅니다. 블래트는 자기 보트를 타고 바다로 나갔지요. 가끔 다른 사람을 함께 태우고 가기도 했지만, 대개 그는 혼자 나갔습니다. 붉은 돛을 단 배를 타고 말입니다. 하지만, 나는 그가 접어 놓은 흰 돛도 갖고 있다는 것을 발견했지요. 내 생각에 그는 날씨가 좋은 날엔 정해진 장소로 가서 다른 보트를 만난 것 같소(돛단배이든 모터보트이든 간에). 그러고 나서 물건이 교환되었겠지요. 그리고 블래트는 적당한 시간에 픽시 코브의 해안으로 달려가서는……"

에르퀼 포와로가 미소를 지었다.

"맞았소. 1시 30분에, 모든 사람이 분명히 식당에 있어야 할 영국식 점심때 말이오. 이 섬은 개인 소유입니다. 그 해안은 외부인들이 소풍을 가는 곳이 아닙니다. 사람들이 가끔 픽시 코브에 햇빛이 비칠 때 호텔에서 그곳으로 차를 몰고 가곤 하지요. 또는 산책하러 나가고 싶을 때는 몇 마일 떨어진 곳으로 가곤 하죠."

경찰서장이 고개를 끄덕였다.

"그렇군요. 블래트는 그 해안으로 가서 동굴 선반에 그것을 올려놓는 거지요. 그리고 다른 사람이 정해진 시간에 그곳에 가서 가져가게 되어 있었지요."

포와로가 중얼거렸다.

"살인이 있었던 날, 점심을 먹으러 이 섬에 온 부부가 있었다는 것을 기억하십니까? 바로 그들입니다. 어떤 여름날, 무어에 있는 호텔이나 세인트 루에서 손님이 '스머글러스 섬'으로 찾아오는 겁니다. 그들은 점심을 먹겠다고 하는 거죠. 그러고 나서 그들은 먼저 섬 안을 걸어다닙니다. 그리고 사다리를 내려가 샌드위치 상자를 집어서 여자가 든 수영 가방에 넣어서는, 점심을 먹으러 호텔로 돌아오는 것이. 얼마나 쉽습니까? 아마도 조금 늦게, 가령 1시 50분쯤 모든 이들이 식당에 있을 때 산책을 즐기다가 돌아오는 척하는 겁니다."

웨스턴이 말했다.

"그렇습니다. 모든 것이 그럴듯하군요. 그러나 마약 조직은 매우 무자비합니다. 만일 누군가의 실수로 그 일이 탄로 났다면 그들은 감쪽같이 그 사람을 제거할 것이오. 내 생각엔 그것이 아레나 마셜의 죽음에 대한 올바른 해석인 것 같소. 그날 아침 블래트가 그 해안에서 그것을 동굴 속에 집어넣고 있었을 수도 있습니다. 공범자가 그날 그것을 가지러 오기로 되어 있었으니까. 바로 그때 아레나가 보트로 그곳에 도착하여 상자를 가지고 동굴로 들어가는 그 사람을 보았던 겁니다. 그녀가 그에게 그게 뭐냐고 묻자 그녀를 죽이고 보트를 타고 가능한 한 빨리 그곳을 피했겠지요."

포와로가 말했다.

"당신은 살인자가 분명히 블래트라고 생각합니까?"

"그것이 가장 그럴듯한 해결책이오. 물론 아레나가 이미 그전에 그 사실을 알게 되어 블래트에게 이야기했고, 또 다른 조직의 일원이 그녀와 거짓 약속을 꾸며서 그녀를 유인했을 수도 있습니다. 내가 말한 것처럼, 가장 좋은 방법은 그 사건을 런던경시청으로 넘기는 것이라고 생각합니다. 그들은 우리가 블래트와 그 조직과의 연관을 밝히는 솜씨보다 더 쉽게 사건 전모를 밝혀낼 겁니다."

에르큘 포와로가 생각에 잠겨 머리를 끄덕였다.

웨스튼이 말했다.

"그것이 정말 현명한 일이라 생각합니까?"

포와로는 생각을 해보았다.

마침내 그가 말했다.

"그럴 수도 있겠죠."

"아니, 포와로 씨, 당신은 마음속에 다른 생각을 갖고 있는 것이 아닙니까?"

포와로가 엄숙하게 말했다.

"갖고 있다 해도 그것을 증명할 수 있는지 확신이 안 섭니다."

웨스튼이 말했다.

"물론 나는 당신이나 콜게이트가 다른 생각을 한다는 것을 알아요. 내게는 좀 환상적인 것 같지만, 그 생각에도 일리가 있다고 인정할 수밖에 없지요. 그러나 당신이 옳다고 해도, 난 여전히 그것이 경시청 소관의 사건이라 생각합니다. 우리가 그들에게 정보를 전해 주면 그들은 서리 군 경찰과 함께 수사에 착수할 겁니다. 내가 느끼는 것은 이번 사건은 우리가 담당할 일이 아니라는 겁니다. 그것은 일부 지역적인 사건이 아닙니다."

그가 잠시 말을 멈췄다.
"어떻게 생각하시오, 포와로 씨? 우리가 어떻게 해야 한다고 생각하십니까?"
포와로는 잠시 생각에 잠겼다가 입을 열었다.
"내가 뭘 하고 싶은지 알겠소?"
"뭡니까?"
포와로가 중얼거렸다.
"난 소풍을 가고 싶소."
웨스튼 대령은 그를 쳐다보았다.

"소풍이라고요, 포와로 씨?"

에밀리 브루스터는 마치 그가 미치기라도 한 것처럼 그를 쳐다보았다.

포와로가 익살맞게 말했다,

"좀 이상하게 들리죠? 하지만 내게는 그것이 가장 좋은 생각 같군요. 우리가 정상적인 생활을 되찾으려면 일상생활의 보편적인 뭐, 그런 것들이 필요합니다. 난 다트무어를 구경하고 싶어 미칠 지경입니다. 날씨도 이렇게 좋지 않습니까? 그것은……, 뭐라고 해야 할까, 그것은 모두의 기운을 북돋워 줄 것입니다! 그러니 나를 도와주시오. 모든 사람들을 설득시켜 주었으면 합니다."

그 생각은 예기치 않게 성공적이었다. 모두 처음에는 미심쩍어하다가도 결국 그렇게 나쁜 생각은 아니라고 마지못해 인정했다.

마셜 대위에게는 함께 소풍 가자고 권하지 않기로 했다. 그는 플리머드에 가야 한다고 말했다. 블래트도 일행에 끼었는데, 그는 매우 적극적으로 그러자고 했다. 블래트가 그 소풍의 인솔자로 결정되었다.

그 사람 외에도 에밀리 브루스터가 있었고, 레드펀 부부와 스테픈 레인, 그리고 하루 정도 늦게 섬을 떠나는 게 어떻겠냐고 설득해서 붙잡아 둔 가드너 부부와 로저먼드 단리 양과 린다가 있었다.

포와로는 로저먼드에게, 린다가 그녀 자신으로부터 잠시 나마 떨어져 나올 수 있는 계기를 만들어 주는 것이 좋지 않겠느냐고 설득력 있게 늘어놓았다.

이 말에 로저먼드는 동감을 표시하며 말했다.

"당신이 옳아요. 그 나이의 아이에게 그 충격은 매우 나빴으니까요. 그 때문에 그 애는 무척 놀란 모양이에요."

"그것도 무리가 아니죠. 하지만, 그 나이 때는 곧 잊어버리게 되지요. 그녀에게 함께 가도록 설득해주시오. 당신은 할 수 있을 겁니다."

바리 소령은 완강하게 거절했다. 그는 자기는 소풍을 좋아하지 않는다고 하면서 이렇게 말했다.

"짐들은 수없이 많이 가져가야 하고, 그리고 너무너무 불편하지요. 난 식탁에서 음식을 먹는 것 정도면 만족하오."

일행은 10시에 모였다. 차 세 대를 불렀다.

블래트는 관광 가이드 흉내를 내면서 떠들썩하게 분위기를 돋우었다.

"이쪽으로 오십시오. 신사 숙녀 여러분, 다트무어는 이쪽입니다. 히드 꽃과 월귤나무, 데븐셔 크림과 감옥으로 유명한 곳이죠. 신사 숙녀 여러분, 모두 다 환영합니다! 경치 하나는 보장합니다. 자, 어서 오세요, 어서."

마지막 순간에 로저먼드 단리가 근심스런 표정으로 내려와 말했다.

"린다가 안 가겠대요. 머리가 무척 아프다고 하는군요."

포와로가 외쳤다.

"하지만, 가는 것이 그녀에게 훨씬 좋을 겁니다. 그녀를 설득시키세요."

로저먼드가 분명히 말했다.

"소용없어요. 그 애는 굳게 마음먹었으니까요. 내가 그 애에게 아스피린을 좀 주었더니 잠자리로 가더군요."

그녀는 잠시 주춤거리다가 말을 계속했다.

"어쩌면 나도 역시 못 갈 것 같아요."

포와로가 말했다.

"그것은 안 됩니다, 단리 양. 안 됩니다."

블래트가 그녀의 팔을 장난스럽게 잡아끌며 외쳤다.

"지체 높으신 분이 오셔서 이 일을 빛나게 해주셔야죠. 거절은 안 됩니다! 나는 당신을 보호할 수 있어요. 하하! 다트무어행으로 결정했습니다."

그는 그녀를 억지로 첫 번째 차로 끌고 갔다. 로저먼드는 에르퀼 포와로에게 힘상궂은 표정을 지어 보였다.

"내가 린다와 함께 남겠어요."

크리스틴 레드펀이 말했다.

"내 걱정은 하지 마세요."

패트릭이 말했다.

"아, 이러지 마, 크리스틴."

그러자 포와로가 말했다.

"아니오, 아닙니다. 꼭 가야 합니다, 부인. 머리 아픈 사람은 혼자 있는 게 더 좋아요. 자, 어서 출발합시다."

세 대의 자동차가 출발했다. 그들은 처음에는 쉽스토에 있는 진짜 '요정의 동굴'에 가서 입구를 찾아다니며 떠들썩하게 시간을 보내다가 그림엽서 덕분에 근근이 그 입구를 찾을 수 있었다. 입구는 크고 둥근 돌 위에 있었는데, 언뜻 보아서는 도저히 알아볼 수가 없었다.

에르퀼 포와로는 안으로 들어가 보려고도 하지 않았다. 그는 돌 사이를 뛰어다니는 크리스틴 레드펀을 느긋하게 바라보고 있었고, 그녀의 남편이 잠시도 곁에서 떠나지 않고 있다는 것을 알았다.

에밀리 브루스터는 발을 헛디뎌서 발목을 약간 삐끗했으나 로저먼드 단리와 함께 동굴을 찾아 나섰다. 스테픈 레인은 지칠 줄 몰랐다. 그의 길고 마른 몸이 둥근 돌 사이를 끊임없이 돌아다녔다.

블래트는 조금 걷기도 했다가 얼른 찾아보라고 소리를 치기도 했다가, 다른 사람들의 사진을 찍어 주거나 하는 선에서 만족해하는 것 같았다.

가드너 부부와 포와로는 길가에 조용히 앉아 있었다.

그러는 동안 가드너 부인이 가끔씩, "그래요, 여보." 하며 남편이 말하는 존경 어린 대답에 도취해서 점점 목소리가 커졌다.

"그리고 내가 언젠가 느낀 점은, 오, 포와로 씨, 그리고 이것은 남편도 동감하는 것인데, 스냅사진은 무척 귀찮을 때도 있다는 거예요. 친구가 찍어 주는 게 아니라면 말이에요. 블래트 씨는 도대체 아무 감정도 없다니까요. 저 사람은 아무에게나 다가가서 말을 걸고는 셔터를 눌러대는군요. 그것이 내가 남편에게도 말했지만, 정말 버릇없는 짓이에요. 내가 그렇게 말해죠, 그렇죠, 오델?"

"그래요, 여보."

"그는 우리가 모두 해변에 앉아 있는 걸 찍었어요. 그런 건 다 좋아요. 하지만 그보다는 먼저 사진을 찍어도 좋은지 물어봐야 하는 거예요. 브루스터 양이 그때 막 벌떡 일어났기 때문에 매우 이상한 모습이 되었을 거예요."

"그랬을 거야."

가드너가 싱긋 웃으며 말했다.

"그런데도 블래트 씨는 묻지도 않고 아무나 사진을 찍어대고 있으니. 당신한테도 한 번 그러는 것을 봤어요, 포와로 씨."

포와로가 고개를 끄덕이며 말했다.

"저 사람들은 내게는 매우 중요하답니다."

가드너 부인이 계속 말을 했다.

"그리고 저 사람의 오늘 행동을 보세요. 저토록 떠들썩하고 시끄럽고 천박하다니! 오, 보기만 해도 소름이 돋아요. 당신은 저 사람을 집으로 보냈어야 했어요, 포와로 씨."

에르퀼 포와로가 중얼거리듯이 말했다.

"부인, 그것은 어려울 겁니다."

"그렇겠군요. 저 사람은 아무 곳이나 비벼 드는 사람이니. 그는 전혀 감각도 없어요."

그때 뒤에서 큰소리로 '요정의 동굴'의 입구를 발견했다고 외치는 환호성이 들려왔다. 그러고 나서 일행은 차를 타고 가다가 포와로의 말을 듣고 차에서 내려 히드 꽃과 조그만 개울이 있는 아담한 언덕배기로 갔다.

그 개울을 가로지르는 널빤지 다리가 있었다.

포와로가 가드너와 가드너 부인에게 가시나무도 없고 점심 먹기도 아주 좋아 보이는 곳으로 가자고 하며 그 다리를 건너자고 말했다.

그녀는 널빤지 다리를 건너면서 자신의 균형 감각에 대해 떠들썩하게 늘어놓다가 그만 아래로 떨어지고 말았다. 그와 동시에 나지막한 비명이 울려 퍼졌다. 나머지 사람들은 매우 조심스럽게 그 다리를 건넜다.

그러나 에밀리 브루스터만은 두 눈을 감은 채 좌우로 흔들리며 다리 중간에서 멈춰 서버렸다. 포와로와 패트릭 레드펀이 도와주려고 달려갔다.

에밀리 브루스터는 퉁명스러우면서도 부끄러운 듯한 목소리로 말했다.
"고마워요, 고마워요. 미안해요. 흐르는 물을 가로질러서 건너본 적이 없거든요. 현기증이 나요. 바보같이 말이에요."

점심이 나눠지고 놀이가 시작되었다.

모든 사람들이 근심 어린 이전의 모습과는 달리 이 오후를 무척이나 즐기는 자신들의 모습을 보고 내심 놀랐을 것이다. 아마도 그것은 이 소풍이 의심과 불안의 분위기로부터 일종의 도피가 되었기 때문인지도 모른다.

졸졸 흐르는 물과 공기 중의 부드러운 토탄(土炭) 냄새, 고사리 숲과 히드 꽃의 따뜻한 색채가 있는 이 들판에서는 살인의 세계나 경찰의 심문과 의심이 언제 있었느냐는 듯이 자취를 감춘 것 같았다.

심지어 블래트마저도 일행의 인솔자라는 입장을 잊은 것 같았다. 점심 뒤에 그는 약간 떨어진 곳으로 가서 낮잠을 잤는데, 그의 코 고는 소리가 평화스런 그의 마음을 나타내주고 있었다. 소풍 바구니들을 챙기면서 그들은 이 좋은 아이디어에 대해 에르큘 포와로에게 감사를 보냈다.

그들이 좁고 구불구불한 길을 따라 돌아올 때 태양은 지고 있었다. 리더콤만 위의 언덕 꼭대기에 서서 그들은 하얀 호텔이 있는 섬의 경치를 바라보았다. 그것은 지는 태양 아래 평화롭고 깨끗하게 보였다.

가드너 부인이 처음으로 수다스럽지 않게 한숨을 쉬며 말했다.
"정말 감사합니다, 포와로 씨. 난 참 평온해진 것 같아요. 정말 멋지군요."

바리 소령이 그들을 맞으러 나왔다.
"재미있게 보냈습니까?"

가드너 부인이 대답했다.
"정말 좋았어요. 그곳은 정말 모든 것이 아름답더군요. 그 신선하고 상쾌한 공기……, 그렇게 게을러 하면서 혼자 남다니 부끄러운 줄 아세요."

소령이 싱긋 웃었다.
"난 그러기에는 너무 늙었소. 늪가에 앉아 샌드위치를 먹다니……."

객실 담당 하녀가 호텔 밖으로 나왔다.

그녀는 약간 숨을 헐떡이고 있었다. 그녀는 잠시 망설이다가 재빨리 크리스틴 레드펀에게로 다가갔다.

에르큘 포와로는 그녀가 글레이디스 내러코트라는 걸 알았다.

그녀의 목소리가 빠르고도 고르지 않게 튀어나왔다.

"실례합니다, 부인. 하지만, 어린 아가씨가 걱정되어서요. 마셜 양 말입니다. 지금 차를 가지고 올라갔다 왔는데 침대에서 일어나질 않아요. 더구나 그녀의 모습이 매우, 정말 매우 이상해요."

크리스틴이 절망적인 눈빛으로 주위를 둘러보았다.

포와로가 재빨리 그녀 옆으로 다가가 그녀의 팔을 잡으면서 조용히 말했다.

"우리가 올라가 봅시다."

그들은 서둘러서 계단을 올라가 린다의 방으로 이어지는 복도를 따라갔다.

그녀를 보자마자 두 사람은 뭔가 크게 잘못되었다는 것을 알았다. 그녀는 이상한 얼굴빛을 하고 있었다. 호흡 소리는 거의 들리지가 않았다.

포와로가 그녀의 맥을 짚어 보았다. 동시에 그는 옆의 탁자 위에 있는 램프에 꽂혀 있는 봉투를 보았다. 그것은 바로 그에게 보내는 편지였다.

마셜 대위가 허겁지겁 방으로 들어왔다.

"대체 린다에게 이게 무슨 일입니까? 도대체 무슨 일입니까?"

약간 놀란 듯한 울음소리가 크리스틴 레드펀에게서 흘러나왔다.

에르큘 포와로는 침대에서 고개를 돌리고 마셜에게 말했다.

"의사를 불러오시오, 가능한 한 빨리. 하지만, 걱정이오. 정말 걱정이오 너무 늦은 거나 아닌지."

그는 자기 이름이 쓰여 있는 편지를 집어서 봉투를 찢어보았다. 안에는 린다의 여학생 글씨체로 몇 줄의 글이 쓰여 있었다.

이것이 최선의 길이라 생각합니다.
아버지에게 절 용서해 달라고 부탁해주세요.
제가 아레나를 죽였어요.
저는 그러면 기쁠 줄 알았어요. 하지만 그렇지가 못하군요.
모든 점에서 정말 미안해요.

그들은 모두 라운지에 모였다(마셜과 레드펀 부부와 로저먼드 단리와 에르큘 포와로). 그들은 조용히 앉아서 기다렸다.

문이 열리고 니스든 의사가 들어왔다.

그는 무뚝뚝하게 말했다.

"최선을 다했습니다. 완쾌될 가능성도 있습니다만 그리 큰 희망은 걸지 마십시오."

그가 말을 멈추었다.

마셜의 얼굴이 굳어지고 눈빛이 새파래지며 물었다.

"어떻게 그 애가 그것을 손에 넣게 되었죠?"

니스든이 다시 문을 열고는 손짓을 했다.

하녀가 방으로 들어왔다. 그녀는 울고 있었다.

니스든이 말했다.

"당신이 본 것을 다시 한 번 이야기해봐요."

그녀가 훌쩍거리면서 말했다.

"정말이지, 꿈에도 뭐가 잘못되었다고는 생각하지 않았어요. 어린 아가씨가 좀 이상해 보이기는 했지만."

의사가 참을성 없이 그녀에게 얼른 이야기하라고 재촉했다.

"그 아가씨는 다른 손님방에 들어가 있었어요. 레드펀 부인, 당신 방이었어요. 세면대 위에서 그녀가 작은 병을 꺼내 들더군요. 그녀는 내가 들어가자 깜짝 놀라는 거였어요. 그래서 당신 방에서 물건을 꺼내어 가는 그녀가 이상하다는 생각이 들긴 했어요. 하지만 그녀가 당신에게 빌려 준 물건일지도 모른다는 생각이 들더군요. 그녀가 이렇게 말했기 때문이에요. '오, 이것이 내가 찾고 있던 거예요.' 그러고는 밖으로 나갔답니다."

크리스틴이 거의 속삭이듯이 말했다.

"내 수면제예요."

의사가 쌀쌀하게 말했다.

"그녀가 그것을 어떻게 알았죠?"

크리스틴이 말했다.

"내가 그 애한테 한 알 준 적이 있어요. 사건이 있던 날 밤 그 애가 내게 잠을 잘 수가 없다고 하더군요. 그 애는……, 그 애가 말한 것을 기억해보면 '한 알이면 충분한가요?' 그래서 나는 이렇게 말했지요. 그래, 이건 매우 독한 약이야. 아무리 많아도 두 알 이상은 절대로 먹어선 안 된다고 말해주었죠."

니스든이 고개를 끄덕였다.

"그녀는 여섯 알을 먹었습니다."

크리스틴이 울음을 터뜨렸다.

"오, 그건 내 잘못이에요. 그것을 잠가 놨어야 했는데."

의사가 어깨를 으쓱했다.

"그랬다면 훨씬 좋았겠죠, 레드펀 부인."

"그 애는 죽어가고 있어요. 그건 내 잘못이에요……."

케네스 마셜이 의자에서 일어나면서 말했다.

"아니오, 당신을 나무랄 수는 없어요. 린다는 자신이 어떤 행동을 하는지 알고 있었습니다. 그녀는 일부러 그 약을 먹은 겁니다. 아마……, 아마 그것이 최선이었는지도 모릅니다."

그는 자기 손에 쥐어진 쭈글쭈글한 종이를 내려다보았다—포와로가 조용히 그에게 건네준 쪽지를.

로저먼드 단리가 외쳤다.

"나는 믿을 수 없어요. 린다가 그녀를 죽였다고는 믿지 못하겠어요. 분명히 그것은 불가능합니다—증거를 보더라도."

크리스틴이 열을 내며 말했다.

"그래요, 그 애가 그랬을 리 없어요! 그 애는 너무 긴장해서 자기가 했다고 상상해버렸을 거예요."

문이 열리고 웨스튼 서장이 들어왔다.

"이게 어떻게 된 노릇입니까?"

니스든 의사가 쪽지를 마셜의 손에서 빼내어 경찰서장에게 건네주었다.

그는 그것을 읽고서 의심스러운 듯이 외쳤다.

"이것 참! 하지만 이건 말도 안 돼. 절대로 이럴 순 없습니다! 이것은 불가능해요."

그는 확신을 하고 되풀이했다.

"불가능해요. 안 그렇소, 포와로 씨?"

에르큘 포와로가 처음으로 움직였다. 그는 느리고 슬픈 목소리로 말했다.

"아닙니다, 그것이 불가능하지는 않은 것 같군요."

크리스틴 레드펀이 말했다.

"하지만, 내가 그 애와 함께 있었어요, 포와로 씨. 난 그 애와 11시 45분까지 계속 함께 있었어요. 경찰에게도 그렇게 말했고요."

포와로가 말했다.

"당신의 증언은 그녀에게 충분한 알리바이를 제공합니다, 분명히. 하지만, 당신의 증언은 무엇에 근거한 것이었나요? 그것은 린다 마셜의 손목시계에 의한 것이었습니다. 당신이 그녀에게서 떠났을 때가 11시 45분이었는가에 대해서는 당신도 정확하게 알지는 못합니다. 단지 당신은 그녀가 그렇게 말했다는 것만을 알 뿐이죠. 당신 자신도 시간이 매우 빨리 지나간 것 같다고 하지 않았습니까?"

그녀는 놀란 듯 그를 쳐다보았다.

그가 계속 말해 나갔다.

"자, 이제 생각해보세요, 부인. 당신은 해변을 떠날 때 호텔로 천천히 걸어서 돌아왔나요, 아니면 빨리 돌아왔나요?"

크리스틴이 말했다.

"난, 저……, 꽤 느리게 왔던 것 같아요."

"돌아오던 걸음에 대해 생각나는 것이 있습니까?"

"별로 없어요, 나는, 생각에 잠겨 있었거든요."

포와로가 말했다.

"죄송하지만, 당신은 걷는 동안 무엇을 생각했었는지 말해주겠습니까?"

크리스틴이 얼굴을 붉혔다.

"내 생각엔……, 필요하다면, 나는 이곳을 떠나느냐 마느냐 하는 것에 대해 생각했었어요. 남편에게 아무 말도 않고 이곳을 떠나는 게 나로서는, 나는 그때 매우 기분이 좋지 않았거든요."

패트릭 레드펀이 외쳤다.

"오, 크리스틴! 난 알아요, 난 알아……."

포와로의 또박또박한 목소리가 레드펀을 막았다.

"그렇소. 당신은 뭔가 중요한 것을 생각하면서 발걸음을 옮기고 있었습니다. 당신은 주위 사정에 대해 귀가 먹고 눈이 멀었지요. 아마 당신은 매우 천천히 걸었고, 가끔 혼잡한 생각을 할 때는 잠시 걸음을 멈추었을 겁니다."

크리스틴이 고개를 끄덕였다.

"대단히 예리하시군요. 바로 그랬어요. 호텔 바깥에서야 겨우 그 꿈에서 깨어나 내가 무척 늦었다고 생각했습니다. 하지만, 라운지에 있는 시계를 봤을 때 나는 시간이 별로 흐르지 않았다는 것을 알았지요."

에르큘 포와로가 다시 말했다.

"바로 그겁니다."

그는 마셜 쪽을 향해 말했다.

"이제 살인사건 후 내가 당신 딸의 방에서 발견한 것들에 대해 당신에게 설명해야만 하겠군요. 벽난로 쇠살대에 녹은 촛농 방울과 몇 개의 타버린 머리카락, 그리고 마분지 조각과 종이쪽지, 그리고 평범한 가정용 핀이 있었습니다. 그 종이와 마분지는 대수롭지 않을 수도 있지만 다른 세 개의 것들은 매우 중요한 것이었소. 특히 이곳 상점에서 빌린 요술과 마술에 대한 책 한 권이 책꽂이 뒤편에 숨겨져 있는 것을 발견했을 때는 더욱 그랬습니다.

그 책은 어떤 페이지에서 쉽게 펴지더군요. 그 페이지에는 희생자를 나타내도록 양초로 모양을 만들어 죽음을 유발하는 여러 가지 방법들에 대한 설명이 쓰여 있었습니다. 그것은 초를 천천히 불에 태워 녹아 없어지게 하거나 아니면, 양초 인형의 심장 부위를 핀으로 마구 찌르는 겁니다. 그렇게 되면 희생자의 죽음이 되풀이되는 거지요.

나중에서야 레드펀 부인에게서 그날 아침 일찍 린다 마셜이 밖에 나갔다가 양초 꾸러미를 가져왔고, 그녀가 그것을 산 것이 드러나자 매우 당황하는 것 같았다는 말을 들었습니다. 그 말을 듣고 나는 무슨 일이 일어났는가를 확신했습니다.

린다는 그 양초로 투박한 모양의 인형을 만들었던 겁니다(아마도 그것에 아레나의 붉은 머리카락 한 단을 덧붙여 마술적인 힘을 높였겠지요). 그러고는 인형의 심장을 핀으로 찌르고, 끝내는 인형 밑에다 마분지 조각을 놓고 불을 붙여서 녹여 없앴습니다. 그것은 거칠고, 유치하고, 미신적이었지만 분명한 것을 말해주고 있습니다. 그것은 살인에의 욕망입니다.

그렇다면, 단순한 욕망 이상의 것이 있을 가능성은 없을까요? 즉, 린다 마셜이 실제로 새엄마를 죽일 수가 있었을까요? 처음에 봤을 때 그녀는 매우 완벽한 알리바이를 가진 것 같았습니다. 하지만 실제에 있어서는, 내가 방금 지적한 바와 같이 그 시간의 증거는 린다 자신에 의해 제공된 것이었습니다. 그녀는 그 시간을 실제보다 15분 늦은 시각으로 말했을 수도 있습니다.

레드펀 부인이 해변을 떠나고 난 뒤 린다가 그 뒤를 따라가서 좁은 길을 가로질러 사다리를 서둘러 내려가 그곳에서 새엄마를 만나 목을 조르고 사다리를 타고 되돌아왔을 수도 있습니다. 브루스터 양과 패트릭 레드펀이 탄 배가 눈에 들어오기 전에 말입니다. 그리고 그녀는 걸 코브로 돌아가서 수영하고는 여유 있게 호텔로 돌아올 수도 있었을 겁니다. 하지만, 그러자면 두 가지 일이 수반되어야 합니다. 하나는 아레나 마셜이 그 시간에 픽시 코브에 꼭 있을 거라는 사실을 확실히 알았어야만 가능했다는 점과 그녀가 그 행동을 할 만큼 신체적 능력이 있어야만 한다는 것입니다.

글쎄요, 첫 번째 사실은 가능성이 있긴 합니다. 만일 린다 마셜이 다른 사람의 이름을 써서 아레나에게 쪽지를 보냈다면 말입니다. 두 번째 경우에 대해서도 린다는 매우 크고 힘센 손을 가지고 있습니다. 그녀의 손은 남자만큼이나 큽니다. 힘에 대해 생각해보면, 그녀는 정신적으로 균형 잡기 어려운 나이에 있습니다. 정신적 혼란은 가끔 예기치 못한 힘을 동반하지요. 그리고 또 하나 중요한 점이 있습니다. 린다 마셜의 친엄마는 실제로 살인 혐의로 기소되어 재판받은 적이 있다는 사실입니다."

케네스 마셜이 고개를 들었다. 그러고는 무섭게 말했다.

"그녀는 무죄가 되었소."
"물론 무죄였지요."
포와로가 그렇다고 했다.
마셜이 말했다.
"이제 내가 중요한 점을 이야기하겠소, 포와로 씨. 내 아내 루스는 죄가 없었습니다. 나는 그것을 완전히 확신하고 있습니다. 우리는 생활을 함께했기 때문에 내가 속을 리 없습니다. 그녀는 환경에 의한 죄 없는 희생자였습니다."
그는 잠시 말을 멈추었다.
"그리고 나는 린다가 아레나를 죽였다고는 믿지 않습니다. 그것은 정말 말도 안 됩니다!"
포와로가 말했다.
"그렇다면, 당신은 그 편지가 가짜라고 생각하십니까?"
마셜이 편지를 집으려고 손을 내밀자 웨스튼이 건네주었다. 마셜이 그것을 주의 깊게 살펴보았다. 그러고는 머리를 흔들었다.
"그렇군요."
그가 마지못해 말했다.
"린다가 정말로 이것을 썼군요."
포와로가 말했다.
"그녀가 정말로 그것을 썼다면, 두 가지 해석밖에 없습니다. 그녀가 진심으로 그것을 썼거나, 즉 그녀가 정말로 살인을 저질렀기 때문에 말입니다. 또는, 그녀가 누군가를 두둔하려고 일부러 그것을 썼다는 겁니다. 그녀의 생각에 의심을 받고 있다고 걱정이 되는 누군가를 위해 말입니다."
케네스 마셜이 말했다.
"나를 말하는 건가요?"
포와로가 말했다.
"그럴지도 모르죠."
마셜이 잠시 생각을 하다가 조용히 말했다.
"아니오, 그럴 리가 없습니다. 린다가 처음에는 내가 의심을 받고 있다는 것을 알았었는지는 모릅니다. 하지만, 그 애는 지금쯤 그것이 다 끝나서 일단락되었다는 것을 알고 있을 겁니다. 경찰이 내 알리바이를 인정하고 다른 곳으로 그들의 주의를 돌렸다는 것을 말이죠."

포와로가 말했다.

"가령, 그녀가 당신이 의심을 받고 있다고 생각한 것이 아니라, 당신이 죄가 있다는 것을 알았다고 합시다."

마셜이 그를 바라보더니 가볍게 웃음을 터뜨렸다.

"그건 말도 안 됩니다."

포와로가 말했다.

"그럴까요? 마셜 부인의 죽음에 대해서는 몇 가지 가능성이 있긴 합니다. 그녀는 협박을 받아 그날 아침 협박자를 만나러 갔다가 그에 의해 살해되었을 수도 있습니다. 또, 픽시 코브와 동굴이 마약 밀매 거래를 위해 쓰이다가 그녀가 우연히 그것에 대해 알게 되었기 때문에 살해되었을 수도 있습니다. 또한, 세 번째 가능성도 있습니다. 그녀가 어떤 종교적 광신자에 의해 살해되었다는 겁니다. 그리고 네 번째 가능성도 있습니다. 아내의 죽음으로 당신이 많은 돈을 벌 수 있다는 점입니다, 마셜 대위."

"내가 방금 말하지 않았소……."

"그렇소, 그랬습니다. 당신이 아내를 죽였다는 것은 불가능하다는 것을 잘 압니다. 당신이 혼자 행동했다면 말이죠. 하지만, 만일 누가 당신을 도왔다고 가정한다면?"

"도대체 무슨 소리를 하는 거요?"

그 조용한 사람이 마침내 화를 냈다. 그는 의자에서 반쯤 일어났다. 그의 목소리는 날카로웠고 두 눈에는 화가 가득 차 있었다.

포와로가 말했다.

"내 말은 그것은 혼자의 손에 의해 이루어진 범죄가 아니라는 점입니다. 거기에는 두 사람이 있었습니다. 당신이 편지를 타자치는 것과 동시에 해안으로 가는 것은 분명히 불가능합니다. 하지만, 당신은 그 편지를 속기로 적어 놓았을 수도 있었을 겁니다. 그러면 당신이 살인 행각을 위해 자리를 비운 사이 누군가가 당신 방에서 그것을 타자로 칠 수도 있었겠지요."

에르퀼 포와로는 로저먼드 단리 쪽을 바라보며 말했다.

"단리 양은 11시 10분에 서니 레지를 떠나 당신이 방에서 타자치는 것을 봤다고 말했습니다. 하지만, 그 무렵에 가드너 씨가 아내의 실타래를 가지러 호텔로 올라갔었습니다. 그러나 그는 단리 양을 만나지도 보지도 못했습니다. 그 점이 좀 놀랍군요. 단리 양이 서니 레지에 없었거나, 또는 그녀가 그곳을 훨씬 일찍 떠나서 당신 방에서 열심히 타자를 쳤던 것 같군요.

또 달리 생각할 수 있는 것은, 단리 양이 11시 15분에 당신 방을 들여다보았을 때 당신은 거울을 통해 그녀를 보았다고 말했습니다. 그러나 살인이 있던 날 타자기와 종이는 모두 방구석에 있는 책상 위에 있었고, 거울은 벽과 책상 사이에 있었죠. 그렇다면, 당신의 말은 거짓말입니다. 나중에 당신은 타자기를 거울 아래에 있는 탁자 위로 옮겼습니다. 그러나 너무 늦었죠. 난 이미 당신과 단리 양이 둘 다 거짓말을 했다는 것을 알고 있었으니까."

로저먼드 단리가 낮고 분명한 목소리로 말했다.

"당신은 정말 매우 예리하군요!"

에르퀼 포와로가 목소리를 높여 가면서 말했다.

"하지만, 아레나 마셜을 죽인 사람만큼 그렇게 악마 같고 교묘하지는 않습니다! 잠시 돌이켜 생각해보십시오. 그날 아침에 아레나가 누구를 만나러 갔다고 생각했겠습니까? 우린 모두 똑같은 결론에 도달했습니다. 패트릭 레드펀입니다. 그녀가 나간 것은 협박범을 만나기 위해서가 아니었습니다. 그녀의 얼굴만 봐도 그것을 알 수 있었을 겁니다. 그녀가 만나려고 한 사람은, 또는 그녀가 만나게 될 거라고 생각했던 사람은 연인이었습니다. 그래요, 그 점은 확신하고 있었죠. 아레나 마셜은 패트릭 레드펀을 만날 예정이었습니다. 그런데 잠시 뒤 해변에 패트릭 레드펀이 나타났고, 그는 분명히 그녀를 찾고 있었습니다. 그렇다면, 그것은 무엇을 말하는 것일까요?"

패트릭 레드펀이 분노를 억누르며 말했다.

"어떤 악마 같은 놈이 내 이름을 사용했군요."

포와로가 말했다.

"당신은 분명히 매우 실망했고, 그녀가 해변에 나타나지 않아서 무척 놀랐습니다. 지나칠 정도로 말이오. 레드펀 씨, 그녀는 당신을 만나러 픽시 코브에 갔었고, 당신은 계획했던 대로 거기서 그녀를 만나 죽였다는 것이 내 생각입니다."

패트릭 레드펀이 그를 쳐다보았다. 그는 아일랜드인 특유의 목소리로 매우 유머러스하게 말했다.

"당신, 미친 거요? 난 브루스터 양과 보트를 타고 가서 그녀가 죽은 것을 발견하기 전까지 해변에서 당신과 함께 있었습니다."

에르큘 포와로가 말했다.

"당신은 브루스터 양이 경찰을 부르러 보트를 타고 간 사이에 그녀를 죽였소. 아레나 마셜은 당신이 해안에 닿았을 때는 죽지 않았습니다. 그녀는 해변이 깨끗해질 때까지 동굴에 숨어서 기다리고 있었습니다."

패트릭이 소리쳤다.

"하지만, 시체는! 브루스터 양과 나는 함께 시체를 봤습니다."

"시체라고요? 그렇습니다. 하지만 그것은 죽은 몸이 아니었습니다. 팔과 다리를 햇볕에 태우며, 초록색 마분지 모자로 얼굴을 가리고 당신을 도와준 여자의 살아 있는 몸이었습니다. 당신의 부인 크리스틴(아마도 부인이 아니라면 여전히 당신의 공범자겠지요)이 당신을 도와주었던 겁니다. 과거에, 앨리스 커리건이 죽기 20분 전에 앨리스의 시체를 발견해서 범죄를 도와줬듯이 말입니다. 앨리스는 그녀의 남편 에드워드 커리건에 의해 살해되었죠. 바로 당신에 의해!"

크리스틴이 소리쳤다. 그녀의 목소리는 날카로우면서 차가웠다.

"조심해요, 패트릭. 감정을 나타내지 마세요."

포와로가 말했다.

"당신과 당신의 아내, 크리스틴은 둘 다 이곳에서 사진 찍힌 여러 사람 중에서 서리 군 경찰에 의해 쉽게 식별되어 지목되었다는 소식을 들으면 매우 흥미를 느낄 텐데요? 그들은 당신들을 에드워드 커리건과 시체 발견자인 크리스틴 데브릴이라고 당장에 알아보았습니다."

패트릭 레드펀이 일어섰다.

그의 잘생긴 얼굴은 핏발이 서고, 분노로 충혈된 눈이 번뜩였다. 그것은 살인자와—호랑이의 얼굴이었다.

그가 소리쳤다.

"이 재수 없는 더럽고 조그만 벌레 같은 놈!"

그는 몸을 날려 광란의 욕설을 퍼부으면서 에르퀼 포와로의 목을 졸랐다.

제13장

포와로가 회고하면서 말했다.

"우리가 어느 날 아침에 이곳에 나와 앉아서, 마치 널빤지에 늘어놓은 물고기처럼 누워 햇볕에 그을린 사람들에 대해 이야기한 적이 있었죠. 그때 나는 사람들 사이에는 그다지 별 차이가 없다고 생각했었지요. 만일 가까이 가서 뜯어보면……, 그래요. 하지만 그저 가볍게 본다면? 적당히 잘만 꾸미면 다른 사람처럼 보일 수도 있지요. 갈색 다리와 팔, 그리고 작은 수영복―태양 아래 누워 있는 몸뚱어리. 여자가 걷고, 말하고, 질문하고, 머리를 돌리고, 손을 움직일 때는……, 그래요, 그런 때는 개성이 있어요. 사람에 따라서 다르지요. 그러나 태양 아래 누워 있을 때는, 그렇지 않습니다.

그날 우리는 악에 대해서도 이야기했습니다. 레인 씨의 말대로 '백주의 악마'에 대해 말이죠. 레인 씨는 매우 예민한 사람입니다. 악이 그에게 영향을 끼치고 있었습니다. 그는 그 존재를 느끼고 있었습니다. 하지만 비록 그가 그것을 느끼고 있다고 해도 그는 어디에 악이 있는지는 정확하게 알지 못했습니다. 그는 악을 아레나 마셜이란 여자에게서 찾으려 했습니다. 또한, 그때 함께 있었던 모든 이들도 그와 같은 생각을 하게 되었죠.

하지만 내 생각으로는 비록 악이 존재하긴 했어도 그것은 결코 아레나 마셜에게 집중시킬 수는 없었습니다. 물론 그녀와 연관이 있었습니다. 전혀 다른 방식으로 관련되어 있었지요. 처음에, 아니 나중에도 그랬지만 나는 줄곧 그녀를 예정된 피해자로 보았습니다. 그녀가 아름다웠기 때문에, 그녀가 매력이 있었기 때문에, 남자들이 그녀를 보려고 고개를 돌렸기 때문에, 그녀는 인생을 망치고 영혼을 망치는 그런 종류의 여자라고 생각했습니다.

그러나 나는 그녀를 매우 다르게 보았죠. 결정적으로 남자들을 매혹한 것은 그녀가 아니었습니다. 그녀를 매혹시킨 것은 남자들이었습니다. 그녀는 남자들이 쉽사리 좋아하고, 또 쉽게 싫증 내는 그런 여자였습니다. 그리고 그녀에 대해 내가 듣고 보고 한 모든 것들이 이러한 내 믿음을 확신시켜 주었습니다. 그녀에 대해 말할 첫째 사항은, 이혼 사건이 있었을 때 그 남자가 그녀와 결혼하지 않겠다고 한 사실입니다. 그리고 그때 매우 기사도적인 남자인 마셜 대위가 구혼했지요. 마셜 대위처럼 내성적인 남자에게는 다른 사람들에게 알려지는 시련은 가장 심한 고통이 될 것입니다. 그러므로 실제로 저지르지도 않은 살인사건 때문에 기소되어 재판을 받은 그의 첫 아내에 대한 그의 사랑과 동정도 그러했을 겁니다.

그는 그녀와 결혼해서 그 자신을 스스로 정당화시켰습니다. 그녀가 죽은 뒤에 또 다른 아름다운 여인이, 아마도 똑같은 유형의 사람(그 엄마에게서 린다가 붉은 머리를 이어받았을 테지만)이 그러한 수치를 당하고 있었습니다. 다시 한 번 마셜은 그녀를 구원하려고 한 것입니다. 그러나 이번에는 자신의 그러한 생각을 유지하지 못했습니다. 아레나는 어리석고, 그의 보호와 동정을 받을 가치가 없는, 분별없는 여자였으니까요.

그런데도 그는 언제나 그녀를 있는 그대로 보았습니다. 그녀를 더 이상 사랑하지 않게 되어 그녀의 모습만 봐도 지치게 되었을 때, 그는 그녀에게 실망을 느꼈습니다. 그녀는 그의 인생에 별다른 의미를 주지 못한다고 생각했습니다.

나는 아레나 마셜에게 남자를 향한 그녀의 열정과 함께, 그녀가 한 남자의 정해진 먹이가 될 거라는 사실을 알게 되었죠. 패트릭 레드펀에게서 그의 잘생긴 모습과 단순한 성격, 그의 매력 때문에 나는 당장에 그가 그러한 유형의 남자라는 것을 알았습니다. 여자에게서 돈을 뜯어내는 모험적인 기질, 해변에서 나는 그를 자세히 뜯어보고 아레나가 패트릭의 희생물이라는 것을 확신할 수 있었습니다, 그 반대가 아니라. 그래서 나는 그 악의 초점을 아레나 마셜이 아닌 패트릭 레드펀에다 맞추었습니다.

최근에 아레나의 수중에 굉장히 많은 액수의 돈이 들어왔습니다. 그것은 미처 그녀에게 싫증을 느낄 새도 없이 죽은 나이 많은 얼간이가 그녀에게 남긴 것이었죠. 그녀는 남자에게 늘 돈을 빼앗기는 여자였어요. 브루스터 양은 아레나가 망쳐놓은 어떤 젊은이 이야기를 했습니다. 그녀의 방에서 그에게 온 편지가 발견되었죠. 비록 그 편지에서는 그녀를 보석으로 휘감고 싶다는 소원(전혀 돈이 안 드는)을 표현했지만, 사실은 기소를 피하고자 그가 원했던 수표를 그녀에게서 받았다는 것을 인정하는 내용이었소. 그녀를 빨아먹고 산 젊은이의 한 가지 예랍니다.

나는 패트릭 레드펀이 그녀를 유혹해서 투자라는 명목으로 그녀에게서 많은 돈을 빼앗기 쉽다는 것을 알았습니다. 그는 아마 둘도 없는 기회라고 둘러대며 그녀를 유혹했을 겁니다. 틀림없이 자기 재산과 그녀의 재산을 함께 늘려주겠다고 했겠죠. 보호받지 못하고 혼자 사는 여자들은 그런 종류의 남자에게 쉽게 제물이 되는 법이죠. 그리고 그는 아무런 벌도 받지 않고 무사히 그것을 갖고 도주하는 겁니다.

그러나 만일 남편이 있거나 오빠나 아버지가 그런 여자 주위에 있다면 그 사기꾼은 그렇게 할 수가 없지요. 마셜 대위가 아내의 재산에 어떤 일이 일어났는가를 알게 된다면 패트릭 레드펀은 아마 재판을 받게 될 겁니다. 그러나 그 점은 그에게 문제가 되지 않았습니다. 왜냐하면 그는 필요하다고 판단됐을 때 대담하게 그녀를 제거해야겠다고 생각하고 있었으니까요. 이미 다른 살인도 저지른 터입니다. 그가 커리건이라는 이름으로 결혼해서 거액의 생명보험을 들도록 한 젊은 여자 말입니다.

그는 그 계획을 진행하기로 하고, 여기서 그의 아내로 통하는 젊은 여자의 도움을 받았습니다. 그의 희생자와는 여러 가지로 다른 젊은 여자—차분하고 냉담하고 정열이 없는 이미지를 풍기고, 난폭한 점이 전혀 없는 역할을 하는 배우이며 그에게 매우 충성스러운 여자. 이곳에 도착했을 때부터 크리스틴 레드펀은 불쌍한 아내 역할을 훌륭히 해냈습니다—연약하고 무기력하고, 육감적이기보다는 지적인 역할을.

그녀가 한 말을 생각해보십시오. 햇볕을 쬐면 물집이 생긴다고 한 것과 그녀의 하얀 피부, 높은 곳에서의 현기증(밀라노 성당에서 있었다는 일) 등등. 그녀의 연약함과 섬세함에 대한 강조—거의 모든 사람들이 그녀를 '작은 여자'라고 말했습니다. 그녀는 손과 발이 매우 작을 뿐이지, 실제로 아레나 마셜만큼 큰 키죠. 그녀는 전에 학교 교사였다고 말함으로써 자신이 지적이고, 육체적인 힘은 적은 인물이란 인상을 강하게 했습니다. 그녀가 학교에서 일했었다는 것은 사실입니다. 그러나 그녀는 체육 교사였었죠. 그녀는 고양이처럼 높은 곳에 오르고, 운동선수처럼 뛸 수 있는 매우 활동적인 여자였습니다.

그 범죄는 완벽하게 계획되었고, 시간도 빈틈없이 짜였죠. 내가 이미 말한 바와 같이 그것은 매우 교활한 범죄였어요. 천재적인 계획이었죠. 우선, 여러 가지 예비적인 계획들이 있었습니다. 그들은 내가 옆자리에 있다는 것을 알고서 절벽에서 한바탕 연극을 했죠. 다른 여자와 남편 사이를 의심하는 질투심 많은 부인의 바가지. 나중에 그녀는 다른 곳에서도 나에게 똑같은 역할을 했지요. 그때 나는 그 모든 것이 책에서 읽은 것 같다는 생각이 들었습니다. 그녀의 태도는 진실 같지가 않았습니다. 물론 사실이 아니니 당연했죠.

그러고 나서 범죄의 날이 왔습니다. 아주 맑은 날이었죠. 그것도 필수적인 조건의 하나였습니다. 레드펀의 첫 번째 행동은 매우 일찍 호텔을 빠져나가는 것이었습니다. 그가 안에서 열어놓은 발코니 문 옆에(만일 문이 열린 것이 발견되어도 사람들은 단지 누가 아침에 수영하러 나간 모양이라고 생각했겠지요), 수영 수건 밑에 초록색 중국 모자를 숨겨 놓았습니다. 그것은 아레나가 즐겨 쓰던 것과 똑같은 것이었어요. 그는 섬을 가로질러 계단을 내려가 그 모자를 어떤 바위 뒤의 지정된 곳에 놓는 것입니다. 이것이 제1부죠.

그 전날 밤에 그는 아레나와 만날 것을 약속해놓았죠. 아레나가 남편을 두려워하고 있었기 때문에 그들은 조심스레 만나곤 했지요. 그녀는 일찍 픽시 코브로 가겠다고 약속했습니다. 아무도 아침에는 그곳에 가지 않습니다. 레드펀이 그곳으로 조심스럽게 가겠다고 했겠죠. 만일 누군가가 사다리를 내려오는 소리가 들리거나 보트가 보이면 그녀는 '요정의 동굴' 안으로 들어가기로 되어 있었습니다. 그 동굴에 대해서는 그가 이미 그녀에게 이야기해놓았는데, 그 안에서 해변이 조용해질 때까지 기다리기로 되어 있었습니다. 이것이 제2부입니다.

레드펀이 그러는 동안 크리스틴은 린다가 아침 수영을 하러 갔다고 생각되는 시간에 린다의 방으로 갔습니다. 거기서 그녀는 린다의 시계를 20분 빠르게 돌려놓았지요. 물론 린다가 자신의 시계가 잘못된 것을 알아차릴 수도 있었지만, 그렇다 해도 크게 문제 될 일은 아니었습니다. 크리스틴의 진정한 알리바이는 그녀가 그 범죄를 행하기엔 육체적으로 불가능하게 생각되는 그녀의 손의 크기였으니까요. 그리고 또 하나의 알리바이가 필요했습니다.

그녀는 린다의 방에서 펼쳐진 채로 있는 마술에 대한 책을 발견했습니다. 그녀는 그것을 읽어 보고 린다가 들어와서 양초 꾸러미를 떨어뜨렸을 때 린다의 마음을 알아차렸던 겁니다. 그것은 그녀에게 새로운 생각을 하게 했습니다. 원래 범인들의 계획은 케네스 마셜이 적당히 의심받도록 꾸며놓은 것이었지요. 그래서 파이프 조각을 해안 사다리 밑에 갖다놓았던 겁니다.

린다가 돌아오자 크리스틴은 쉽게 걸 코브로 함께 가자고 약속해놓았습니다. 그리고 그녀는 자기 방으로 돌아와 가방에서 갈색 로션을 꺼내어 조심스럽게 몸에 바르고는 그 빈병을 창문 밖으로 던졌고, 그것에 수영하던 에밀리 브루스터가 맞을 뻔했지요. 제3부가 성공적으로 달성된 것입니다.

그리고 크리스틴은 하얀 수영복을 입고 그 위에 해변용 파자마와 느슨하고 긴 소매의 윗도리를 입어서 갈색으로 만든 팔다리를 적절히 감추었습니다. 10시 15분에 아레나는 그를 만나러 떠났고, 잠시 뒤 패트릭 레드펀이 내려와 놀라움과 분노 등을 표시했습니다.

크리스틴의 역할은 정말로 쉬운 것이었지요. 자신의 시계는 감춰 두고는 11시 25분에 린다에게 시간을 물어보았죠. 린다는 11시 45분이라고 대답했습니다. 그러고 나서 린다는 바다로 내려가기 시작했고, 크리스틴은 자신의 스케치 도구들을 챙겼습니다. 린다가 등을 돌리자마자 크리스틴은 린다가 풀어놓고 간 시계를 제시간으로 맞추어 놓았습니다. 그리고 그녀는 절벽의 오솔길을 서둘러 올라가 좁은 길을 가로질러 사다리 위로 가서 파자마를 벗어 던지고는 스케치 도구 상자를 바위 뒤에 놓고서 운동선수 기질을 발휘하여 사다리를 신속하게 내려간 겁니다.

아레나는 그 아래 해안에서 패트릭이 왜 이렇게 늦게 오나 궁금해하면서 기다리고 있었습니다. 그러다가 그녀는 누군가가 사다리를 타고 내려오는 것을 자세히 살펴보니, 화가 나게도 그것이 불편한 인물임을 알았습니다. 패트릭의 부인! 그녀는 서둘러 해안을 따라 달려가서 '요정의 동굴' 속으로 들어갔습니다.

크리스틴은 레드펀이 숨겨 놓은 모자를 꺼냈습니다. 뒤편 테 밑에 말아 올린 붉은 천이 고정된 모자. 그녀는 모자로 얼굴과 목을 가리고는 몸을 펴고 눕습니다. 시간은 정확하게 맞아들어갑니다. 1~2분 뒤에 패트릭과 브루스터가 탄 배가 그곳으로 옵니다. 사랑하는 여인의 죽음에 놀라고, 충격받고, 절망하는 것은, 그리고 몸을 굽혀 시체를 조사하는 것은 패트릭이었습니다.

그의 알리바이는 신중하게 꾸며진 것입니다. 브루스터 양은 현기증이 잘 나기 때문에 사다리를 오르려고 하지 않을 겁니다. 그녀는 보트로 해안을 떠날 것이고, 패트릭은 자연히 시체와 함께 남게 되겠지요. 그녀는 살인자가 여전히 그 주위에 있을까 봐 두려웠습니다. 브루스터 양은 경찰을 부르러 노를 저어 갑니다.

보트가 사라지자마자 크리스틴은 패트릭이 조심스레 가져온 가위로 모자를 찢어서는 그녀의 수영복에 쑤셔 넣고 잽싸게 사다리를 기어올라가 해변용 파자마를 입고 호텔로 돌아옵니다. 그러고는 갈색 로션을 씻기 위해 목욕을 하고서는 테니스복으로 갈아입습니다. 그리고 그녀는 또 한 가지 일을 합니다. 그녀는 린다 방의 벽난로에서 초록색 종이 모자 조각과 머리카락을 태웁니다. 그 종이와 함께 연상이 되도록 달력 한 장도 포함해서. 모자가 아니라 달력이 탄 것처럼 보이게 말입니다.

그녀가 생각한 대로 린다는 달력 종이로 마술 실험을 했던 것이지요. 양초의 얼룩과 핀이 그것을 말해줍니다. 그리고 제일 늦게 태연한 모습으로 테니스장에 도착하는 겁니다. 그러는 동안 패트릭은 동굴로 들어갔습니다. 아레나는 아무것도 보지 못했고, 소리도 잘 듣지 못했습니다. 배 한 척, 사람들의 목소리, 그녀는 조심스럽게 동굴 속에 숨어 있었죠. 그러다가, '이제 다됐소!' 하고 패트릭이 부르는 소리가 들렸습니다. 그녀가 밖으로 나오자 그는 그녀의 목을 조릅니다. 그것이 불쌍하고 어리석은 미인 아레나 마셜의 마지막입니다."

그의 목소리는 희미해져 갔다.

잠깐 침묵이 흐르다가 로저먼드 단리가 몸을 약간 떨면서 말했다.

"그렇군요. 당신은 마치 그것이 눈에 보일 정도로 실감 나게 이야기하시는 군요. 하지만, 그것은 단지 상상으로만 가능한 이야기일 수도 있습니다. 당신이 어떻게 해서 그 사실을 알게 되었는지는 이야기해주지 않으셨어요."

에르큘 포와로가 말했다.

"한 번은 당신에게 내가 매우 단순한 생각을 한다고 말했었지요. 처음부터 나는 가장 그럴듯한 사람이 아레나 마셜을 죽였다고 생각했고, 그 사람은 바로 패트릭 레드펀이었지요. 그는 분명히 그런 종류의 사람입니다. 그녀와 같은 여자들을 착취하는 그런 유형의 남자, 여자의 돈을 가로채고 나중에는 여자의 목을 조르는 전형적인 남자죠. 그날 아침에 아레나는 누구를 만나려고 했을까요? 그녀의 표정, 미소, 그녀의 태도, 나에게 한 그녀의 말로 판단하건대, 그것은 분명히 패트릭 레드펀이었습니다. 그러므로 모든 것을 가장 자연스럽게 생각해보면 그녀를 죽인 것인 패트릭 레드펀일 수밖에 없게 되지요.

그러나 나는 당신에게 말했던 것처럼 당장에 어려운 문제에 직면하게 되었습니다. 패트릭 레드펀은 그 시체가 실제로 발견되기 전까지는 다른 해변에 있다가 브루스터 양과 함께 발견했기 때문에 그는 그녀를 죽일 수가 없었습니다. 그래서 나는 다른 해결책들을 이리저리 찾아보았지요.

그러자 여러 가능성이 떠올랐습니다. 그녀는 남편에 의해 살해된 것일 수도 있습니다. 단리 양의 묵인 속에 말입니다. 그들은 역시 수상한 거짓말을 했죠. 그리고 그녀는 마약 밀수의 비밀을 알았기 때문에 살해된 것일 수도 있습니다. 내가 말한 대로 그녀는 종교적 광신자에 의해 살해되었을 수도 있고, 또한 의붓딸에 의해 살해당했을 수도 있습니다. 그 딸은 한때 가장 확실한 해결인 듯싶었습니다. 경찰과의 첫 번째 면담에서의 린다의 태도는 매우 중요했죠. 그 뒤에 내가 그녀와 면담을 한 뒤 확실히 알았습니다. 린다가 자신에게 죄가 있다고 생각하고 있었다는 점입니다."

"그렇다면, 그 애가 자신이 정말로 아레나를 죽였다고 생각했다는 말입니까?"

로저먼드의 목소리에는 의문이 서려 있었다.

에르큘 포와로가 고개를 끄덕였다.

"그렇습니다. 생각해보세요. 그녀는 이제 겨우 소녀티를 벗어난 정도입니다. 그녀는 마술에 대한 책을 읽고 나서는 반쯤 믿어버렸죠. 게다가 아레나를 무척이나 미워했습니다. 그래서 양초 인형을 만들어 주문을 외고 심장을 찌른 뒤 그것을 불태워 없애버렸습니다. 그리고 바로 그날 아레나가 죽었습니다. 린다보다 더 나이 많고 현명한 사람들도 예전에는 마술을 진짜로 믿었지요. 그녀도, 그것이 모두 사실이라고 믿었습니다. 자기가 마술을 써서 새엄마를 죽인 것이라고"

로저먼드가 외쳤다.

"오, 불쌍한 것! 불쌍도 해라. 나는, 나는 전혀 다른 것을 상상했었어요. 그 애가 어떤 사실을 아는 줄 알고……."

로저먼드가 말을 멈추자 포와로가 말했다.

"나는 당신이 생각한 것이 무엇이었는지 압니다. 사실 당신의 태도가 린다를 더욱 죄책감에 사로잡히게 했지요. 그녀는 자신의 행동이 정말로 아레나의 죽음을 가져왔고, 또 당신이 그것을 알고 있다고 믿었습니다. 크리스틴 레드펀도 그녀에게 영향을 주었지요. 그녀에게 범죄에 대한 빠르고 고통 없는 속죄의 방법으로써 그녀에게 수면제 생각을 불어넣어 준 것이죠. 마셜 대위에게 알리바이가 있다고 판명되자 그녀는 새로운 혐의자가 발견되어야 한다고 생각했습니다. 그녀도, 그녀의 남편도, 마약 밀수에 대해서는 전혀 몰랐습니다. 그래서 그들은 린다를 속죄양으로 내세운 겁니다."

로저먼드가 말했다.

"세상에, 그런 악마가!"

포와로가 고개를 끄덕였다.

"그렇습니다. 당신 말이 옳아요. 냉혈하고 잔인한 여자였습니다. 나는 매우 곤란한 상황에 빠지게 되었지요. 린다가 단지 아이들 같은 마음으로 마법을 시도해본 것인지, 아니면 그녀의 증오를 더욱 발전시켜 실제 행동으로까지 옮겨 간 것인지를 판단하기가 어려웠습니다. 나는 그녀에게 고백하라고 했지만 소용이 없었습니다. 그때 나는 매우 불확실한 상태에 놓여 있었습니다. 경찰서장은 마약 밀수와 관련된 범죄로 받아들이려고 했습니다. 나는 그것을 그대로 놔두었지요. 그러고 나서, 나름대로 다시 한 번 신중하게 조사해보았습니다.

나는 그림 맞추기 조각들을 갖고 있었지요. 따로따로 분리된 사실들을, 단순한 사실들 말입니다. 그 전체가 완전하고 조화로운 형태로 들어맞아야만 합니다. 해변에서 발견된 가위가 있었고, 창밖으로 던져진 병이 있었고, 아무도 자기가 했다고 인정하지 않으려는 목욕이 있었죠. 사실 그 자체만으로는 아무런 중요성도 없는 일들이었습니다. 하지만, 아무도 그것을 시인하지 않으려 한다는 점 때문에 중요성을 띠게 되었지요. 따라서 그것은 매우 중요한 사실이었습니다. 그것 중 어느 하나도 마셜 대위나 린다, 혹은 마약 조직과 연관 지을 수 없었습니다.

그런데도 여전히 그것들은 상당한 의미를 내포하고 있었지요. 그래서 내 첫 번째 해석으로 다시 돌아갔습니다. 패트릭 레드펀이 살인을 저질렀다는 결론으로 말입니다. 그것을 뒷받침하는 사실이 있을까요? 그렇습니다. 아레나의 예금에서 많은 액수의 돈이 없어졌다는 사실이 있습니다. 누가 그 돈을 가져갔을까요? 물론 패트릭 레드펀입니다. 그녀는 잘생긴 젊은 남자들에게 쉽게 사기당하는 그런 유형의 여자였으니까. 그러나 그녀는 협박당할 여자는 결코 아니었습니다. 그녀는 비밀을 갖고 있기에는 성격이 너무나도 솔직했습니다. 협박범 이야기는 내 마음엔 전혀 사실같이 들리지 않았습니다. 그런데도 그것을 엿들은 사람이 있습니다.

아, 그러나 누가 엿들은 것일까요? 바로 패트릭 레드펀의 아내였습니다. 그것은 그녀가 한 말이었습니다. 따라서 아무런 단서가 될 수 없었습니다. 그렇다면, 왜 그런 거짓말을 만들어 냈을까요? 번개처럼 그 해답이 떠올랐습니다. 아레나의 돈이 없어진 것을 설명하기 위해서였죠!

패트릭과 크리스틴 레드펀. 그 두 사람은 공모를 한 겁니다! 크리스틴은 그녀를 교살할 신체적 힘도, 정신적인 면도 갖고 있지 않았습니다. 따라서 그것을 행한 것은 패트릭이었습니다. 하지만, 그것은 불가능했어요! 그는 시체가 발견되기까지의 알리바이가 있었으니까요.

시체, 육체……. 그 말이 내 마음속에 무언가를 생각나게 했습니다. 해변에 누워 있는 육체들, 모두 같은 모습. 패트릭 레드펀과 에밀리 브루스터는 해안에 도착해서 거기 누워 있는 육체를 보았습니다. 그 육체, 그것이 아레나가 아니라 다른 사람이라고 가정해봅시다. 얼굴은 커다란 중국 모자로 가려져 있었으니까요.

거기에는 시체가 있었습니다—아레나였지요. 그러나 그것은 살아 있는 육체일 수는 없을까요? 누군가가 죽은 척하고 말입니다. 그것이 혹시 아레나 자신일 수는 없을까요? 패트릭과 짜고서 연극을 하면서 말이오. 나는 고개를 저었죠. 아닙니다, 그것은 너무도 위험한 짓입니다. 그렇다면, 어느 누군가의 살아 있는 육체? 레드펀을 도와주는 여자가 있었다면? 물론 그의 부인입니다. 그러나 그녀는 흰 피부를 가진, 성격이 예민한 여자였습니다. 아, 그래요. 혹시 햇볕에 그을린 모습은 병에 들어 있었던 갈색 로션 때문일 수도 있지요. 병들, 병 하나…….

나는 그림 맞추기의 한 조각을 찾게 된 겁니다. 바로 그겁니다. 그리고 물론 그 후의 목욕. 테니스를 치러 나가기 전에 해야 할 필수적인 행동. 그리고 가위는? 아, 그것은 마분지 모자를 오리려는 것이었죠—그 모자는 처분하기가 귀찮은 물건이었습니다. 더구나 서두르는 통에 그만 가위를 뒤에 남기고 말았죠. 두 살인자가 실수한 거지요.

하지만, 그동안 아레나는 어디에 있었을까요? 그것 또한 매우 분명했습니다. 로저먼드 단리와 아레나 마셜 중 한 사람이 '요정의 동굴'에 갔었던 것입니다. 그것은 그들이 쓰던 향수 냄새로 알았죠. 하지만, 분명히 로저먼드 단리는 아니었습니다. 그렇다면, 해안이 조용해질 때까지 그곳에 숨어 있었던 것은 아레나가 되겠지요.

에밀리 브루스터 양이 보트로 그곳을 떠났을 때, 패트릭만이 해안에 남아 범죄를 저지를 완벽한 기회를 얻을 수 있었습니다. 아레나 마셜은 11시 45분 이후에 살해되었습니다만, 의학적인 판단은 범죄가 이루어졌을 가장 빠른 시간만 고려했던 것입니다. 아레나가 11시 45분 이전에 이미 죽어 있었다는 것은 의사가 한 말이 아니라, 그가 경찰에게 한 말이었습니다.

두 가지 일이 더 정리되어야 했습니다. 린다 마셜의 증언이 크리스틴 레드펀에게 알리바이를 제공했습니다. 그러나 그 증언은 린다 마셜의 시계에 의존

한 겁니다. 그렇다면, 크리스틴이 시계를 조작할 수 있는 두 번의 기회가 있었다는 것을 증명하는 게 필요했습니다.

나는 그것을 쉽게 찾아냈죠. 그녀는 그날 아침 린다의 방에 혼자 있었습니다. 그리고 간접적인 증거도 있었지요. 린다가 '늦을까 봐 걱정'하는 소리를 다른 사람이 들었으니까요. 그러나 그녀가 방에서 내려왔을 때 라운지의 시계는 10시 25분이었습니다. 두 번째 기회는 쉬웠습니다. 그녀는 린다가 수영하러 바다로 내려가자마자 시계를 다시 맞춰 놓을 수 있었으니까요. 그리고 이제 사다리 문제가 남았습니다. 크리스틴은 언제나 높은 곳에서는 현기증이 심하다고 말했었지요. 그것은 또 하나의 주의 깊게 준비된 거짓말이었습니다.

이렇게 해서 나는 완벽한 모자이크를 완성하게 되었습니다. 모든 조각들이 제자리에 기가 막히게 맞아 들어간 것이죠. 그러나 불행히도 나는 결정적인 증거를 하나도 갖지 못했습니다. 그때 내 머릿속에 한 가지 묘안이 떠올랐습니다.

한 가지 확신이 있었습니다—범죄에서 보여준 그 교활함. 나는 나중에도 패트릭 레드펀이 다른 범죄를 재현하리라는 것을 의심치 않았지요. 과거는 어땠을까요? 이것이 그의 첫 번째 살인이라고는 생각할 수 없었습니다. 그 치밀한 준비 과정과 교살은 그의 성격과도 일치되고 있었습니다—이익뿐 아니라 쾌락을 위해 살인을 하는 사람. 만일 그가 과거에도 살인을 저질렀다면, 나는 그가 같은 방법을 썼을 것이라고 확신했습니다.

그래서 콜게이트 경위에게 교살로 희생된 여자들의 사건을 알아봐 달라고 부탁했습니다. 그 결과에 나는 만족했습니다. 외진 곳에서 교살된 시체로 발견된 넬리 퍼슨즈는 패트릭 레드펀이 한 짓일 수도 있고 아닐 수도 있습니다. 여기서는 어쩌면 범행 장소를 조작했을 수도 있습니다. 그러나 앨리스 커리건의 죽음에서 내가 찾던 것을 발견했습니다. 본질상 똑같은 방법인, 즉 시간을 조작하는 방법을 사용한 것 말입니다. 그 발생 추정 시간에 저질러지지 않은 살인, 그 시간 이후에 이루어진 살인 말입니다. 4시 15분에 발견되었다고 생각되는 시체, 4시 20분까지 알리바이를 가진 남편.

실제로는 어떤 일이 일어난 것일까요? 에드워드 커리건은 파인 리지에 도착해서 부인이 없는 것을 알고는 밖으로 나가 왔다 갔다 했다고 말했습니다. 그러나 실제로는 그는 재빨리 만나기로 약속해놓은 시저 숲(카페에서 아주 가깝죠)으로 달려가 아내를 죽이고 돌아온 것입니다. 그 범죄를 신고한 하이킹하던 여자는 어느 유명한 여학교에서 체육 교사로 있는 젊은 여자였습니다. 표면상으로 그녀는 에드워드 커리건과 아무런 연관도 없습니다. 그녀는 그 죽음을 알리려고 먼 거리를 걸어야 했습니다. 경찰의는 5시 45분이 되어서야 시체를 조사할 수 있었습니다. 이번 사건에서처럼 사망시간도 아무런 의심 없이 받아들여졌습니다.

나는 마지막으로 한 가지 실험을 했습니다. 레드펀 부인이 거짓말을 하는 사람인가를 명확하게 알아야만 했지요. 그래서 다트무어로 소풍을 가야겠다고 생각했지요. 만일 높은 곳에서 현기증이 난다고 한다면, 그 사람은 흐르는 물 위를 가로지르는 좁은 다리를 제대로 건너지 못할 것입니다. 브루스터 양은 정말로 그것을 못 견뎠기 때문에 현기증이 호소했습니다. 그러나 크리스틴 레드펀은 아무런 의식도 하지 못한 채 현기증도 전혀 없이 그 다리를 건넜습니다. 그것은 작은 일이지만 결정적인 실험이었습니다. 만일 그녀가 그런 작은 일을 가지고 불필요한 거짓말을 했다면, 다른 거짓말도 가능합니다.

이러는 사이에 콜게이트는 서리 군 경찰이 신원을 밝혀줄 만한 사진을 얻었습니다. 나는 성공하리라 생각되는 방법에만 손을 댔지요. 패트릭 레드펀을 안심하도록 유인한 뒤에, 나는 그에게 가서 그가 자제력을 잃도록 꾸몄습니다. 그렇게 해서 그가 커리건과 동일 인물이라는 말이 그를 완전히 이성을 잃게 했던 거죠."

에르퀼 포와로가 회상에 잠기며 자기 목을 만졌다.

그는 엄숙한 어조로 말했다.

"내가 한 일은 매우 위험했습니다만, 나는 그것을 후회하지는 않아요. 성공했으니까! 나는 헛고생을 한 것이 아니었습니다."

잠시 침묵이 흘렀다.

그때 가드너 부인이 깊은 한숨을 내쉬며 말했다.

"오, 포와로 씨, 너무도 훌륭했어요. 당신이 어떻게 해서 그런 결과를 얻었는지를 들어보니, 그 모든 이야기가 마치 범죄학에 대한 강의와도 같이 매혹적이군요—사실 그것은 범죄학에 대한 강의예요. 그리고 내 빨간색 털실과 일광욕에 대한 대화가 실제로 사건과 관계가 있었다니! 그것은 정말로 놀랄 만한 일이군요. 그리고 남편도 같은 느낌일 거라고 확신해요. 안 그래요, 오델?"

"그래요, 여보." 가드너가 말했다.

에르퀼 포와로가 말했다.

"가드너 씨 또한 내게 도움이 되었습니다. 나는 마셜 부인에 대한 평범한 남자의 생각을 듣고 싶어서 가드너 씨에게 그녀에 대해 어떻게 생각하는가를 물었죠."

가드너 부인이 말했다.

"그래요? 당신은 그녀에 대해 뭐라고 했나요, 오델?"

가드너가 기침하고 나서 말했다.

"저, 여보, 나는 그녀에 대해 그리 많은 생각을 해보지 않았소."

"그건 남자들이 하는 말이에요."

가드너 부인이 말했다.

"내게 그런 걸 묻는다면(여기 있는 포와로 씨도 마찬가지겠지만), 그 여자를 자연적인 희생자라고 부르겠어요. 그녀는 교양이라고는 하나도 없는 여자였어요. 그리고 마셜 대위가 여기에 없으니 하는 말인데, 그녀는 내가 보기에는 언제나 약간 멍청해 보였어요. 우리 남편에게도 그렇게 말했지요. 안 그랬나요, 오델?"

"그래요, 여보." 가드너가 말했다.

린다 마셜은 에르퀼 포와로와 함께 걸 코브에 앉아 있었다.

"물론 제가 죽지 않아서 기뻐요. 하지만, 포와로 씨, 제가 새엄마를 죽인 거나 마찬가지예요. 그러기를 바랐으니까요."

에르퀼 포와로가 힘 있게 말했다.

"아니, 절대로 똑같은 일이 아니야. 살인하고자 하는 생각과 그 행위는 완전히 다른 것이지. 만일 네 방에서 작은 양초 인형 대신 새엄마를 꼼짝 못하게

제13장　235

묶어놓고, 핀 대신 단검을 들었다면 그것을 그녀의 심장에 꽂지는 못했을 거야. 너의 마음속에서 무엇인가가 안 된다고 말했을 거야. 그것은 나에게도 마찬가지란다. 나는 어리석은 사람을 보면 화가 나지. 그래서 이렇게 말한단다. '발로 차 버리고 싶어.' 하고 그 대신 나는 탁자를 발로 차고는 말하지. '이 탁자가 그 어리석은 사람이다. 그래서 발로 차는 거야.' 내 발을 많이 다치지 않았다면 기분이 더 좋았을 것이고, 그 탁자는 대개 망가지지 않지. 그러나 만일 어리석은 그 사람이 거기 있었다면 나는 그를 차지 못했을 거야.

양초로 인형을 만들어 핀으로 찌르는 건 어리석고 유치한 일이야. 그래, 하지만 그것도 일종의 도움이 될 만한 일이지. 너에게서 증오심을 뽑아내어 그 작은 인형에 넣었으니 말이다. 그리고 그 핀과 볼로써 너는 새엄마를 없애는 것이 아니라 네가 그녀에게 지녔던 증오심을 없애버리는 거야. 그래서 결국 그녀의 죽음을 알리는 소리를 듣기도 전에 너는 마음이 한결 가벼워지는 거지. 그렇지 않았니. 어딘지 모르게 마음이 가볍고 느긋해지는 느낌이 들지 않던?"

린다가 고개를 끄덕이며 말했다.

"어떻게 아세요? 바로 그랬어요."

포와로가 말했다.

"그러나 그 어리석음을 되풀이해서는 안 돼. 다음에는 새엄마를 증오하지 않겠다고 굳게 마음을 먹어라."

린다가 놀라서 말했다.

"제게 또 새엄마가 생길 거라고 생각하세요? 아, 알겠어요. 로저먼드 말씀이군요? 그녀라면 걱정 없어요."

그녀는 잠시 주저하다가 말했다.

"그녀는 생각이 깊거든요."

그것은 포와로가 로저먼드 단리에게 느꼈던 것이 아니라 린다의 찬사의 말이라는 것을 느꼈다.

케네스 마셜이 말했다.

"로저먼드, 당신은 내가 아레나를 죽였다는 생각을 했었소?"

로저먼드가 다소 부끄러운 표정을 지으며 말했다.

"난 참 바보였던 것 같아요."

"물론 그랬소."

"그래요. 하지만 켄, 당신은 어쩌면 그렇게 입이 무겁지요? 난 당신이 아레나를 어떻게 생각하는지 정말로 알지 못했어요. 나는 당신이 그녀를 확실히 알고 있어서 놀랄 정도로 그녀에게 냉정하게 대한 것인지, 아니면 단지 그녀를 맹목적으로 믿고 있었는지 알 수가 없었지요. 그리고 그녀가 당신을 실망시키고 있다는 걸 알게 되어 당신이 분노에 사로잡혀 있었을지도 모른다고 생각했어요. 난 당신에 대한 이야기들을 들었어요. 당신은 매우 조용한 편이지만, 가끔 사람들을 매우 놀라게 한다고 하더군요."

"그래서 당신은 내가 그녀의 목을 졸라 죽였다고 생각했소?"

"저, 그래요. 그렇게 생각했어요. 당신의 알리바이가 어쩐지 좀 불안한 것 같아서요. 그래서 내가 당신이 방에서 타자치는 것을 보았다는 어리석은 이야기를 지어낸 거죠. 그리고 당신이 나를 보았다는 말을 했다는 것을 들었을 때, 당신을 더욱 의심하게 되었어요. 그 점과 린다의 이상한 모습을 보고 더욱 말이죠."

케네스 마셜이 한숨을 쉬며 말했다.

"내가 당신 이야기를 뒷받침해주려고 거울을 통해 당신을 보았다고 말한 것은 모르겠소? 나는, 나는 당신의 말에 확증이 필요하다고 생각했었소."

로저먼드가 그를 쳐다보았다.

"설마 내가 당신 부인을 죽였다고 생각했다는 말은 아니겠죠?"

케네스 마셜이 불안하게 자리에서 일어나며 중얼거렸다.

"제기랄, 로저먼드, 당신은 강아지 때문에 한 소년을 거의 죽일 뻔한 일이 기억나지 않소? 당신이 지독히도 내 목을 조르고는 놓아주지 않으려 했던 일 말이오."

"하지만, 그것은 오래전 일이잖아요?"

"그래, 알아요……."

로저먼드가 날카롭게 말했다.

"무슨 이유로 내가 아레나를 죽이겠어요?"

그의 눈길이 스쳐갔다. 그는 다시 뭐라고 중얼거렸다.

로저먼드가 외쳤다.

"켄, 당신은 자만투성이로군요! 내가 당신을 위해 그녀를 죽였다고 생각했나요? 아니면, 내가 당신을 원했기 때문에 그녀를 죽였다고 생각했나요?"

"절대 그렇지 않소."

케네스 마셜이 화를 내며 말했다.

"나는 당신이 그날 한 말이 생각났소. 린다와 다른 것들에 대해 한 말. 그리고 당신은 그 일에 대해 걱정하는 것 같았소."

로저먼드가 말했다.

"나는 언제나 그것을 걱정했어요."

"그랬겠지. 이봐요, 로저먼드. 나는 언제나 정확하게 말을 못하는 것 같소. 난 말을 잘 못해요. 하지만 이것만은 분명히 밝히고 싶소. 나는 아레나를 좋아하지 않았어. 단지 처음에만 조금 좋아했었지. 사실은 그녀와 함께 사는 하루하루가 매우 끔찍했었소. 지옥이었지. 나는 그녀에 대해 크게 실망했었소. 그녀는 지독한 멍청이더군. 남자라면 미쳐 버리고 마는 거야. 그녀로서도 어쩔 수 없었나 봐. 하지만 남자들은 언제나 그녀를 실망시키고 그녀를 괴롭혔지. 나는 그녀를 억누를 사람이 될 수는 없다고 생각했소. 그녀와 결혼했기 때문에 내가 할 수 있는 한 최대한 돌봐주는 것이 내 임무였소. 그녀도 그 점을 알고 내게 늘 감사했었다고 생각하고 있소. 그녀는……, 정말로 불쌍한 여자였어."

로저먼드가 부드럽게 말했다.

"괜찮아요, 켄. 이젠 다 이해해요."

그녀에게서 시선을 떼며 케네스 마셜이 조심스럽게 파이프를 채웠다.

"당신은 이해심이 많군, 로저먼드."

로저먼드의 입술에 엷은 미소가 감돌았다.

"지금 내게 구혼을 하는 건가요, 아니면 6개월을 기다리기로 마음먹었나요,

캔?"

케네스 마셜의 파이프가 입술에서 떨어져 바위에 부딪쳐 부서졌다.

"이런, 저것은 내가 여기서 잃어버린 두 번째 파이프야. 내겐 다른 파이프가 없는데. 도대체 내가 6개월을 기다리리라는 것을 어떻게 알았소?"

"그것이 필요한 시간이기 때문이죠. 나는 분명히 하고 싶어요. 기다리는 기간에 당신이 또 어떤 재판받는 여자를 만나 기사다운 태도로 그녀에게 돌진할지도 모르기 때문이에요."

그가 웃었다.

"이번에는 당신이 그 여자가 될 거야. 로저먼드, 당신 의류 사업을 그만두고 시골에서 함께 살면 어떨까?"

"그 사업에서 상당한 수입을 올리고 있다는 것을 모르세요? 내 사업은 순전히 내 힘만으로 일으킨 것이고, 또 그것을 내가 자랑스럽게 여기고 있다는 것을 모르세요! 그런데도 그것을 포기하라고 말할 용기가 있군요?"

"내겐 그렇게 말할 용기가 분명히 있소."

"그럼, 내가 그것을 포기할 정도로 당신을 사랑한다고 생각하세요?"

"그렇지 않다면 당신은 내게 아무런 소용도 없게 되겠지."

로저먼드가 부드럽게 말했다.

"오, 나는 지금까지 늘 당신과 함께 시골에서 살기를 원했어요. 이제 그것이 이루어지려고 하는군요……."

<끝>

■ 작품 해설 ■

《백주의 악마(Evil Under the Sun, 1941)》는 애거서 크리스티Agatha Christie가 창조해낸 에르퀼 포와로가 등장하는 32편의 장편 소설 중 하나이다.

크리스티의 작품 중에서 포와로가 등장하는 작품에 걸작이 많다는 것은 널리 알려진 사실이다. 이 작품은 크리스티 여사 자신이 뽑은 베스트 10 속에는 끼어 있지 않지만, 그녀의 장편 소설이 66편이라는 점에서 본다면 상위에 속하는 작품임에는 틀림없다.

《백주의 악마》는 크리스티 여사가 흔히 쓰는 형식에 따라서, 작품의 무대로 어느 특정한 장소, 영국 남해안의 휴양지 '스머글러스 섬(밀수꾼들의 섬이란 뜻)'에 있는 졸리 로저 호텔을 택했다.

모든 추리소설이 마찬가지겠지만, 가장 살인자 같지 않은 자가 살인자일 수가 있고 가장 살인자 같은 자가 살인자가 아닐 수 있다. 그 한계선을 분간하기는 보통 사람에게는 여간 어려운 일이 아니다.

그러나 결국에 가서 에르퀼 포와로에게는 불가능한 사건이 있을 수가 없다. 언제나 포와로의 '조그마한 회색의 뇌세포'의 승리로 끝나는 것이다.